庆余年

·修订版·

QING YU NIAN

【四大宗师】

十

猫腻 / 著

人民文学出版社

图书在版编目(CIP)数据

庆余年：修订版.第十卷，四大宗师/猫腻著. —北京：人民文学出版社，2022
（2023.12重印）
ISBN 978-7-02-016221-5

Ⅰ.①庆… Ⅱ.①猫… Ⅲ.①长篇小说—中国—当代 Ⅳ.① I247.5

中国版本图书馆CIP数据核字(2022)第051886号

策划编辑　胡玉萍
责任编辑　黄彦博
责任校对　杨益民
装帧设计　李思安
责任印制　王重艺

出版发行　人民文学出版社
社　　址　北京市朝内大街166号
邮政编码　100705

印　　刷　三河市鑫金马印装有限公司
经　　销　全国新华书店等

字　　数　239千字
开　　本　890毫米×1290毫米　1/32
印　　张　8.875　插页3
印　　数　65001—75000
版　　次　2022年4月北京第1版
印　　次　2023年12月第3次印刷

书　　号　978-7-02-016221-5
定　　价　39.00元

如有印装质量问题，请与本社图书销售中心调换。电话：010-65233595

目录

第一章　闯宫 …………………………………………… 001

第二章　多情太监无情剑 ……………………………… 022

第三章　陈萍萍的影子 ………………………………… 048

第四章　正阳门下 ……………………………………… 069

第五章　城头祭出神主牌 ……………………………… 087

第六章　荆戈刺秦 ……………………………………… 099

第七章　定州军的定 …………………………………… 119

第八章　太平别院	141
第九章　王道	152
第十章　大东山上的因果	166
第十一章　青花辞	184
第十二章　愤怒的葡萄	199
第十三章　孤家寡人	217
第十四章　父与子的下半卷	235
第十五章　青山遮不住	249
第十六章　我们的不满的冬天	271

第一章 闯宫

一个时辰之前，含光殿外发生了有可能改变庆国历史的宫廷谋杀案。

谋杀的目标是三皇子李承平。

三皇子的母亲是柳国公家出身的宜贵嫔，他随范闲在江南学习一年，是范闲亮明旗帜支持的皇位继承者，由此给太子带来了不少的麻烦。但他此时死亡，除了让朝廷诸臣的反对更加激烈，让范闲更加疯狂，对太子却没有任何好处。

要知道太子和他的父皇一样，都极其在意自己在历史上的名声，因此才会在杀与不杀大臣之间摇摆，所以范闲断定他不是主谋。那么是谁想杀三皇子呢？皇宫辰廊下，小小年纪的李承平满脸惊骇，放足狂奔，同时脑子里也在急速地转着，如果自己老老实实地留在含光殿里，这时候一定不会死。可是……对方说是替范闲传话，还拿出了信物，所以他才会上当，偷偷瞒着母亲与含光殿里的太监、宫女一个人悄悄地来到了辰廊。

别想了，快跑吧，孩子！然而孩子怎么跑得过大人，李承平气喘吁吁地摔坐在地上，看着步步进逼的两个太监，脸色惨白。

这两个太监不是练家子，但孔武有力，一脚将他踩在地上，随即一刀刺了下去。李承平右手摸着靴子里的那把匕首，尖叫一声，拔了出来，拼命地刺了过去！

哐的一声，太监手中的刀擦着三皇子幼小的身体，狠狠地扎在了辰廊下的青石地板上，顿时崩起几块碎石，可见力量如何之大。

三皇子扭着身子尖声大叫，双脚乱蹬，恰好躲过这一刀。他手中握着的匕首胡乱挥了两下，嗤嗤两声响，两个太监的下袍被割破，露出破口。

太监没有想到天潢贵胄的皇子，竟然会随身带着如此锋利的匕首，其中一人看着下袍的破口朝地上啐了两口，踩住三皇子的手腕，又一人扼住三皇子的咽喉，再次举起了刀。

三皇子的呼吸越来越困难，知道此次遇害自己必死，不由生出无比的悔意，闭上眼睛，大声哭了起来，然而等了很久……他甚至已经感受到胸口上锐物刺入的痛楚，可他还活着，踩在身上、手上的两只脚似乎渐渐没了气力。他惊恐地睁开眼睛，只见那两个太监如自己一样眼里满是惊恐，眼角流下了两道黑血。他知道生机重来，从太监脚下将右手抽出，一刀狠狠地扎在了踩在胸上的那只腿上，匕首入肉，绽起一片血花。

瞬间，两个先前还凶神恶煞的太监就像两根木头一样倒了下去，三皇子低头看着自己胸口扎着的那把刀，感到特别痛楚与后怕。他看看两个已经毙命的太监，茫然地想到，难道是老天爷在帮自己，给这两个太监施了魔咒？不是魔咒——他盯着两个太监衣衫上的破口，又低头看了一眼手中的黑色匕首，终于明白了过来。这把匕首不仅割破了太监的衣服，也擦过了对方的肌肤，因为匕首太锋利，又或者是老师在这把匕首上涂抹了什么药物，这两个太监竟没有任何感觉。匕首上淬的是监察院最厉害的毒药，刀锋一破肌肤，药物入血，便让那两个太监顿时中毒身亡。

死里逃生的他，紧握着匕首，看着脸色乌黑的两个太监，再也站立不住，跌坐于地。如果不是匕首上有这么厉害的毒药，如果不是这两个太监根本没有想到这一点，那么今天不论自己如何挣扎，最后肯定逃不过死亡这个结局。

他坐在两具尸体旁，脸色煞白，不知道接下来自己应该做什么。初次被杀，初次杀人，即便他是个早熟的皇子，依然被震骇得心神大乱。

不知道坐了多久，他终于冷静了一些，看着两具尸体，眼中流露出小孩子不应有的复杂情绪，由恐惧、无措、难过、一丝丝兴奋……渐渐转成了平静与愤怒。

是谁想杀自己？李承平不知道，但知道与自己那些哥哥们脱离不了关系。他忽然握紧匕首用力地刺了下去，一刀两刀三刀，麻木而机械地刺入两个太监的尸体，刀尖带出无数鲜血，落在地上便化成黑血。

他很小心地没让这些毒血沾到自己的身上，然后艰难地扶着廊柱站起身来，看着辰廊清幽空旷的长道，嘴唇微微发抖，高声喊了起来。

辰廊的尽头是冷宫，冷宫里也有宫女。

"母亲，我不想让你去冷宫住。"初秋的天气并不凉，含光殿后的厢房里，三皇子却紧紧裹着一床大被子，看着含泪望着自己的宜贵嫔，压低声音，用一种坚强而寒冽的语气道，"我不想死，你也不能死。"

宜贵嫔双眼通红，紧紧地抱着他。先前冷宫那边来报消息，众人才知道三皇子竟然偷偷溜出了含光殿，而且在深宫中遇到了刺客！太后大怒，吩咐内宫加强防御，大抓刺客，将含光殿里的太监宫女一通怒责，便是连宜贵嫔也没有放过。

太后在昏迷不醒的三皇子床边待了一会儿，先前才离开。太后一离开，李承平便醒了过来，对母亲说了那句话。很明显，他在太后面前的昏迷是装出来的。

"不要担心……含光殿有老祖宗看着，他们不敢再乱来。"宜贵嫔低头看着自己的儿子，颤声问道，"那两个太监……是怎么死的？他们是谁的人？"

"我不知道。"李承平没有交代那把匕首，在呼救的同时他已经把匕首藏在了辰廊旁的树下，"忽然间就死了……我也不知道是谁想杀我。"

自从知道陛下遇刺的消息之后，宜贵嫔和三皇子等便被软禁在含光殿中，并不清楚外间发生了什么事情，只知道范闲已经被打成钦犯，范家、柳家都在内廷的控制中，太后看自己的眼神也越来越冷淡。今日看着这宫殿，她感觉到一股透骨的冷，心知这含光殿也不见得如何安全，没有再问什么。

这时一位中年妇人从屋外走了进来，正是大皇子的生母宁才人。宜贵嫔赶紧起身见礼，二位做母亲的对视一眼，说不尽的唏嘘。接着太子也来看望，好生宽慰了几句，保证一定会找出真凶，说得极有诚意，奈何宜贵嫔却总是听不进耳去。

夜深时，她才望着藏在被子里的儿子低声道："如果不是太子，会是谁？"

三皇子被刺身死，对京都各方势力来说谁最有利？宜贵嫔不自主地想到一个人，却不敢说出口。李承平看着母亲若有所思的神情，知道她在怀疑谁，坚定地摇了摇头："不是老师。"

是的，宜贵嫔在怀疑范闲。如今朝中有一大批文臣坚决站在范闲身边，靠的便是遗诏和大义的名分，如果三皇子真的死在皇宫，太子无论如何也洗不清自己的罪名，在舆论上更要落于下风……如果范闲真有把握斗倒太子，那还留着老三做什么？她轻声道："他虽然是你老师，但毕竟不是你的亲哥哥。"

"他是我亲哥。"三皇子没好气地道。宜贵嫔叹了口气："在这皇家之中，哪里有什么兄弟师徒情谊？你说那两个太监用了信物，才将你骗到辰廊去……如果不是你老师的人，手中怎么可能有信物？"

那个信物是杭州西湖边彭氏庄园里……三皇子最喜欢的一本书中的某一页。

李承平低头道："我不会怀疑老师……如果他真的要杀我，不会用到信物，这都是容易出破绽的地方。而他从来不会露出这么多破绽。"

宜贵嫔强颜一笑，没有再说什么，从情感与局势上，她也愿意相信儿子对范闲的判断，因为除了范闲，母子俩已经没有任何凭恃。

含光殿前殿，所有人都沉默着，整座宫殿笼罩在压抑、紧张的气氛之中。

"姑母。"皇后看了太后一眼，畏怯地道，"老三那孩子命大福大……居然这样也能活下来，看来范闲那个逆贼还真教了他不少东西。"

太子看见祖母太阳穴处的皮肤微微一绷，知道母亲这句蠢话让太后怒了，赶紧道："弟弟活着便好，其余的事情暂不要论。"

太后强行压下心头怒意，拍了拍太子的手背，心想皇家这么多子孙当中，大概只有太子才真正了解自己心中想的是什么。一念及此，她愈发觉得自己的选择没有错，庆国确实需要一个像太子这般懂事温和的孩子来掌管。

"都出去吧。"太后精神疲倦地挥了挥手，把有些不甘的皇后也赶出宫去。

此时殿内只剩下她与太子两个人。她转过身来，牵着太子的手道："我不愿你们兄弟相残，才会撑着这身体看着这一切，你能明白这一点，我很欣慰。"

太子叹了口气，不知道是不是想到了范闲这个兄弟。太后的眼神顿时冷了起来："身为帝王，当断则断，当宽则宽……范闲乃是谋刺你父皇的万恶之贼，他姓范又不是姓李，想这么多做什么？"

太子低头受教："孩儿明白。"

太后道："只可惜还是没有抓到他。舒芜他们现今押在何处？"

"押在刑部大牢里。"太子苦笑了一声，"如今自然是不好放到监察院的天牢中。这些大臣受了范闲的蒙蔽，糊涂不堪，竟是不肯服软。"

太后冷笑一声："蒙蔽？这些读死书的酸腐家伙，也只有你父皇才会容他们这么放肆，他们定是已经看过范闲手头那封遗诏，才敢如此硬撑。"

太子面色微变，旋即平静下来："根本没有什么遗诏。"

"不错。"太后赞许地看着他，"所以，你以为这些口出妄言、要挟皇家的大臣应该如何处理？"

太子面色再变，知道太后是让自己下决心，许久后沉声道："该杀便杀。"

"很好。"太后脸色渐渐冷漠起来，"要治天下，就不要怕杀人。"

"只是监察院完全不受皇命，有些棘手。"太子道，"今日京都里不少大臣被刺杀身亡，人心惶惶……范闲隐于暗中主持，孩儿想不到好的法子应付。"

"范闲是在用血与头颅，震慑朝官，意图让京都大乱。"太后看着自己的嫡孙沉默了一会儿，又轻声道，"你想说什么，就说吧。"

太子沉默片刻之后抬起头来，平静地道："孩儿敢请太后调军入京……弹压！"

今日太极殿中，几位大臣已有此议，然而太子没想到的是，门下中书大学士已尽数入狱，却又有人跳了出来。在朝廷上跳出来的那个人官职并不高，但身份很特殊，因为他是都察院的左都御史贺宗纬！

贺宗纬此人一直是东宫一派，又曾经帮助长公主将宰相林若甫赶出京都，并且与范府一向有些说不清道不明的仇怨，没料到，太子要调军入京，他竟跳出来反对，而且态度极其激烈——脱了官服，取了乌纱，领着十几名御史，就那样跪在了太极殿前。太子盛怒之下打了他十二大杖，将他赶出宫去，可这位当初京都出名的才子竟那样浑身是血地跪在了宫墙之前，一步不让！

"贺御史的反对有道理。"太后疲倦地道，"哀家一直不让秦家入京，担忧的也是这个问题……朝廷祖例严禁军方干政，此例一开，只怕日后遗患无穷。就算秦家世代忠诚，不需担心。可是叶家呢？叶重可是你二哥的岳父！"

皇后始终希望太子能够和平接班，一旦牵入军方，秦家、叶家坐大，太子又不像先皇在军中有无上权威，真不知将来的庆国究竟会演变成什么模样。

太后看着沉默不语的太子，叹道："只是范闲这个贱种行事太过疯狂，即便你杀了大狱中的数十名大臣，于事又有何补？你的想法也有道理。"

"……贺宗纬怎么办？"太子担心地问道。杀大臣在历史上并不少见，杀言官却是犯大忌的举动。即便以庆帝当年的无上权威，御史们集体攻击他的私生子范闲，他也只是杖了几下以做表示。

"总是有人要当恶人的。这些人由哀家下旨处置吧。"太后盯着太子的眼睛慈爱地道，"大军入京后，你大哥的统领差使便可以交出来了。"

太子诚恳一礼，感动无言。

范闲始终以为自己将太后的心思看得很清楚，她不会让天下大乱，所以自己才会有条不紊地进行着最初的安排。但他低估了自己在太后心中的反感程度，没有想到自己在京都里的刺杀终于把太后和太子刺激得反应强烈，逼他们不得不调军入京。第二天，在元台大营里的京都守备师便会入京弹压，如果在这之前范闲还没能控制皇宫，最终的结果必然是惨淡收场。

他更没有想到，秦家军队入京的时间竟是被他一向瞧不起，并深恶痛绝的三姓家奴贺宗纬，以一种血性强悍的态度硬生生拖后了一晚。

从这个意义上来说，贺宗纬帮了他一个天大的忙。

而太后和太子的决心，下晚了一天。

是夜，到了禁军轮班的时辰。禁军控制着皇城以及皇城外数条重要街道。近日局势紧张，换值的禁军都暂驻在这几条街道的民房中，不敢回营待命。一列约二百人的禁军走到正宫门前，与前班当值的禁军交换了布防手续及口令。

禁军大统领大皇子已经三天没有回过王府了，他一身盔甲站于宫门前，看着这队二百人的禁军，停顿了一段时间之后默默地点了点头。

他身旁的亲兵校官不知为何有些紧张，吞了一口唾沫。

大皇子就这样站在宫门，让那些来接班的禁军分成两列从自己的身边行过。

这批来接班的禁军悄然无声，军纪森严。

当这队禁军全部进入宫门时，大皇子忽然叹了口气。最后那名禁军不易察觉地点点头。

"大帅，接下来怎么办？"那名校官强行压抑下心头的恐惧请示道。

大皇子握紧腰畔的佩剑，迎着夜风的脸部线条显得格外坚硬，沉声道："让所有人醒来，军前临时会议。"

此话一出，一股浓烈至极的杀意生出。他常年在战场上厮杀，剑下不知有多少亡魂，今夜决心既定，自然要先处理掉禁军内部的不安分子。

校官知道大帅今夜要杀人，禁军中燕小乙一系的亲信只怕就要被屠杀殆尽，此时反而不再恐惧，自心底生出莫名的兴奋，当即开始传令。

皇城比京都权贵们的脸皮还要厚，上可骑马，下可贮物，甚至连禁军议事的房间也设在那些大块青石之间，幽暗之中透着一种肃杀。跳跃着的灯火照耀着房间里所有人的脸、所有人的眼，让他们惊醒过来。

这些禁军将领确实很疲惫，自从三骑入京报告了大东山事件后，整个京都风雨欲来，他们拱卫的皇宫更是成了各方势力紧盯的风暴中心。连续数日，没有一位将领可以离开皇城，即便是轮值时也没人敢回府休息。

火焰在大皇子的眼中变成燃烧的光彩，他幽幽地看着室中的十几位将领，冷着声音说道："本王说的话，诸位可曾听清楚了？"

一位将领沉着脸，咬牙回道："末将不清楚。"

"要我把遗诏再宣读一遍？"大皇子盯着他的眼睛道，"太子勾结北齐、东夷刺客于大东山之上刺杀先帝，意图谋朝篡位！"

那位将领神情木然道："殿下，这所谓遗诏，谁人知其真假？"

大皇子冷漠地看着他，从怀里取出一个盒子，然后将盒子放在桌子上打开，内里是一方小印，正是已经失踪了多日的皇帝行玺！

满室将领面色剧变，各自跪于地上向玉玺行礼，无人敢再多言。先前那名说话质疑的将领口中有些发苦，他没有想到今夜大皇子会忽然发难,将所有将官都集中到密室中,没给自己一点反应时间,这该如何通知长公主?

大皇子的目光缓缓从将领们的脸上滑过。他听从范闲劝说,在禁军内安插了许多亲信,但燕小乙执掌禁军多年,影响极深,如果想依靠这方行玺和遗诏就让这些人心服口服地为自己所用,世上也没有这么简单的事情。

"小范大人奉旨锄逆,命本王相助,诸君愿意相随,我很欣慰。"油灯散发出来的光笼罩着大皇子的脸,让他的脸色似渐溢鲜血,他忽然开口点了五位将官的名字,"张昊,陈一江……"

那五位将官都是当年燕小乙提拔的下属,对视一眼,感到了不妙。大皇子轻声道:"你们知道,本王喊你们出来的用意是什么。"

一位将领面色如土,扑通一声跪倒在大皇子面前:"殿下!末将绝对以殿下马首是瞻,绝无异心。"

大皇子看着他点了点头,道:"委屈你先在这间室中待半日。"

那位将领面色变换,终究还是点了点头,退回了墙边。另外那四人互视一眼,还是刚才领头说话的那位将领开口了。

此人姓陈名一江,乃是燕小乙当年亲手提拔起来的亲信,知道今日大皇子既然反了,怎样也容不了自己,自然不愿束手待缚,只听他沉声道:"王爷,此时皇城上两千禁军,至少有六百人是我们五人的下属,敢请教王爷,如果没有我们出面,你如何压服所有禁军?京都守备师随时可能入京,禁军调了三分之一去了大东山,拿什么抗衡?还请王爷三思,免得误了自己性命。"

他这番话虽说得厉然,但众人都清楚只不过是色厉内荏的最后挣扎。

"本王想好的事情从来不需要再想。"大皇子看着陈一江眼里杀意渐起。

陈一江心尖一颤,热血上冲,怒吼一声,哐的一声拔刀出鞘冲了过去。

怒吼从中而绝,刀也落在了地上。三根长矛冷血残暴地刺出,将他的身体贯穿,就这样悬在了半空中!

陈一江嘴里喷着鲜血，不甘地望着三尺外的大皇子，身体在长矛上抽搐了两下，就此垂头而亡。几乎同时，另外三名将领也拔出佩刀，勇敢而又绝望地冲了过来，数声唰唰破风之声，刀光在灯光中闪耀，尸首倒地，血腥味渐起。最后那位将领则是浑身颤抖，根本没有勇气上前，看着眼前的场面，脸色苍白……

大皇子来到皇城角楼中，轻轻抚摩着被固定的守城弩机，目光顺着巨大的弩箭，看向皇城前的广场以及广场外已经被禁军控制住的四条街巷。

"依大帅令，那六百人全数轮值休息。"那名亲信校官低声禀报道。

提前用了一天半的时间在禁军的换值上做手脚，大皇子终于成功地将那六百多名禁军士兵调离了皇城，并没有惊动此时已经丧命的那四位将领。

大皇子幽幽地道："准备好了没有？"那名校官抬头看了大皇子一眼："一千二百人已经包围完成，随时可以动手。"

有一千二百名忠于大皇子的禁军于黑夜中潜入，将那六百名士兵分割包围。只要一声令下，便会举起屠刀，将禁军中最后一部分不安定分子清除干净。

大皇子将目光从望向黑夜里的那些民宅中收了回来，回头望向更深的夜笼罩着的皇宫，看了许久，始终没有发布命令，因为后宫依然那般平静。

那名亲信不知道大皇子此时心中在想什么，不免有些焦虑，暗想小范大人已经入宫，如果王爷忽然心软，谁知道天明后会发生什么。

"什么时候动手，不是由我决定的。"大皇子轻轻拍了拍沉重的守城弩机，"我们先动手会惊着宫里的人，所以决定什么时候动手的人只能是他。"

皇城城墙极为宽大，上面可以并行四匹骏马，全由青砖所筑，自然流露出一股肃杀气息。一列禁军在此排阵，看着皇城下方的广场，严阵以防，随时准备迎接来自宫外的袭击，这时却有一名禁军用深远的目光看着宫内。

"永远不要做敌人希望你做的事情，原因很简单，因为敌人希望你那样做。"他对身旁的黑骑副统领荆戈道，"这是一个叫拿破仑的人说的。皇城的门已经开了，后宫的门还关着，他们想不到我们敢用这么些人，就去强攻皇宫。"

他不知道长公主对自己的评价。换成以前，他确实不会选择如此直接而勇敢的进攻。只不过他早就已经变了，当从山间草丛里站起来的那刻起。

荆戈没有询问拿破仑是谁，问道："开始？"

范闲微微挑眉道："好。"

整座皇城被分成了三个区域，最后方的冷宫秋园小楼是被人遗忘的角落。皇城前半段有着太极殿在内的一片庄严建筑群，庆国皇帝和群臣就是在这里商讨决定着庆国所有的事情。贵人们居住的地方则在太极殿之后的无数座宫殿里，由大内侍卫和内廷太监们负责打理看守，也就是传说中的后宫。

很多人以为进了皇城便可以顺利地进入后宫，那是他们忘了皇帝这种另类雄性生物是多么在乎自己的领土和雌兽。

历朝历代的皇帝对这件事情都看得很紧，因为他们的女人太多，再天赋异禀也不免有所冷落，自然会成为世间最容易戴绿帽子的主儿。为了不戴绿帽子，皇帝们发明了太监，在后宫与前宫的中沿修起了高墙，用了大批信得过的侍卫，所以历史上和后宫嫔妃们有所瓜葛的基本上逃不出侍卫、太医、太监这三种人。

后宫高墙虽然挡不住宫里的红杏往墙外伸，却成功地挡住了许多想谋反的人。历史早已证明了这点，一百多年前的大魏，便曾经有一位文臣趁着皇帝远巡的时刻意图谋反，如范闲今夜一样只带了一千人杀入皇城，莫名其妙地闯过了禁军的防守，眼看着成功在即，不料却被留在后宫的皇后带着一大批侍卫、太监、宫女，成功地将那些谋反的士兵挡在了宫门外。

这位胆大包天的文臣，绝望地被他瞧不起的妇孺阉人们封在宫外长达三天之久！最后这位谋反者当然以死亡收场。而成功阻止这场谋反的，除了那位皇后的冷静与勇敢，宫中太监、宫女、侍卫们的万众一心，其实最关键的原因是皇帝用来圈养女人的高墙，实在是太坚固了！

然而有墙的地方，一定就有门，除非是地下的墓。

有门，自然就有开门的人，所以决定一处地方是否好攻，关键不在门有多厚，里面的门闩是不是精钢所制，而在于你是否掌握了开门的那个人。

范闲敢出乎所有人预料强攻后宫，就是因为他掌握了开门的人。

两百名"禁军"循着平日里的既定路程，向着西方运动，将要至那颗明星下方时，天上忽然一阵云过，星光渐淡，城头渐黑，禁军们像风一样地散开！

太极殿里一点灯光也没有，偶尔可以看见几个提着灯笼巡视的侍卫，还有负责打更的太监佝偻着身子走过。

范闲冷漠地看着属下像无数只鹰隼一样地散开，扑向了那些侍卫与灯光，不过数息工夫，那些灯光灭了，侍卫们被悄无声息地刺死。

这两百名下属是个混编部队，五百黑骑里调了一百人，其余的都是六处调过来的最后一拨刺客，在黑夜中行事，果然狠酷有力。

荆戈看了眼后宫高墙，沉声问道："强攻？"

范闲望向宫墙某处不引人注意的门，平静地道："我们走门。"

"走门？"荆戈有些意外地看了他一眼，心想难道大人去了一趟大东山，竟学会了传说中的神庙穿门本事？

范闲没有理会他，脱下了沉重的禁军盔甲，露出紧身的黑色夜行衣，借着树木的遮掩，靠近了那扇门。荆戈做了个手势，散落在四周黑暗里的成员们像蝙蝠一样飞掠而回，以范闲为中心排成了两道直线，紧贴在宫墙下。

荆戈也跟了上去，站在范闲身后看了一眼宫墙，心想不是特别高，二百人里应该有一小半能翻过去。便在此时，天上云头微散，一轮清亮的明月从淡云间透了出来，银色的月光照耀在他银色的面具上，画面十分美丽。

范闲站在月下轻轻敲门。他的手指节轻轻地落在厚重的木门上，发出微微的嗡嗡声。门后没有回应，紧接着却传出门簧轻动的微响，顿时二百个黑衣人震惊无比。

今夜众人跟随小范大人奉先帝遗诏杀入皇宫，虽是勇敢忠诚无俦，心中也是做好了必死的悲壮准备。没料到小范大人竟是这样把宫门敲开了！在这一瞬间，所有人对范闲生出了更多敬畏，同时信心倍增。

宫门极其厚重，里面的人有些吃力。范闲将掌贴在门上，体内真气微运，轻柔的天一道真气顺着掌心传至门上，将木门震开一人宽，却没有发出一丝声音。

范闲像风一样闪入门中，看着紧张惊惧的太监，微微点头道："辛苦了。"

戴公公吞下嘴里的口水，惊惶地看了一眼黑压压的四周，没有敢接话。只怕长公主方面也没有想到，如今皇宫内居然还有人敢冒着满门抄斩的危险做范闲的内奸。更没有人会想到，这个内奸竟是早已不复当初权势的戴公公！

是的，范闲曾经对戴公公有恩，至少有三次大恩。但他甘冒如此大险帮助范闲却不仅仅是报恩，一是他想重新获得失去之后格外想念的权势，二是这些年来他与范闲瓜葛极深，如果太子当了皇帝，只怕他连洗衣局的差使都别想，只能等死。最关键的是，戴公公清楚自己那个侄儿一直在范闲的监视之下，而他还指望侄儿替自己养老送终。

戴公公惶恐地看着四周，纳闷为什么自己开门如此顺利，那些盯着四周的侍卫，为什么没有发现自己？黑衣人不停地掠入宫门，速度极快，不一时便全部突进后宫，各自选择地形掩藏好身形。戴公公心惊胆战，知道这便是小范大人用来乱宫的部属，只是……人似乎太少了点儿吧？

"找个地方装死去。"范闲对戴公公轻声道。

戴公公闻言，赶紧佝着身子消失在黑夜之中。

闯宫，无论怎么看都极为困难、极为凶险，只不过所有人都想象不到范闲对皇宫的熟悉程度。从第一次入含光殿偷钥匙开始，如何在皇宫里突杀撤退，范闲在府中不知演算了多少次路线，而且他在宫里还有人。

机会，向来只留给有准备的人。

今夜闯宫有两个最重要的任务，分别由范闲与荆戈带领部属完成。范闲将带着六处的刺客剑手直突含光殿，务必要在宫中人反应过来之前，将宁才人、宜贵嫔、三皇子这三个人从太后的亲自看管中救出来。大皇子敢领着禁军反了，正是因为他相信范闲，范闲当然也不能让他失望。

荆戈统领的主要是黑骑中的单骑高手，要以突杀之势，直扑广信宫，务求一击中的，杀死长公主。范闲已经查出婉儿和大宝在广信宫，他却不能亲自去，一方面是含光殿更重要，另一方面可能也是下意识里不知如何面对那种局面。

两百个黑衣人像两百个幽魂，在淡淡的月色下分成无数线条，沿着箭头向后宫各处扑去。范闲朝着含光殿的方向极速前行，一路过花、过树、过湖、过亭榭，然后遇见了几个侍卫，在心里想着是丙值带刀侍卫，看来小家伙没有失手。

范闲看也没有看这几个呆立在旁的侍卫一眼，因为那些侍卫已经不能动了，不知道是中了毒还是如何，眼珠子惊骇乱转，却是发不出声音，身体也是僵硬无比，难怪戴公公打开宫门竟是如此顺利。

嗤嗤数声响，两个六处剑手拔出铁钎，干净利落地在这几个侍卫的咽喉上一划，让他们摆脱了这种噩梦般的折磨。

再过树、过花、过湖、过亭，含光殿近在眼前。范闲一甩手，一支暗弩射了出去，立即钉死一个发现了他、张嘴欲呼的守夜太监。

范闲需要速度，需要这种速度所带来的突击厉杀的感觉，需要这种厉杀对宫里面之人的震撼。药物只能针对一般侍卫所用，只能保证侍卫发现自己的时间更晚一些。他从来没有奢望过，自己带着两百个人突进皇宫，直到站在皇太后的床前，依然没有一个人知道自己的到来，其实被发现只是迟早的事情。

侧后方遥远的地方忽然传来一声惊呼以及刀兵相交的金铁碰撞声，范闲没有回头，知道行踪终于被发现了，而这时含光殿就在前方，已经不足三十丈。

"放，散！"范闲的右手握紧成拳头，然后又迅速散开。

训练有素的六处剑手们顿时自他身后散开，沿着含光殿侧方的那道曲湖，化作了无数道曲线，借着树木的遮蔽，向着那座冷清的宫殿掠去。

最后方的那个监察院剑手猛地顿住身形，先是铁钎刺入土中，接着自怀中取出一个小筒，对着天上明月一看，然后用力一扯。

烟花直冲天穹，一瞬间，将这片清幽深黑的皇宫照得无比清楚，也给京都里四面八方隐藏着的人们发出了最明确的信号。

隐迹告一段落，正式进入突杀。

突然一把刀飞了过来，斩入那个监察院剑手的右肩。剑手拿着烟花，没有躲开，鲜血绽了出来。他一声闷哼，左手反拔地上的铁钎，与两个侍卫厮杀到了一处。

此时范闲离含光殿只有十丈，他没有去看烟花，没有理会那个忠实下属的死活，只是盯着含光殿，发现里面已有动静，不由心头微寒。

快，再快一些！

他双眼微眯，杀意全放，体内的霸道真气在一瞬间提升到了经脉所能容纳的极点，然后一脚踏上了殿宇侧方的石栏，瞬间石栏尽碎！

借着这股巨大的反震之力，他飞了起来，就像一只黑色的大鸟，在月色下用一种粗暴狂妄的姿态驾临到了含光殿的上方。至最高处时他体内真气渐滞，身体微沉，他闷哼一声，右手横拍下去，以大劈棺之势将身体带动横移三分，拍在了含光殿的琉璃瓦上。只见瓦片在月光中乱飞着，这一刻似乎整座含光殿都被拍得颤抖了起来。

月色下，他借着一拍之力再次飞掠而起，如大鸟展翅临于殿顶，然后气运全身，一声巨响，含光殿被他挟着的全身霸道真气硬生生砸出一个大洞来！

就在宫女惊恐地点亮第一盏宫灯时，一身黑衣的范闲像块石头一般落在了后殿地板上，身边全是碎瓦灰土，脚下是被踩得寸寸裂开的青石板地。

而他手中握着的正是那把天子剑。

淡淡的昏暗光芒从宫灯里渗了出来，显得有些阴冷，甚至还比不上殿顶那个大洞透进来的月光明亮。那个宫女满脸惊恐地看着满身灰尘的范闲，张嘴欲叫，倏忽间范闲连掠八步，一剑平直刺出，正中那个宫女的咽喉。

血花一溅，范闲手腕轻转，天子剑于腋下鬼魅刺出，正点中一个太监的咽喉。

他再急撤三步，左脚脚尖为枢一转，就像一个舞者般美丽地旋转起来，手中的天子剑耀着寒光，随着这转势，在身前数尺地内，画出一道寒芒。

寒芒所至之处，试图扑过来拦他的太监宫女尽数倒于血泊之中。

范闲用右脚再蹬青石板地，青石微碎，他的身体如大鸟被缚，以一种怪异的身形，猛然向后退去，狠狠地撞在一人怀中，撞得那人筋骨尽碎。

他的右肘像安了弹簧一样弹了出去，天子剑脱手而出，直中侧方冲过来的一人胸膛。接着他以无剑在手的右拳向左方击出，将最后那人击飞，啪嗒一声，那人根本不及反应，头颅像西瓜落地一般碎开。瞬息间，连杀八人！

他的剑法承自四顾剑，却少了四顾剑那种一往无前的天道杀意，反而多了影子天性中的那抹阴寒。他的拳掌之技承自叶家，却又没有叶流云那般飘然海上的潇洒淡泊，反而多了些霸道真气中天然流露出来的壮烈之感。

如此杀人，谁能阻挡？

此时侧殿里还活着的便只剩下宜贵嫔母子和宁才人。今夜宁才人前来看望三皇子伤势，没有回自己寝所，反而给范闲带来了极大的方便。

当范闲如天神般闯入宫殿后，她们第一时间反应过来，隔着那层轻纱紧张地注视着范闲的一举一动，纵使再有信心，也没有想到，他居然会用如此暴力的方式，在这么短的时间内，将监视自己的宫女太监尽数杀死！

宜贵嫔无比喜悦，范闲既然冒险杀入宫来救自己母子，暮时对承平说的担忧自然不存在。在这含光殿里被监视居住，她不知道自己母子何时便会死去，此时心神一松，再看着满屋的死尸残肢，不由双腿一软便往下倒。三皇子李承平紧扶住了母亲，用感激的目光看着老师，用力地点了点头，眼中已然湿润。

此时含光殿外不知道有多少侍卫围了过来，前殿太监高手犹在，如果没有将他们救出去，仍然是个死局。范闲从那个太监身上拔出天子剑，又自靴中摸出那把黑色匕首，说道："跟着我闯吧。"

三皇子的匕首已经藏在了辰廊旁边的树丛中，见老师摸出匕首以为是要给自己防身，他扶着母亲往前走了一步，没料到，范闲竟是倒转匕首递给了宁才人。

宁才人握着细长的黑色匕首，整个人顿时生出一股英气。

范闲没有耽搁时间，朝偏殿门口走去。这个门口不是通往宫外，而是通往前殿。

是的，如果闯出宫不易，那就不如往宫里闯。

一掌贴上木门，全无先兆地，这扇木门就像纸做的一般，被无数道巨大的力量撕扯成碎片，顿时漫天飞舞！木屑未落，范闲的手掌与一个太监的手掌粘在了一处。他闷哼一声，真气疾运，只是一掌之交，他便已感觉到了这个太监的厉害，内廷侍卫果然是藏龙卧虎，洪老太监调教出来的徒子徒孙更不是吃素的。

太监的经脉被霸道真气冲击着,眼角顿时迸裂出血,知道自己不是对手,但必须拖住范闲,务必让前殿高手和太后老祖宗做好准备。

范闲没有给他拖延时间的机会,双掌间烟尘一绽,毒雾直逼那个武艺高强的太监面目,紧接着,长剑横削了过去。那个太监在霸道真气与毒烟的齐攻下,根本没有余力再做反应,只好看着那抹亮光从自己的眼帘中闪过。

范闲没有再看这个太监高手一眼,双膝微蹲,整个人便如巨鸟投林般撞了过去,没有撞向不知有多少高手拥来的道路,而是撞向了侧殿的墙壁!

轰隆一声巨响,木砖结构的墙壁竟被他硬生生地撞出一个大洞。此时那个僵立在门口的太监高手,脖颈处现出一道血线,血淋淋的头颅咔嚓一声掉了下来!

突击需要的是什么?便是如闪电一般快速,如平地风雷一般令人意想不到。

范闲今夜的行动完美地实现了这一目标,从入宫开始到被侍卫们发现后,他与监察院下属们骤然提速,像阵狂风般在群殿间翻卷着。他踏上石栏,拍碎金瓦,落入殿中,击毙众人,这一切都发生在电光石火间,如果从侍卫们的第一声喊开始计算,他只花了十余记击掌的时间,便杀入含光殿深处。

真是快若闪电,不只敌人反应不过来,甚至范闲也没有给自己任何思考判断的时间,靠着数年来对皇宫的情报收集、宫中的眼线、超乎常人的直觉,就这样杀了进去!当然,更重要的是他往日最欠缺的勇气、置之死地而后生的气势!

数十名六处剑手,也于黑暗之中向着含光殿围了过来。范闲算得极准,虽然有些低估了后宫的反应速度,可这数十名剑手刚好挡住了赶来的大内侍卫。

监察院剑手精于黑暗中杀人，大内侍卫则是庆国个人武力中的精锐，虽然及不上范建暗中替皇家训练的长刀虎卫，武力依然十分强悍。

含光殿外厮杀四起，一瞬间，刀剑相交，不知道多少人被杀死。不过数息时间，六处剑手构筑的防线便被迫压得往含光殿方向退了不少距离。但如果仔细观察，可以看出这是六处剑手主动的选择，防御圈越小，防守越是紧固，而且更容易堵死含光殿的正门，防止里面的人逃出来。

这正是范闲拟定的四面乱流，中心开花的战术。监察院下属凭恃着黑暗与大内侍卫周旋，而在整座皇宫的中枢含光殿内却要开出一朵鲜艳而毒辣的花来。

这朵花一定要捏在范闲的指间。

宫乱初起，侍卫们的反应极为神速，普通人却没有这种能力。含光殿的老嬷嬷们睁开迷糊的双眼，无声地咒骂了几句，不知道外面发生了什么事。

有些机灵的小宫女听到床上的咳嗽声，赶紧爬了起来，将太后扶了起来。

这几天太后一直在头痛，额际捆着一根黄色的丝带，她有些疲惫地斜倚在宫女的怀中，眼中闪过一丝疑惑。老年人的耳力不好，所以没有听见侧殿被范闲撞破时发出的巨响，也没有听见范闲于须臾间连杀八人的声音。但这位老妇人由于长年居于宫中，不知看过多少狂风巨浪，立刻警醒过来，瞳中闪过一道寒芒，猛地从宫女的怀中坐起，厉声喝道："关宫门！所有人退进来！"

太后的反应不可谓不迅速，猜到宫中有乱，第一时间便要集中所有人在自己的身边。因为她知道敌人既然入宫，自己自然是第一目标。

就像她听到自己儿子死讯时的反应一样，简单而准确，不得不令人佩服。只是今夜她注定要失望，因为在她发令之前，已经有一个人杀到了含光殿！

只听殿侧墙壁上忽然发出了一声巨响，刹那间，砖木乱飞，一个空洞骤然出现，而一个黑色的人影，就从这个洞中飞了出来，如一条行走于夜晚中的苍龙，瞬息间掠过半空，直扑太后的凤床！

屋与屋之间最近的距离，不是门与门间的距离，而是墙——两个房间看似极远，有时却往往只是半尺厚的墙壁之隔，只要穿墙而过，天涯便如咫尺。

只是这个世界上又有几个人能够像范闲这样，可以将霸道的先天真气运至全身，又用天一道的纯正心法护住心脉以防被霸道真气反噬，从而将自己变成一个大铁锤，直接将厚厚的墙壁撞碎！

一身黑衣的范闲挟风雷之势，向着太后扑去，空气中发出撕裂般的凄厉啸声，可想而知他的速度已经被提升到何等恐怖的程度。

太后寝宫中的太监高手们终于发动了，四声暴喝，四只干枯的手掌，向着快速前突的范闲身体抓了过去，如老树开花，要缚住那林中巨龙！

看似干枯老迈的手掌中不知挟着多少年才能练就的纯正真气，太后如果没有强大的武力守护，怎敢用宁才人的性命去威胁手握重兵的大皇子？

太后看着半空中的范闲，眼神漠然，仿佛下一刻他就会变成一具尸体。

出乎所有人意料，范闲没有减速，气势却瞬间消失，由天神变成了一道幽魂，由极霸道倏尔变得极温柔，两种截然不同的真气同时出现在了他的身上！

四个太监高手十分骇异，他们没有见过，也没有听说过谁能够将这样两种性质完全相冲的真气练到巅峰，而且都是世间最顶尖的绝学。

但他们的信心没有消失，因为他们是洪公公统领的内廷高手中的四位强者，一直负责保护太后的安全，除非大宗师，谁能无视他们的联手一击？

是的，范闲不是大宗师，但他是整个天下身法第二快的那个人，当年海棠的剑尖都刺不中他翻滚的身体，更何况如今将两种真气渐渐融会贯通的他！只见他左膝一抬，右肩一扭，于半空无可借力处，异常神妙地偏转了少许方位。

第一只枯瘦的手抓住了范闲的右肩，却像是抓到了一团云，浑不着力。

第二只枯瘦的手抓住了范闲的左臂，不料却抓到他阴险藏于袖中的剑锋。剑锋裂袖而出，将那只蕴藏着精纯真气的手掌划出长长的一道口子，露出内里的白骨，鲜血被真气一激，全数喷出，淋得范闲半片身子都是血色。

第三只枯瘦的手抓住了范闲的右膝，撕下一片衣衫。

第四只枯瘦的手却落空了，只抓住了范闲的一只鞋！

看着这一幕，太后眸中闪过一丝寒意，寒意未退时，又透出一抹寒光！

如一阵风至，范闲来到太后身边，鲜血从破开的袖子上滴下，落在太后的脸上，手里那柄耀着寒光的剑，异常稳定而冷酷地搁在太后的脖子上。他脸色惨白，唇角溢出一丝鲜血，半边身体的黑衣都浸在血水中，眼神却是无比坚定，用冰凉的剑锋冷却着含光殿内所有人的心。

四周一阵死般的沉寂，所有人都睁着惊恐的双眼，看着眼前这一幕场景，除了鲜血滴落在床上所发出的滴答声，再没有丁点儿声音。

第二章 多情太监无情剑

这是庆国开国以来第一次有刺客杀到皇宫的深处,第一次有人把剑搁在太后的脖子上,包括那几位高手太监在内的所有人都被镇住了,不知该如何办。

范闲的表情太平静,就像他剑下只是个普通人而不是太后。众人从心底生出一股寒意,觉得范闲真的敢将长剑一拉,让太后送命!

殿内死一般的安静,衬得殿外厮杀惨呼声愈发清楚。

"传旨让外面的侍卫住手。"范闲微微屈下右膝,将自己的身体小心翼翼地藏在太后的身后,长剑反肘架在太后的颈侧,凑在太后染着血的耳旁轻声说道。

话语很平静,但透着股不容反驳的力量,所有人再次生出强烈的感觉,如果太后不下旨让外面的侍卫们住手,范闲真的敢出剑杀了她。

然而,太后毕竟不是普通人,她当年还是诚王妃的时候,便经历了多年朝不保夕的日子,而后又做了数十年的皇后、太后,心性之沉稳强大让人难以想象。

她回望范闲,花白的头发有些乱,眉毛却是拧在一处,透着股与生俱来的威信,冷声道:"大逆不道的东西!居然敢要挟哀家?"

声音如斩金破玉,震得宫内众人身子一颤!范闲心头微凛,没想到太后此时如此狼狈,境地如此糟糕,居然还会如此硬气。更令人意想不到的还在后面，只听着啪的一声，太后居然反手打了范闲一个耳光！

一个淡淡的红掌在范闲的脸上浮现，太后似乎根本不害怕横在自己脖子上的冷锋，望着范闲满是轻蔑与不齿道："难道你敢杀了哀家不成！"

所有人都吓呆了，没有想到太后居然如此强横，难道她就不怕范闲真的把她给杀了？有些嬷嬷和宫女竟是吓得晕了过去。

范闲知道太后为什么如此强硬，因为他如果要控制皇宫，此时便不能杀她。更何况她毕竟是太后，是他血脉上的亲奶奶，她料准范闲不敢当着这么多人的面动手，即便错了，她也要保持住自己的气势，才能有反转的机会。

反转的机会很快出现，一直安静在殿边的侯公公忽然奇快无比地飘了起来，却不是冲向范闲与太后，而是掠向了范闲撞破的那个大洞。

范闲眼神一冷，却无法离开太后身边，只能眼睁睁看着一位太监高手制住了宜贵嫔。宁才人挥舞着黑色的匕首，被几个太监挡在了外围。侯公公的手掌紧紧扼住了三皇子的咽喉，他看着远处的范闲，恭谨道："小公爷，不要太冲动。"

范闲看着侯公公，面露异色，他此时才知道这位排名姚太监之下的二号首领太监居然也有如此高明的修为。

接下来情势会怎样发展？所有人都在等待着范闲的决定。范闲没有沉默多久，直接举起右手，朝着太后苍老的脸颊狠狠地打了下去！

啪的一声脆响，比太后先前打范闲的耳光更响！

太后不可思议地捂着自己的脸，盯着范闲，唇角渗出一丝鲜血，只怕是牙齿被打松了。所有人瞠目结舌，这是圣皇太后，是皇帝陛下的亲生母亲，是范闲的亲奶奶！而范闲……居然敢打了她一耳光！这是难以想象的羞辱！这是比打杀更加可怕的举动！

更可怕的是，范闲已经证明他什么都不在乎了。

我敢打你耳光，当然就敢杀你！

范闲看着太后认真地说道："放人，住手，我不想再重复第二遍。"

太后气得浑身发抖，知道自己终究还是低估了这个贱种，低估了对方的冷酷与强悍的心神。她感觉到脖子上的剑又紧了一分，也许只是过了一瞬间，也许过了许久，她显得更加疲惫了些，终于开口道："依他的意思做。"

"你亲自喊，声音大些。"范闲说道。

太后愤怒地盯着范闲，用苍老的声音对殿外喊道："侍卫听令，统统住手！"

所有人都松了一口气，范闲太可怕了，没人想目睹一场孙杀奶、臣杀太后的恐怖场景。只有扼住三皇子咽喉的侯公公微微皱眉，不知道在想些什么。

"看来侯公公很想你死。"范闲对太后认真地说道。

太后看了侯公公一眼，那四位老太监皱着眉头，往侯公公处挪了一步。

侯公公叹了口气，松开了自己的手掌。

三皇子惊怖未定，赶紧扶着母亲，和宁才人走到了范闲的身后。

含光殿所有的门同一时间被推开，殿内显得通透无比。这里的人可以清楚地看见那些手持直刀包围着含光殿的侍卫，还有地上伏着的无数死尸。

殿外的初秋夜风也吹了进来，凉意深重，却让人不得清静，因为随着这阵风，那些鲜血的味道也进入殿内，直冲众人的鼻端。

数十名六处剑手撤入含光殿内，将太监们包围起来。几名厉害的老太监不得不接受事实，被监察院特制的铁指扣扣了起来。范闲已经用行动证明了他敢杀太后，在此情况下谁还敢反抗？就算是侯公公这种想反抗的人，也不敢有多余的动作。

范闲看着满身带伤的下属们，眉头微挑，殿外的狙击时间极短，依然有十几名忠心耿耿的下属就此归天。突进皇宫，想不死人是不可能的，仅付出这么小的代价便控制住了含光殿，已经是邀天之幸。他回头望向太后道："如果我要杀你，有无数种方法让你死都不知道是怎么死的。"

听到如此冷酷而轻蔑的一句话，太后咳了起来，颈间被天子剑割出一道血痕。太监宫女们面露惊惶之色，想上前服侍，却不敢动弹。

太后转过头来，用怨毒的眼神盯着范闲道："你和你母亲一样，狼子野心！哀家倒要看看，你窝在这座皇宫里，到底能做些什么。"

是的，就算范闲此时抓到了太后，控制住了皇宫，可是接下来该怎样做？六处剑手望着他，等待着他下一道命令。

范闲在等待皇宫里别处的消息，也在等着皇城处的动静，在等待的过程中，他冷冷地看了一眼被剑手们包围着的侯公公。

侯公公心生警意，暗中运起了真气。

范闲点了点头。

侯公公大惊失色，双袖一翻，便准备搏杀！不料他抬起眼帘，却看见十来支闪着黝黑光芒的小弩正对着自己！

侯公公暴喝一声，身形突起，但只是拔高了一尺，整个人便变成了刺猬，十支弩箭深深地扎进了他的身体。啪的一声，他摔倒在地，睁着不甘闭上的双眼，就此死去。

范闲不知道侯公公是长公主的心腹，但直觉以及先前的那一幕让他有所警惕，所以才会突然发难。在这种关键时刻，他不惮于杀人，宁肯杀错，不能杀漏。

侯公公的突然死亡惊得殿内一片哗乱，刚平静些的局势又乱了起来，殿外的侍卫们也处于紧张的状态，朝着含光殿逼进了几步。

范闲没有乱，他缓缓取下太后脖子上的剑，扫视场间，目光所及之处，无人敢与他对视，所有的人都低着头。然后他在太后身边坐了下来。

含光殿里一片死寂，范闲与太后这对祖孙并排坐在床上，身上都染着他人的鲜血，冰冷着自己的心情，令睹者无不心寒。

没过多久，殿外忽然生出一片嘈乱，似乎发生了什么令人震惊的事情。

范闲没有起身，对太后道："让他们让出一条道路来。"

太后花白的头发垂在染血的脸颊边，没有染血的半边脸颊已经被范闲那记耳光打得肿了起来，看着异常凄凉。她冷冷地看了外面一眼，点了点头。

侍卫统领看着殿内局势，一咬牙，将包围圈让出一道口子。

十余名监察院下属挟着一个衣衫不整的妃子走入了含光殿。范闲看着人数，心里咯噔一下，知道那边死的人更多，待看见那个妃子清丽的容貌后，心情更异。

来者是二皇子的亲生母亲淑贵妃，自从太后明旨太子继位，二皇子臣服后，太后便将太子与皇后、长公主、淑贵妃遣回各自宫中居住。

范闲望着淑贵妃温和地一笑，拍拍身边的软床，道："娘娘，请坐这边。"

淑贵妃自幼好诗书，心性清淡，与范府的关系还算不错，并未因二皇子的关系而生出太多嫌隙。再说她也是个明哲保身的聪明人，范闲对她没有恶感，只是今夜闯宫，她也是必须要控制住的人。

淑贵妃今夜被刺客强掳，本以为必死，却也猜到了是谁行下如此大逆不道之举。此时看着范闲那张脸，她连先前想好的怒骂之词也说不出口，待看着太后那般狼狈模样，更是心寒，只得沉默着依言坐在了范闲的身边。

先抓到的是淑贵妃，这是范闲意料中的，东宫和广信宫的防守仅次于含光殿，也是要害之地，没有这么快能够得手。所以……当他看见戴着银面具的荆戈，沉默地领着属下踏入含光殿时，他的心头一沉，知道有麻烦了。

形势果然很麻烦，荆戈低下头在范闲的耳边说了几句什么，范闲的脸色越来越沉重，眉宇间仿若压上数千斤重的巨石，难以舒展。

又一组下属回报，依然是坏消息。

范闲用力揉了揉眉心，片刻后叹了口气，对床上的人们轻声说了一句话："本想全家团聚一下，看来不能了。"

他的身边坐着太后与淑贵妃，身后倚坐着宜贵嫔、宁才人和三皇子，整个皇家大部分人都在这张床上。所谓全家，自然是天子家，如今庆帝已去，天子家除了床上这六人，还有太子、二皇子、皇后母子和长公主殿下。范闲下意识里把靖王爷排除在外，因为他觉得那个花农要比这家里所有人都要干净许多。

没能全家团聚，是因为荆戈和另一组没能抓到人。

不知为何，长公主和太子似乎提前得知消息，在范闲杀入宫前，趁着黑夜，从冷宫方向逃了出去，荆戈率着百余名刺客竟是没有追到！

如此危险的突杀，却没能抓住最重要的几个人！范闲渐渐平静下来，此次闯宫未获全功，但毕竟抓住了太后和淑贵妃。世上没有完美的事情，他这次的运气没有好到用两百人就能改变历史的进程。

"哀家知道你想做什么，只是哀家的旨意早已颁下去了。"荆戈在范闲耳旁说的话，全数落在了太后的耳中。她眼中闪过一丝讽意，望着范闲道，"承乾带着哀家的旨意出了宫，明日大军便要入京，你可害怕？"

"我这人胆子一天比一天大，不然也不敢把您的脸打肿。"范闲微笑地望着太后，冰冷的话语却令人战栗，"太后可以有很多道旨意，比如十三城门司还在您的控制之中，只要您再下道旨意关闭城门，老秦家怎么进来？"

"我想您也知道，长公主安插在城门司里的亲信昨天夜里就被我派人杀了。"

"我是在帮助您牢固地控制那九道城门。当然，我的目的是控制您。"

"您虽然已经七老八十了，但还是怕死。所以这道懿旨，您总是要发的。"

这些话从范闲薄薄的双唇中吐出来，格外轻柔，格外可怕，太后气得浑身颤抖，瞪着他半响后，忽然看了宁才人一眼，又对范闲道："即便那个夷种助你，你们顶多只能控制皇宫，宫外你有什么办法？"

范闲认真地回道："我只带二百人进宫，不是我自信，而是因为我在宫外留了一千七百人，你说我在宫外有什么办法？"

此时，远处忽然爆出一阵喝杀声，以及宫门爆裂的响声。

范闲知道大皇子的禁军终于杀了过来，心境微定，对荆戈命令道："我把含光殿交给你，不论是谁，但凡有异动，就给我杀了。"

荆戈毫不犹豫地领命，脸上的银色面具耀着令人心寒的光芒。众人心想此人究竟是谁，对范闲这样大逆不道的命令竟接得如此从容淡定。

就算是监察院官员，也依然是庆国的官员，哪里敢杀太后？他们不知道这位黑骑副统领当年在营中挑了秦家长子，在庆国死牢里待了许久，不知他曾受过多少折磨。本就是个只知复仇、大逆不道的人，范闲才敢交付他这大逆不道之事。

这时，宁才人忽然道："你这把匕首先借我用用。"

范闲知道她是怕一旦真出了乱子，荆戈不敢对太后下手，而她……这位当年腹中胎儿险些被太后毒死的东夷女俘，却一直充满暴烈血性地等着某个机会。

范闲笑着对她点了点头，然后向含光殿外的黑夜里走去。

铮的一声，他反手将染着鲜血的天子剑插入背后的剑鞘中，走下含光殿的石阶。几个启年小组的亲信紧跟在他身后三步之远，也走下了石阶。

所有人都看着他，不知道在这样的关键时刻他要去哪里。

他带着几个下属平静地走过那些如临大敌、手持兵刃的大内侍卫，眼睛都没有眨一下。侍卫们哪里敢动手，眼睁睁地看着他消失在了皇宫的暗夜里。

禁军的行动，正如大皇子对那个亲信校官说的一样，发动的时间取决于范闲在宫中突进的进程。当范闲那个勇敢的属下，在侍卫的包围中站住脚步，对着天上的明月发出那支令箭时，禁军便动了。

那支烟花令箭是那样的明亮，瞬间照亮了皇城。

大皇子站在守城弩旁，看着那支划破夜空的烟花令箭，面部线条骤然强硬起来，只见他举起右手，像把刀一样地砍了下去。

砍在了皇城角楼处空荡荡的夜风中。

一把刀砍了下去，直接将大铺上的两个士兵脖颈同时斩断，鲜血噗的一声喷到墙上，异常血腥地击打出两朵大血花来。

持刀夜袭的禁军将领收回长刀，暴喝一声："杀！"

黑夜中，不知多少人如潮水般涌入皇城广场边的几条街巷中，悄无声息地进入那些大厢房，然后开始血腥的屠杀。六百名被换值休息的禁军士兵还在睡梦之中，不少人就这样断送了性命。有些人被惊醒后，根本没有反应过来，便迎来了无情的刀与枪。

是的，杀人的与被杀的都是同胞，如果换一个时空，换一个场地，他们或许会与胡人并肩作战，喝着烧刀子，抹着雪亮的刀刃，勇敢地杀入敌营，为彼此挡箭，为对方挡刀。然而今夜只是一方面对一方面的屠杀，异常无情的屠杀。

没有用多长时间，忠于大皇子的两千禁军，便清理干净皇城前的一大片区域，无数的死尸与鲜血混杂在一起，腥气冲天。

禁军们的脸色并不好看，他们这是第一次杀自己人，但他们又清楚这些人并不是自己人，今天晚上做的事情不允许有丝毫的软弱。他们看过大帅传来的行玺，看过陛下的遗诏，所以他们身上有热血，心头有信念——我们是正义的一方。

一支穿云箭，千军万马来相见。

那支耀眼的烟火绽放在京都寂静的夜空中，虽只一刹，却不知惊了多少人的心。

禁军的内部清洗最先开始，与此同时，潜伏在黑夜里的监察院部属们也显出身形，朝各自拟好的目标进发。

刑部大衙一向阴森冷清，尤其是在这样的夜里。这时突然响起一阵急促的脚步声，守夜的差官们惊讶地发现，一大批穿着黑色官服的人正朝这边逼了过来。

差官们脸色惨白，马上鸣锣示警，迅速往刑部衙堂里退去。因为他们从那些黑色官服上看出对方的身份，知道自己这些人绝对不是来者的对手。

示警声起，刑部官差们向后赶去，谁都清楚，刑部大牢是重中之重，因为太子不敢将那些反对自己登基的文臣押入监察院天牢，全部关在了此间。

没有太多厮杀声响起，只是几声惨叫和一阵嘈乱后，监察院约三百人的队伍便进入了刑部深处，把刑部差役与大牢看守围在了正中。

双方人数差不多，似乎刑部还有一战之力，但不敢回家、只敢在刑部看守天牢的尚书大人与别的官员们却无法产生任何反抗的念头。

因为对方是庆国官员最害怕的监察院官员，因为这位尚书大人清楚，监察院既然敢如此猖狂，那就意味着小范大人要掀起一场血雨腥风。

监察院领头的官员冷漠地看着刑部尚书，一字一顿地说道："本官奉太后旨意和亲王军令，前来接诸位老大臣出狱，烦请尚书大人移交。"

移交？不，这是劫狱！但刑部尚书不敢出声喝骂，昨天夜里他倚为左右手的侍郎便是在这里神不知鬼不觉地死了。谁都不知道那两人是怎么死的，他可不想成为第二个冤鬼。但是如果投降，还有活路吗？

火把将刑部尚书的脸照得有些怪异。似乎是猜到了他的心思，那位监察院官员盯着他的眼睛硬声说道："太后说了，从逆者若真心悔悟，既往不咎。"

刑部尚书苦笑无语，连太后的旨意都搬了出来，看来范闲已经控制了皇宫。再者长公主那边没有消息，只怕也出了问题，当此大势，自己何必再苦苦支撑？

但转瞬间他又想到，如果宫里的争斗还没有解决，范闲没有占得上风，自己就这样轻易降了，事后怎么向太子爷和长公主交代？

刑部尚书眼光变换不定。那个监察院官员冷漠地看着他，不再与他进行更多的交流，接着他又缓缓地举起右手，数百个监察院官员有的举起了弩，有的拔出了铁钎，准备向刑部大牢的厚重大门发起攻击。

那个监察院官员面无表情地数道:"三、二……"

"且慢!"刑部尚书终于被吓破心胆,喊了起来,"臣要澹泊公的话!"

当此危局,刑部尚书的胆吓破了,人还没有变得痴呆,知道如今太后的旨意只是一张破纸,真正能保住他命的还是提司大人。

监察院官员从怀中掏出一份早已准备好的文书,扔了过去。

刑部尚书从地上拾了起来,就着火把的幽光看了一遍,这份诰书上面清清楚楚地写着,长公主与太子李承乾阴谋勾结东夷城、北齐的刺客,于大东山上刺杀陛下。还写到征北营大都督燕小乙牵涉谋叛,已被范闲亲手所诛!

罪名不是关键,刑部尚书关心的是最后面的话,看到最后,他的面色终于缓和了一些,这封名为宣诏讨逆诰的文书总共四百余字,而最末一百字清楚写着,有被李承乾蒙蔽者,但凡悔悟且立功者,既往不咎。他捧着诰书的手在颤抖,这封诰书上面并没有太后的玺印,却有着陛下的行玺。最关键的是,最下方有范闲的亲笔画押!在这种时刻,什么玺印都敌不上范闲的画押有效。他看了一眼身周面色如土的刑部差官衙役看守,垂下头去,拜在了那个监察院官员的面前,低声道:"臣……认罪。"

缴械、缚指、牵绳,所有人都在极短的时间内被控制起来,单给尚书大人留了些颜面,仅仅除了他本来就没有穿好的官服与乌纱。

各式刀枪棍棒堆在角落,刑部官员被监察院特制的钢指套反缚双臂,而这些指套间都被结实的麻绳套在一起,就像是老年饥荒年间被串成一串待炸的蚂蚱。

所有的动作都显得格外熟悉与快速,因为监察院这个衙门从诞生的第一天开始,就是用这些手段,对付庆国各部衙门里的官员。

很多年了,监察院的恐怖已经深植于所有庆国官员的内心,就像是天敌一般,官员们面对着这群黑衣人,实在没有反抗的勇气。

两扇沉重的刑部牢门早已被打开,监察院官员分出许多人手,扶出了四五十位狼狈不堪的官员。这些官员身上的官服都没有来得及剥去,却已经被打得满身伤痕，由此可见太子当日在太极殿上逮捕这些官员时是多么的匆忙与混乱。

很多官员受刑之后，已经无力行走，在这些监察院官员的搀扶下，才气息奄奄地挪出了刑部大牢的门口。领头的监察院官员眼神一凛，快步上前，单膝跪在这些官员的面前，沉声道："下官监察院二处主簿慕容燕，奉太后旨意，前来迎接诸位大人，诸位大人辛苦了。"

官员们看着这位身着黑色官服的监察院官员，百感交集。慕容燕没有起身，对着领头的两位官员郑重一礼道："提司大人令下官代为叩谢二位大学士。"

这两位官员便是在太极殿上大胆反抗，强行阻止太子登基的门下中书首领大学士——胡大学士和舒芜老先生。

舒芜脸上犹有伤口，此时的他并没有太多逃出生天的喜悦，有的只是对京都局势的深深担忧。他知道范闲的性情，既然今夜敢冒险劫狱，皇宫一定大乱，陛下……陛下，不知道陛下的多少亲人会在这场风波中死去。

胡大学士却是笑了笑道："澹泊公错了，我并未助他，何来谢字？"

慕容燕闻言一愣。来不及述说宫中的详细局势，刑部外早已驶来十辆马车，将这些受伤的大臣接到车上，然后往皇宫里驶去。如今京都局势依然危急，这些甫脱大狱的大臣们，暂时还不能回府。

看着马车往皇宫的方向行去，站在刑部门口的慕容燕终于松了一大口气。

对于刑部大牢，范闲下了死命令，务必要保证胡、舒二位大学士以及那些文臣的安全——如果不是这些不畏死的文臣在太极殿上发难，强行将太子登基的日子拖后，使得朝政一片混乱，他根本没有机会发动此次宫变。

他向这些大臣们借骨头一用，便要保证他们骨头的完好，这是应有之义。

当整座京都都因为那支烟火令箭陷入混乱时,本应出面弹压混乱的京都府却是大门洞开,灯火通明,此景看上去十分诡异。

一脸肃容的二品大臣京都府尹孙敬修,面色沉重地走到了正堂之中。下属们瞠目结舌地看着府尹大人,心想都深夜了,为什么孙大人还穿着全套官服?

数息之后,脚步声如雷而至。孙敬修面色复杂地看了一眼下属们,无比后悔地叹了一口气,随后命令下属们将京都府的大门打开。

大门一开,监察院官员们鱼贯而入,在面面相觑的京都府官员的注视下,占据了正堂四周的要害位置,将孙敬修围在了正中。

这时监察院官员中走出一人,此人正是监察院一处头目沐铁。这位面色如铁的官员冷漠地看着孙敬修,问道:"大人令下官来问大人,究竟想好没有?"

孙敬修再叹一口气,内心挣扎半响后,双腿似乎忽然无力,啪的一声跪到了地上,低声道:"臣知罪,不敢乞公爷原谅。"

顿时,满场哗然,所有的人都无比震惊,不明白一直秉承太后旨意、在京都里死命捉拿范闲的府尹大人,为什么在监察院官员临门时竟是不思抵抗,就这般降了!

沐铁依旧面色如铁,似无所动,心里却同样是震惊无比。他今日领命前来京都府,本以为要面临人生最惨烈的一场厮杀,可一入京都府,只见满府光明,本以为中伏,不料事态果如小言大人所说那般出奇顺利!

孙敬修跪在地上,左手将乌纱抱在臂内,面色异常惨淡。先前他在后园里与那位白衣公子做了一番谈话,才知道原来范闲竟在自己的府中躲了数日,这次京都之变的发动地竟就在自家后园,就在自家闺女的房中!此次闯宫的刺客,竟然有四百人用的是京都府文书才得以潜入京都!

只要这件事情被捅出去,不论今夜自己如何表现,肯定不会容于太子殿下，不容于长公主，天下人都会认为自己是范闲的人。他无可奈何，只好做出了一个艰难的决定，选择了投降——反正会被人认为是小范大人的人，那干脆就变成小范大人的人，至少还可以活下去。今后的前途、安危……

颦儿应该会替自己说话吧？孙敬修想到这点，不由气血上冲，险些昏厥过去。那些闯宫刺客入京的文书关防都是从自己书房里发出去的，除了颦儿那丫头，还有谁能冒充自己的笔迹，偷用自己的官印，还不被下属们怀疑！

下辈子再也不生女儿，女儿的胳膊肘总是往外拐……

孙敬修无比悲哀地想着。

禁军强行突入后宫，在一千多名虎狼般的军士面前，已经六神无主的内廷侍卫与太监们很明智地选择了投降，纵使有些强硬之徒，也很快成了死尸。后宫暂时恢复了平静，隐约能够听到沙沙的脚步声，以及甲胄撞击发出的啪啪响声。

范闲脸色沉郁地推开了东宫的大门，将驻留此地的闯宫剑手留在了宫外，穿过一路死尸，走进这间修复不久的宫殿。

在含光殿里他表现得很平静，其实内心却并非如此——没有捉住太子和长公主，等若是在自己的计划上撕开了可能永远无法修补的一道口子。此时他似乎听到遥远的宫墙外，马蹄声正在响起。

他知道这是幻听，既然宫中基本被控制，大皇子肯定已经派出禁军向京都纵深挺进，力图掌控更大的范围。大皇子和他一样，既然动了手便不会留手，此时禁军和监察院正在京都里拼命追索太子和长公主的踪迹。

最关键的是，婉儿和大宝被长公主带走了，这让他愤怒而又无助。他走入殿旁一个安静的房间，看着那个箕坐于地的太监，看着太监脸上的痘痕，心中大怒，转瞬间却又心头一软，无可奈何地叹了一口气。

失魂落魄的洪竹从地上爬了起来，跪在他的面前，低着头，一言不发。

这间房没有别人,只有站着的范闲与跪着的洪竹,外间的幽光透进来,将二人的影子打在墙上,看上去有些诡异。

范闲盯着洪竹失神的面庞,垂在袖边的手握紧成拳,又缓缓松开,有些疲惫地道:"我需要一个解释。"

洪竹满是歉疚与自责地磕了个头,没有解释什么。他是范闲在皇宫之中的最大助力。范闲敢靠两百人就突入后宫,靠的便是洪竹对后宫的完全掌握,对大内侍卫的分布及贵人们生活细节的了解。

这个青云直上的小太监本来被调到了含光殿,后来又被太子要了回去。太后属意太子继位,自然不会拒绝这个小小的要求,于是洪竹成为皇宫里最特殊的那个人。他曾经在御书房里捧过奏章,在含光殿里服侍太后,在东宫中与皇后相依为命两个月。出奇的是,所有的贵人都欣赏他,喜爱他,范闲也不例外。

只不过从来没有人知道洪竹是范闲在宫中的眼线。由宫门直突含光殿一路上的那些丙值侍卫之所以会中毒,无法抢先预警,也是这个太监的功劳。

此次闯宫能够成功,洪竹居功至伟,然而……东宫在洪竹的眼皮子底下,太子与皇后怎么能够逃了出去?范闲面无表情地道:"是你通风报的信?"

洪竹不敢看范闲寒冷的双眸,重重地点了点头。范闲倒吸一口冷气,不可置信地望着他:"你知道这是在做什么?我们是在造反,不是在玩过家家!你怎么了?难道是忽然心软?你不想活下去倒也罢了,可宫里这些人怎么办?"

他真的失望愤怒至极,怎么也想不明白,一个如此周密的计划,却莫名其妙出了这么大的漏子!为什么?为什么!

"太子对奴才极好,皇后娘娘很可怜。"洪竹跪在范闲面前哭了起来,鼻涕眼泪在脸上横飞,"最后还是没忍住。大人杀了我吧,我也不想活了,秀儿被我害死了,我不知道自己还要害死多少人……都是我的罪过……"

范闲沉默了一会儿，问道："广信宫那边是怎么回事？"

洪竹颤声道："我不知道。"

范闲觉得有些疲惫，他哪里想到洪竹真的就只是心软，由此可见，太子着实是个宽厚有情之人。而且心藏秘密的洪竹，在太子被逐南诏的数月间，和可怜的皇后在东宫里相依为命，或许生出些不寻常的情愫。

他看着跪在身前的太监，忽然开口道："你站起来。"

洪竹跪在地上不敢起身。

"站起来！"范闲压低声咆哮道。

洪竹畏畏缩缩地站了起来，忽觉胯下一痛，不由痛呼出声。范闲将手收了回来，脸上带着极其复杂的情绪，看着洪竹摇了摇头，叹了口气。

洪竹脸色惨白，惊恐万分地看着范闲，旋即想到，自己暗中通知皇后和太子逃走，只怕这条命快要没了，事已至此，那何必再怕什么。

出乎他的意料，范闲没有说什么，也没有一剑砍落，只是叹了口气，挥了挥手，一个人向着东宫的外面走去，背影显得有些孤单与落寞。

洪竹怔怔地看着他的背影，不知为何又哭了起来。

范闲走出东宫的正门，再也听不到洪竹的哭声，恼怒无来由地少了许多，心里却有些空荡荡的。他挥手唤来下属，将东宫及广信宫的所有宫女、太监押至辰廊处的冷宫看管，便一个人走入了皇宫的黑暗中。

洪竹的临时心软带来了无法弥补的损失。在那瞬间，愤怒的范闲确实有杀人的冲动，只是这股冲动马上又消失无踪，因为他听到了"秀儿"这个名字。

在杭州的时候他就想过那个宫女的死亡会对洪竹产生什么样的影响，因为他清楚，洪竹不是一般的太监，他是个有情有义的太监，不然范闲也不敢将那么多的大事托付于他。只是……洪竹是多情太监，对范闲有情，所以才会冒大险掀起宫乱，助他进宫。他对太子有情，对皇后有情，所以才会在最后一刻放手。

"或许是自己太过无情，才想象不到有的人居然会如此有情。"范闲很自然地想到了胶州水师里的许茂才。许茂才和洪竹是他在庆国朝廷里扎得最深的两根钉子，偏偏在这场震惊天下的朝堂大乱中，这两根钉子都生出了自己的想法，带来了极大的麻烦。但如果没有许茂才，范闲根本无法从大东山下的深海中脱身，如果没有洪竹，范闲连后宫都无法进入，所以他知道自己没有资格去怪罪什么。他有些无奈地想到，在以情动人这方面，太子已经修炼得比自己更强大——太子偶尔有真性情，自己此生却是虚伪到底。

禁军在监察院官员的帮助下肃清了后宫，大内侍卫们全数被擒。范闲沉着脸回到含光殿，对守在宫外的荆戈低声吩咐了数句。

荆戈一听，面色微异，没有想到大人现在居然开始考虑失败的后果，但他并未询问什么，而是伸出右掌按紧了脸上的银色面具，带着一部分黑骑高手出宫而去。

庆国历史上第一次宫乱的两位主谋者，在那支烟火令箭冲天约半个时辰之后，终于在高高的皇城城墙上相会。

范闲对大皇子行了一礼，大皇子盔甲在身，依旧郑重回礼。夜风忽至，吹得大皇子的大红披风猎猎作响，吹得范闲那件黑色监察院官服如浆洗般硬挺。

紧张巡守的禁军将士看着这一幕不由心动，忽然生出极大的信心。庆历元年以来，大皇子领兵西征，声威渐起，未曾败绩。范闲执掌监察院之后，俨然成为陈萍萍第二，较之更加光鲜亮丽。

二位皇子就如同他们身上的战袍，炽热得鲜红，冷漠得纯黑，光明与黑暗联手，世上又有多少人能够抵抗？

范闲与大皇子直起身来，没有说什么，二人来到角楼的外侧，注视着皇城脚下的广场和更远处极引人注意的几个火头，听着远处隐隐传来的厮杀声。

准确地说，大东山之变后二人根本没有见过面，却一手促成了今日的宫变，依靠的便是彼此的信任与默契，而不是以利益为根本。

这二位皇子在天子家中，都是被侮辱、被忽视的那一部分，他们的母亲曾经并肩战斗过，今日二位子辈也终于开始强强联手。

此时有一千名禁军驰马而去，他们要在天亮前控制整座京都，有范闲留在宫外的一千余监察院官员作为帮手，接下来的部署应该会比较顺利。

"天亮之前，必须抓到他们。"大皇子此言中的他们，自然是太子、皇后以及长公主李云睿。此时，至少有三百名禁军正在拼命索缉逃出宫去的那些人。

范闲得知太子与长公主逃出宫去的第一时间就已经下了命令，监察院此时也正在京都里做着努力。只是他心里清楚，如当时自己在京都躲藏时，长公主极难抓到自己一样，自己要抓住对方也极难。而且对他和大皇子极为不利的是，离天亮只有三个时辰了。

"含光殿里一切都好。"范闲没有接大皇子的话题，"太后没有事。"

大皇子是个宽仁孝悌之人，不可能有范闲那些举动，便是连听到"太后"这个称呼，他的情绪都低落了一分，显得有些不自在。

范闲微笑地望着他，似乎看穿了他的心思，轻声道："皇权的争斗向来是你死我活，我们只是执行陛下的遗诏，史书上会给你应有的评价。"

"我不在意这个。"大皇子摇了摇头，"父皇既然在遗诏里令你全权处理此事，我便相信你能处理好，我对你有信心。"

"可你能给我信心吗？"范闲看着与阔大皇城比起来显得有些稀疏的禁军士兵，叹了口气。

大皇子明白他担心的是什么，道："一些禁军去了大东山，今夜又折损了一部分，但守城向来是一对三，尤其是皇城这种地方，一对四也可。"

"但皇城极大，全面照拂也是件难事。"范闲低头盘算着，"如果真让长公主和太子逃出京都，老秦家可以调多少军马入京？"

"京都守备师一万人。"大皇子既然起兵，当然对京都内外的军事力量盘算得十分清楚,"你我合兵一处,共计五千人,应该能顶住。"

"我的人不能用来守宫。"范闲摇了摇头,举起右臂指着黑暗的京都宅海道,"他们只有在那里面才有力量。而且老二不在宫中,他的动作快,只怕已经偷偷溜出城了。叶家难道不用考虑?老秦家也不仅仅是京都守备师一属。皇宫又是孤城,不似大郡储有粮草,如果被大军围宫,你我能支撑几日?"

大皇子剑眉微挑,如果真是叶秦两家联手来攻,就算这时候皇宫里突然再变出三千禁军来,他也没有什么信心。他盯着范闲的眼睛问道:"你究竟想说什么?我当然知晓皇宫不易守,但为什么我们要守宫而不是守城?"

"十三城门司现在不在我们手上,我们根本不知道那九道城门有哪一道会被长公主轻轻敲开……就像我敲开后宫的门一样。"范闲轻声回道。

"不要瞒我。"大皇子道,"你不可能放弃城门司不管,你的人已经去了城门司,昨天夜里长公主埋在城门司里的钉子已经被你杀了。"

"监察院不是神仙,不可能把所有的钉子都挖出来。如果太后的旨意无法收服城门司张统领,你我便要做好被大军困在宫中的准备。"范闲盯着大皇子的脸又道,"秦家大军大概四天后才会到,叶重返京的时间也差不多。"

大皇子没有问范闲为什么对老秦家的部署了解得如此清楚,因为他知道监察院在秦家一定有钉子,就像在禁军中一样,先前的清洗如果不是范闲事先就点明了对象,也不会如此轻松。

"已经到了这种地步,你现在和我说这些话,是什么意思?先前荆戈领着你的院令来我这里调了两百匹马,然后出宫不知去向。"大皇子盯着范闲问道,"你到底要做什么?"

范闲沉默了一会儿,道:"其实我是想说……我们跑路吧。"

大皇子一掌拍在皇城青砖上,压低声音怒道:"你疯了!"

范闲苦笑道:"只是开个玩笑,你不要这么激动好不好?"

"这时候还开什么玩笑！"

"大家的情绪都这么紧张，我开个玩笑舒缓一下情绪嘛。"

其实范闲这句话并不仅仅是玩笑，如果太子与长公主溜出京都，眼下看似一片大好的局面便会毁之一旦，换作以前，或许他早就跑了。

大皇子忽然叹了口气，重重地拍了拍他的肩膀道："你没有领过军，没有见过真正的沙场是什么模样，所以有这样的想法不足为奇。"似乎是要给范闲增加一些信心，他沉着声音继续道，"有你的人帮忙，把城门司控制住，就算四千人，我也能守住京都十日！"

皇城下方，监察院官员们护卫着一列马车靠近了宫门，大臣们陆续下车，大皇子看着这幕，缓声道："有这帮大臣在此，你我怎么逃？如何忍心逃？"

范闲沉默了一会儿，道："依你之言，今日开大朝会，宣读遗诏，废太子。"

大皇子马上接着道："传檄四方，令四路大军火速回援。"

"三路大军远在边境，十日内根本无法回京。而最近的燕京大营，若你我传檄回兵……"范闲心头微寒，"只怕你我或许会成为庆国的罪人。"

范闲担心的是北齐那位深不可测的小皇帝，燕小乙被他杀了，五千亲兵营在大东山下不知死活，如果皇城大乱，自己用监国的名义调动驻燕京大军回程，到时候只怕燕京大营未能及时归京压憷叶秦两家，北方的雄兵便要南下！

经历了这么多波折后，范闲清楚，北齐小皇帝是这世上最厉害的角色之一，他与长公主暗中通气参与到大东山之变，便绝对不会放过如此大好时机。

大皇子的面色也沉重起来，知道范闲的担心极有道理。"十日……我们顶多只能撑十日，如果不能调兵回京勤王……"他忽然笑了起来，"看来你说得有道理，我们最好的选择，确实是在今天夜里早些逃跑。"

二人对视一眼，毫无理由地哈哈大笑起来，笑声从皇城上传出老远，宫门处的舒、胡两位大学士抬头望去，隐约分辨出是大皇子和范闲，不由心头稍安，心想这二位此时还能笑得如此快意，看来大势定矣，却哪知道这笑声里的无奈。

"今日定大统，传遗诏于京都街巷，稳民心，发明旨于各州。"笑声止住，范闲望着大皇子道，"用太后的旨意稳住城门司，再行控制，你说过能挡住大军十日，那我便给你十天的时间。"

"一定能挡十日。"大皇子握紧腰畔佩剑，面色坚毅，只是有些不解，皇宫被围十日后终是要破，范闲为什么如此看重这个时间？

"这十天时间，你必须给我争取出来。"范闲轻轻咳了两声，从怀中取出一颗有些刺鼻气味的药丸吃下，然后面色平静地又道，"虽未掌过军，但我知道，军中最要害的便是各级将领，试想一下，如果从大帅到神将、偏将、再到校官……统统死了，这支叛军会变成什么模样？"

"一盘散沙，不攻而败。"大皇子微皱眉头望着范闲，心想如果叛军的将领在十日内纷纷离奇死亡，这座京都自然能够守住，可是……就算监察院再精于刺杀，你再通于毒物，也没有办法在千军万马之中做成这种逆天的事。

范闲没有解答他的疑惑，继续道："如果连太子和长公主也忽然死了，你说这支叛军，还有什么存在的理由呢？我之所以不跑，愿意和你硬守这座孤城，不是因为我有多么强大的勇气，而是因为我从来没有丧失过信心，只不过自这次事件之后，我恐怕没什么好日子过了。"

大皇子自然不清楚范闲说的是什么意思，如果范闲真的祭出了重狙杀器，谁知道将来的历史会怎么走。便在此时，宫门下忽然一阵嘈乱，一队骑兵分尘而至，似乎抓到了一个人。大皇子定睛望去，只见被擒住的是位妇人，只是隔得太远，看不清楚面目，此人好像穿的是寻常宫女服饰。范闲幽幽道："我们的运气一直还是那样的好，看看，皇后已经被抓住了，太子和长公主还远吗？"

说完这句话，他转身沿着宽宽的石阶下去，去迎接那些受了苦的老大臣，准备明日的大朝会。同时他暗中琢磨，应该给太子和长公主安排什么样的罪名，还应该安慰一下那位可怜愚笨、运气极差的皇后娘娘。

"要不要把皇后和洪竹关在一起？"他心里忽然产生了一个古怪的念头。

走在石阶上，他的咳嗽越来越厉害，似乎先前吃的那颗带着刺鼻味道的药丸没有起到什么作用。他斜靠在石阶旁的墙壁上，缓了缓心神，从怀中又摸了一颗药塞到了嘴巴里，然后用力嚼了两下，吞入腹中。

那股刺鼻的味道是麻黄叶的味道。自从范闲和三处的师兄弟们研制出这种药物后，这是第二次有人服用。因为这种药的药力太过霸道，麻黄叶类似于兴奋剂，极容易让人的心神变得恍惚，真气变得紊乱。

他被叶流云的剑意擦伤，被燕小乙追杀数百里，最后心脏边中了一箭，伤势极重，又无法得到良好的疗养，身体已成强弩之末。虽在孙小姐的闺房里将息了数日，可他如今的实力仍然只有巅峰期的八成。为了闯宫，他迫不得已再次服用这种对身体极为有害的药物，如此才能保证自己的实力得到充分的发挥。

第一次吃这种药的，也是范闲。那还是几年前在北齐的西山绝壁旁，面对狼桃与何道人的时候，那时是为了肖恩，为了老人嘴里神庙的秘密。第二次吃这种药，则是为了闯宫，为了庆国这片大好的江山，理由似乎都很充分。

京都一片大乱，与刑部、京都府的不战而胜相比，对长公主别府的攻击，从一开始就陷入了苦战。范闲与大皇子在城头上看到的那几丛火光，便是监察院强攻时迫不得已的手段。好在长公主不在府中，本应主持防守的信阳首席谋士袁宏道似乎也被吓破了胆子，所以别府中的高手与宫女们，在监察院付出数十条人命的代价后，终于被弩箭射成了刺猬，被毒药变成了僵尸。

一处主簿沐风儿左臂上被划了一道深深的口子，鲜血横流，但他脸上却是满不在乎的表情，只见他恶狠狠地将短剑横在了袁宏道的脖颈上。他是沐铁的侄儿，范闲在一处的嫡系，面对这种你死我活的斗争，没有丝毫心软。令他奇怪的是，被自己控制住的谋士并没有太多害怕的表现，反而是一片惶急。

袁宏道焦虑道："我有大事要禀报澹泊公！"

沐风儿眼睛眯了起来，他不知道面前这位老书生模样的家伙为什么敢提出如此荒唐的要求。一个被擒的叛贼，居然想见自家提司大人，就算你是信阳的首席谋士，在这样恐怖的夜里也只有被逮入狱，暂时保住小命。

他推测，袁宏道只怕是知道自己再无活路，所以想凭借三寸不烂之舌，说服提司大人放他一条生路。他打心眼里厌恶这些所谓谋士，再说所受命令中也没有相关的交代，看着袁宏道惶急中张嘴欲言，他愈发确认自己的判断，没有再给袁宏道说话的机会，收回短剑，一拳头把他砸昏了过去。

袁宏道脑子里嗡的一声，眼前一花便昏倒在地，昏倒前的瞬间心中满是愤怒与无奈。身为监察院第一批钉子中仅存的一人，他深深知道监察院的规矩，这名监察院官员既然不知道自己的身份，当然不会与自己多话，可是他无法把那个重要消息告诉范闲，不知将对局势带来怎样的影响。

天下只有三个人知道他这个信阳首席谋士是监察院的人，一位是已经死在大东山之上的皇帝陛下，一位是听闻中毒、正在被秦家军队追杀的陈老院长，还有一位是言若海，至于那个与他碰过面的宫女则已经在一次意外中死去。

袁宏道无法证实自己的身份，沐风儿也严格地按照院务条例没有给他机会——这或许便是由古至今，无间行者们的共同悲哀，他们倒在自己同志手中的可能性，往往要大于他们暴露身份被敌人灭口的风险。

范闲连服两颗麻黄丸，强横的药力让他的眼珠表面蒙上了一层不祥的淡淡红色，只是在深夜里别人看不大清楚。他走到皇城下，迎入那些被太子关押在刑部大牢里的大臣，对着舒芜与胡大学士薄唇微启，却又感动得说不出什么话来。

这不是表演，他确实感动于庆国文臣在这样的紧要关头居然会站在自己这边。虽然有陛下的遗诏，虽然有些是梧州岳父在朝中隐藏最深的门生故旧，可是他清楚，在太极殿上反对太子登基需要多么大的勇气。如果李承乾像自己或老二一样冷血，只怕这些大臣早已变成皇宫里的数十缕魂魄。

舒芜与胡大学士也没有说什么，只是对着范闲行了一礼。舒芜是世上第一个看见遗诏的人，胡大学士也清楚，知道如今的范闲虽无监国之名，却有了监国之实。陛下将选立皇位继承者的权力都交给了他，这种信任实在是千古难见。

"时间紧迫。"范闲知道此时不是互述言语的时候，于是，对一众大臣和声说道，"麻烦诸位在此暂歇，少时便有御医前来医治。"

"公爷自去忙吧。"胡大学士温和地道，"我们也没什么用了，旗已摇，喊声也出，若那些乱臣贼子仍不罢手，便需澹泊公手持天子剑将他们一一诛杀。"

话语虽淡，对范闲的支持却已展露无遗。范闲道："不知还有多少大事需要诸位大人支持，如今太后已然知晓太子与长公主的恶行，心痛之余，卧病在床，将朝事全数寄托在二位老大人身上，还望二位大人暂忍病痛，支撑一二。"

"敢不如愿。"舒芜哑声应道，数十名大臣也纷纷拱手，至于那句"太后卧病在床"的消息，被众人下意识里漏了过去。没有人是傻子，都知道范闲打算用挟太后以令天下的手段，至于怎样挟重要吗？

大臣们在太极殿偏厢里休息，胡、舒二位大学士则是跟着范闲走进了御书房，这间庆帝日复一日主持朝政、审批奏章的房间灯光依旧明亮。

范闲在二位大学士面前再也不需要遮掩什么，一番交谈后，胡、舒二位大学士的脸色也沉重起来，他们本以为范闲已经完全控制了局面，没想到太子和长公主居然失踪了！

"一切依祖例而行。"胡大学士平静地道，"不论这些乱臣贼子会做出何等样荒唐无耻的事来，想必都不会令我们吃惊。虽然如今无法马上结束当前混乱的情形，但是今日的大朝会必须开，太子和长公主的罪行必须明文颁于天下。"

舒芜担心道："明文颁于天下……这让朝廷如何向天下万民交代？"

胡大学士道："正统、大义，便是交代。若一味暗中行事，而不言明，反而不妥。"

范闲点点头，他和胡大学士想法一样。正因为不知道太子和长公主会不会逃出京都，才必须马上废掉太子，将大统顺利传递下去，然后传旨四野……

议事既定，胡、舒二位大学士开始亲手写信，将京都发生的事情，拟了个简略，然后由范闲郑重盖上皇帝托付给他的行玺，再盖上从含光殿里抢过来的太后的印鉴，最后签上他的名字。封好这十几封信，范闲交给自己的亲信，由监察院中秘密邮路向着庆国七大路的总督府发去，同时也发往了驻在边境线上的五路大军。不过范闲清楚，发往沧州征北大营的那封信只怕是一点用处也没有。

当范闲盖上太后印鉴的时候，胡、舒两位大学士对视一眼，微微摇头，心想小范大人当着他们的面，居然毫不忌讳，也是真真胆大。

十余骑信使在嘚嘚马蹄声的陪伴中，用最快的速度冲出皇宫，冲进了京都似乎永远无法天亮的街巷中，与四处的嘈乱厮杀声混在一起，与时燃时熄的火头混在一处，向着城门方向驶去。

"能出城吗？"胡大学士静静地注视着范闲，想得一个准信，十三城门司现在究竟是在谁的控制之中。

范闲回道："应该没有问题，我的人一开始就去了。"

胡大学士不再担心，他知道范闲从来不说虚话，十三城门司这种要害位置，范闲既然已经派了人，必然是最得力的人。

范闲没有对胡大学士撒谎，也正如大皇子所论，他当然不会放弃城门司，只是他在京都的人手实在太少，城门司有数千官兵，无法用暴力手段解决，所以他将陛下的遗诏复制了一份，交给他最信任的人。

他对那人有信心，对城门司的张统领也有信心。张统领是地地道道的保皇派，皇帝遇刺后便只听从太后的命令，才能把京都守备师拦在城外。不论从哪个方面考虑，这位统领大人都应该做出正确的选择。

他走出御书房，对在门外守候的戴公公问道："皇后有没有什么问题？"

如今的宫中情势早变，洪老太监和姚太监随陛下祭天，只怕早已死在大东山之上，侯公公则被范闲冷漠无情地用弩箭射死，这两年风光无限的洪竹则是随着东宫里的太监宫女被关押进入了冷宫。而戴公公今日私开宫门立了大功，又是范闲信任的人，自然重新拾起了首领太监的职司。他应道："奉公爷令已经押进了冷宫，娘娘身子尚好，只是精神有些委顿。"

范闲点了点头，心想半夜出逃又被抓了回来，换作谁也承受不住这种精神上的折磨。其实他的精神也有些不济，知道药物的力量在渐渐减弱，疲倦地靠在御书房外的圆柱上，看着广场沉默不语。

他不知道自己此时靠的这根柱子，皇帝陛下和陈萍萍在这里曾经有过两次对话。他也不知道，袁宏道已经被自己的忠诚属下打晕，被关进监察院的大牢中。他最担心的是婉儿、大宝，还有靖王府中的父亲。

当一身白衣的小言公子从京都府后园出来时，范闲的闯宫行动还没有开始，负责京都府的沐铁还埋伏在府外的黑夜之中。他理理白衣，走入一条街巷，还有余情闲暇回头看了一眼夜空。夜空之中绽开了一朵烟花，十分漂亮。

惯常冷漠的言冰云看着夜空中须臾即散的那朵烟花笑了笑，知道范闲已经动手了，自己也得快些。他今天没有穿夜行衣，而是一身打眼的白衣，与四周的黑夜显得格格不入，因为他的任务不是暗杀，而是收服。

来到城门司驻衙，在数十名官兵长枪的押解下，言冰云平静地进了衙门。

"言大人如今乃是朝廷通缉要犯，居然来见本将，胆子着实不小。"十三城门司张统领，这个控制着京都九座城门开合的关键人物，缓缓地走出门口。

言冰云取出一张纸，平静地问道："陛下遗诏，不知张统领接还是不接？"

第三章　陈萍萍的影子

十三城门司统领张德清——三品，人事在枢密院，府邸在南城，仆役由监察院挑选，工资在内廷拿，从没去枢密院开过会。从名义上说他是一位军人，但和庆国军方间的关系，就像是寡妇与公公，打死也不敢太过靠近。

他的家人、同僚，交际对象全部都是陛下允许的。因为陛下将京都九座城门的钥匙别在他的裤腰带上，因此就一定要把他的脑袋系在自己的裤腰带上。

若张德清敢反，皇帝有太多办法可以让他死无葬身之地。当然，从来没有人认为张德清会反，不仅因为他家世代忠诚、他的夫人也是世代忠臣之后，而且因为这些年来人们已经习惯了张德清的办事风格。

——吃陛下的饭，听陛下的话。

张大人吃饭的时候不会祝陛下圣明，也不会时不时找些由头进宫拍陛下马屁，但他对陛下的每道旨意都执行得异常坚决，包括多年前京都流血的那个夜晚。

屈指算来，他和定州叶重一样，都是管理这座京都近二十年的老人了。对这样一个像豆腐般白净的人物，加上他的职司太过敏感，没有哪方势力敢去接触他，哪怕是当年与太子争权的二皇子也不敢，因为去接触张德清，就等若去摸他父皇的裤裆。所以张德清在官场上有些像个隐形人，不到如今这种关键时刻，没有人能想得起来他。当陛下留在大东山后，张德清大人的效忠对象迅速地转移到了太后的身上，身形一下就显现了出来，而且格外刺眼。

在看过监察院长年监视的报告后，范闲认为这位张大人实在是难得一见的"愚忠之臣"，言冰云也给出了完全相同的判断。他们当然能猜到陛下一定还有别的控制张德清的方法，但眼下陛下已去，他们只有从"忠"字上出发。

今夜言冰云便是来携张德清的手，跳上一曲感天动地的"忠"字舞。

张德清已经老了，两只眼睛下方的厚眼袋下垂着，或许也是这些天一直忧心忡忡，没有休息好的缘故，他的眼里流露着悲伤、愤怒以及诸多情绪。

言冰云将那封复制的遗诏递过去后，便安静地等着对方的选择。

能在极短时间内将遗诏复制一份，表明监察院的工艺水平在成功伪造明老太爷遗嘱后又进了一步。

所谓遗诏，其实只是皇帝在大东山被围之夜，用一种极其淡然、看穿世事的口吻写给太后的一封信。在信中他提到了废太子以及太子和长公主在大东山之围中扮演的角色，同时明确指出，当范闲回到京都之后，监国的权力移交给他，并且令人不敢置信地赋予了范闲挑选庆国下一代君主的权力。

两行老泪从张德清的眼眶里流了下来，虽然早就知道陛下亡于大东山上，可是此时见到陛下的亲笔字迹，他依然止不住内心的悲伤。

"这封遗诏……太后看过吗？"他忽然抬起头来，瞪着言冰云问。

言冰云愈发笃定自己和范闲拟定的方略应该能成功，这位统领会站在自己这一边，轻声回道："娘娘已经看过。"

"那先前宫里的烟花令箭是怎么回事？"张德清继续瞪着言冰云。

"遗诏上令小范大人除逆。"言冰云毫不慌张，只要范闲闯宫的行动能成功，怎么说都没问题，"烟花为令，已经开始了。"

"本将不能单靠一封遗诏就相信你。"张德清又道,"我要面见太后。"

"这是理所当然。"言冰云回答得干净利落。其实他此时也不知道宫中的情况,不知道太后究竟是死是活,但在眼下他必须答得理直气壮,"将军世代忠良,值此大庆危难之际,当依先皇遗诏。"

想当年他化名在北齐周游,长袖善舞,也是个惯能骗人不认账的厉害角色。这些年只在院里做些案牍工作,人们渐渐忘了他的本事。今夜他单人说服京都府尹,此时又于如林枪支间来说服十三城门司统领,只能算是重操旧业。

"宫中有乱。"张德清沉默片刻后说道,"我这时候要马上入宫。"

言冰云的眉头皱了皱,训斥道:"张大人,不要忘了陛下将这九座城门托付给你的原由,牢牢替京都看守门户才是你的职责!"

张德清似乎在斟酌什么,半晌后道:"请给本将一些时间。"

言冰云隐隐察觉到了一点异样,难道张德清没有被遗诏说服,还要再看看京都的局势?他不知道长公主与太子已经逃出了皇宫,为了保障范闲的闯宫成功,十三城门司暂时中立是他能接受的选择,甚至比他预想的还要好一些。

那便拖吧。他好整以暇地在城门司衙门里坐了下来,于长枪所指间面色平静。

谁也没有想到,这一拖竟然拖了这么长的时间。言冰云被变相软禁在城门司的衙门里,没有热茶可以喝,也没有什么小曲可以听,熬得确实难受,当然,最难受的是那种无处不在的压力。他喝的是西北风,听的是京都里时不时响起的厮杀声,有时候甚至还能闻到淡淡的焦煳味,好像哪里被人点燃了。

张德清没有时间陪他枯坐,身为城门司统领的他有太多事情需要处理。他握着腰畔的剑行走在夜色中的城墙上,双眼下的眼泡奇迹般地消失不见,眸中闪着鹰隼一般的光芒。他盯着京都各处,不时发出号令弹压着部属,严禁参与到京都里的纷乱中,只任三千官兵将京都的九座城门看得死死的。

在他的眼中，范闲这是在政变，虽然看了遗诏后，他不得不承认范闲拥有大义名分，可他还是坚定地认为，所有进攻皇宫的人都是坏人。

庆国京都与北齐上京城比起来没有太厚重的历史，却有更多的军事根基，城墙虽不斑驳却极为厚实，高度不及皇城，用来防守，各式配置还算强大。

张德清站在城墙上，就像是从这厚厚的石砖混合城墙中汲取了无穷无尽的力量，让他有更多的勇气做出一些选择。

在一个瞭望口张德清站住了身形，远远望向皇城方向。京都里的骚乱已经渐渐平息，整座京都府似乎都被范闲收服了，开始有衙役上街鸣锣安抚百姓。他的眼中闪过一抹淡淡的忧色，如果真这么下去，他只有接受那封遗诏……也许这也是个不错的选择，只可惜下一刻他听到了马车压碾石板路的声音。

张德清对于自己管理了二十年的城门附近非常熟悉，熟悉得甚至能够听出马车车轮碾过的究竟是青石板路，还是三角石路。

"是三角石路，近城门了。"

当马车的声音在城门处响起时，言冰云已经沉着脸站了起来，负责看守他的士兵们紧张了起来，拔出兵刃将他围在了当中。

言冰云的心沉了下去，京都百姓见惯风波，今夜这般动静不至于吓得他们全家出逃，而且百姓也没有这般愚蠢，坐着马车，等着被那些杀红了眼的军士们折磨。这时候坐马车意图出京的，只有一种人。

张德清走了进来，看着言冰云沉声道："得罪了，言大人。"他接着喝道，"给我拿下这个朝廷钦犯！"

言冰云不知道张德清前后的态度为什么发生了如此剧烈的变化，难道是范闲闯宫失败了？兵士们围了上来，他没有反抗。世人皆知，小言公子和小范大人最大的区别就是，武力值偏低，他也不会拿自己的生命冒险。

城门司没有监察院那种钢指套，却有一种小手枷，扣住手腕关节后根本无法挣脱。待言冰云被缚住后，张德清松了一口气，看了一眼外面的黑夜，有些意外地道："想不到你真的是一个人来的。不知是小范大人愚蠢，还是你太胆大。"

言冰云被踢倒在地，难得地开了个玩笑："其实我们只是人手不够。好吧，我们没想到，有人可以扮演二十年的忠臣，你不累吗？"

"我忠于陛下，但不会忠于一封真假未知的遗诏。"张德清面色有些难看，在心里想着，如果陛下还在，自己当然要当一辈子的忠臣，可陛下已经不在了，谁还愿意一辈子守着这九座破城门呢？

言冰云依然无法说服自己，对方为什么会如此坚定地选择了站在遗诏的对立面。范闲真的败了吗？他皱着眉头，似乎还在想这些事。此时张德清距离他只有三步的距离。言冰云的眉头忽然舒展开了，一滴冷汗却从他的眉角滑落。

张德清清楚地听到了一道破裂声，就像是桌子腿被人硬生生地掰断。

言冰云看着张德清的眼睛一字一句道："十三城门司统领张德清逆旨，助乱，凡庆国子民，当依陛下遗诏，诛之。"

张德清神情微异，不知道言冰云这番话是说给谁听的，要知道这时候场间尽数是他的亲信。但他感觉有些怪异，下意识往后退去，想离言冰云远些。

有人动了。不是言冰云，而是张德清的一个亲兵，那个亲兵听到言冰云的话后，沉着脸，举起手中的刀，对着张德清的后脑勺就劈了下去！

正如先前所言，庆帝再放心张德清的忠诚，总会在城门司里撒些钉子，范闲和言冰云接触不到这些钉子，但在这等危急关头，却可以喊出来！

刀风斩下！张德清沉着脸，不曾回头，举剑一撩，只闻一声脆响，他的人被震得向前踏了一步，身后那个监察院密探的刀被挡了开来。

长枪齐刺，那个密探在瞬息之间身染鲜血，就此毙命。

但言冰云在这一刻也动了。当额头滴下那滴冷汗时，他就已经动了！

他咬着牙将自己的左手腕硬生生地从中折断！他是监察院的候任提司，敢亲自来城门司自然有底气。

监察院对于城门司锢人的用具研究得非常透彻，早就发现只要有人能够在短时间内让整个手腕的关节脱离，便可以将手腕抽出来。

言冰云能够忍痛，也舍得对自己下狠手，单手持枷向张德清砸去！

张德清眼中闪过一丝惊恐，仓皇着向后退去。亲兵刚把那个监察院密探扎死，恰好挡住了他的退路，他只好狼狈地往衙堂门口掠去，意图暂避。

言冰云飘了起来，像一朵云样追了过去，途中戴枷手腕一翻，夺过张德清手中的剑，青光一闪，斩下一个救援的校官手臂，紧跟着张德清来到了衙堂门口。

感受着身后的森森剑气，张德清冷汗直落，完全没想到言冰云竟然有如此清秀狠辣的剑术！是的，言冰云不善武，但那是和范闲比较，一旦要杀人，这位监察院最厉害的年轻官员怎会没有雷霆手段！

闪电般的追杀，没有给城门司亲兵任何反应的机会，二人掠至衙堂大门，张德江身上血口已现，若不是言冰云意图制住他以控制城门司，只怕他此时早已送命。谁料此时忽然有两道凌厉劲气直冲言冰云的身体，强横至极，突兀至极！

言冰云闷哼一声，收剑环胸，硬挡一招，被迫停下脚步。张德清狼狈不堪地滚到了一人脚下，可见寻常服饰里隐藏的淡色宫裙。

长公主殿下李云睿，在十余个君山会高手的拱卫下，微笑地望着言冰云道："让我来告诉小言公子，德清之所以会叛，那是因为……他本来便是本官的人。"

言冰云眼里闪过一种不可置信的震惊，旋即转为颓色。他左手已废，站在这城门司的衙堂里，站在那个勇敢的密探尸体前，显得那样孤单。他断了一只手，还受了内伤，根本无法对付长公主身边这些君山会的高手，更何况还有那么多手持长枪的士兵。

从长公主身旁的几个君山会高手中分出两人，向言冰云逼近。

"如果陛下当年听安之的话，将君山会扫荡干净便好了……"临死之际，言冰云不自禁地生出这么一个念头，然后在怀里摸出了一件东西。

这是一支令箭，城门司处有变，他必须通知范闲。他的食指抠住了令箭的环索，瞳孔微缩，吐出一口浊气，双唇紧紧一抿，用力地一扯。

嗤的一声，令箭燃了起来，却没有腾空而起，一记小小的力量打在了他的手腕上，一捧微热的液体洒到他的手背，让他手指微颤，令箭斜着飞了出来，没飞多远便射到了一个城门司士兵的胸口，噗的一声炸开。

言冰云低头，看到自己手上满是鲜血，不停地淌落。当食指伸入环索时，离他最近的那个君山会高手眼中出现了恐惧的神情，似乎看到了什么异常可怕的事物，接着脖颈上现出一道细细的血线。

血线在刹那间扩展开来，变成了一道血淋淋的大口子，可以看到这个高手白森森的喉骨和模糊的血肉。鲜血像喷泉一样从他的喉管处喷了出来，击打在言冰云的手上，把他整只手都涂抹得鲜红，也极其凑巧地让那支令箭没有升上天空。

那个高手掠到言冰云的面前，啪的一声就跪了下来，被割开一半的脖颈软塌塌的，脑袋以后颈处的椎骨为圆心，无力地翻向后背。倒过来的那张苍白死人脸瞪着大大的眼睛，瞪着被层层保护着的长公主和张德清。

另一个君山会高手下场更为凄惨。他根本没有冲到言冰云的面前，目光只是捕捉到火把照映出来的一个淡淡影子从自己身前掠过，便感觉到咽喉处一凉。一柄秀气而无光泽的剑，从他的右后方快速地刺了过来，刺穿他的脖颈。嗤的一声，剑尖如毒蛇的芯子般一探即缩，闪电般地离开了他的脖子。这个高手的真气与生命，也随着这把剑，离开了自己的身体，他瞪着眼睛，试图去捂自己的脖子，却发现这一切都是徒劳的。他开始腿软、眼黑、失禁，扑通一声倒在地上，像葫芦一样在地面上翻滚，滚过言冰云僵立着的身躯，直到碰着城门司衙堂高高的门槛才停下。

一支如同地狱里伸出来的剑，于电光石火间结束了两个君山会高手的生命。根本没有人能反应得过来，被救了一命的言冰云也反应不过来，只能惊愕地站在原地。

突然感觉到身体一轻，自己被一个黑影提着脖子，飞掠到城门司之上，沿着城墙底下的阴影向着京都遁去，顿时黎明前的黑暗变得愈发浓重。

那个黑影无声无息在人群中出现，轻而易举地杀死了两个高手，提着言冰云，就像提着一只破麻袋，轻轻松松地脱身而去，而城门司的官兵连手中的弓箭都没来得及抬起来。这个黑影究竟是谁？居然拥有如此恐怖的实力！

李云睿脸色微微发白，挥手驱散下属，从人群中走了出来。看着那个黑影逃走的方向，眼睛越来越明亮，她喃喃道："监察院……果然厉害。"

天已经渐渐明亮，地平线下的太阳开始放出无数的小银鱼，让它们腆着肚子反耀自己的光辉，渐渐驱走京都那浓厚的黑夜。这时火把已显得不那么明亮，熹微的晨光打在每个人的身上，在地上映出一道一道的影子。

监察院当然厉害，八大处里藏龙卧虎，不知道多少英雄豪杰甘愿遮了自己的容颜，舍了往日荣光，投身于庆国隐蔽战线的特务事业中。这些人合在一处所能发挥出来的威力，即便是庆国最强大的皇帝陛下也始终在警惕着。

因为名义上监察院是庆国皇帝直管的特务机构，但所有人都清楚，监察院能够在庆国强横地存在三十余年，全是因为那位坐在轮椅上的老跛子。

如今京都只有一千余名监察院官员，便能突入皇宫，压制刑部，强开天牢，收服京都府，于一夜之中将整座京都翻了个天。范闲计划得好，言冰云执行得好，但能达到如此效果，还是依靠监察院强大的组织力与铁血般的服从纪律，而这些都是由陈萍萍这位老跛子和第一代的八大处头目们花了数十年的时间，一点一滴地铸入到监察院的灵魂之中。所以监察院最厉害的不是黑骑，不是范闲，也不是那位天下第一刺客，而是陈萍萍这个人，以及他所代表的精神与作风。

很奇妙的是，长公主谋划了大东山刺驾的计策，也深知监察院的厉害，但似乎对于监察院投注的注意力还是太少了一些。至少在满心不安的太子看来，如果自己要登基，不先控制住陈萍萍，谁敢去坐那把龙椅？

好在陈萍萍中了毒，又被隔绝在京都之外。太子本以为这是姑母一手操纵，但谁都不知道，这件事情和李云睿没有一丝关系。李云睿从一开始的时候，就没有想过对付那个轮椅上的老人，不是因为她不看重陈萍萍，也不是因为她认为陈萍萍是永远无法消灭掉的老怪物，而是因为她有一个秘密。

秘密只是一个人的秘密，其余的人都不清楚。陈萍萍被东夷那位大师毒倒的消息传入京都后，所有人都以为他是在伪装什么。可当大东山圣驾遇刺的消息传来，太后令陈萍萍马上入宫，他依然留在了陈园……所有人都猜测其中定有缘由。

难道陈萍萍真的中了毒？有位与陈萍萍打了数十年交道的老人开始动心、动念。他对陈萍萍一直有种暗中的警惧，想杀陈萍萍多年，如今局势正好，所谓趁他病取他命，不趁此时要了陈萍萍的命，机会稍纵即逝。因此种白菜的秦老爷子离开京都重掌军队后下的第一道命令，便是屠了陈园。

今日之陈园已成荒土。

在范闲眼中比江南明家园林还要华贵美丽的陈园，已经变成黑灰一片的废墟。清林已被烧成了黑土，美宅已变成无数半截石墙，四处犹有青烟冒着，这里已经没了曾经灼人的温度，看着异常凄凉。

陈园外那些曾经令范闲心惊胆战的陷阱机关依然存在，秦家的军队死了三百余人才闯进陈园，但在陈园中，他们没有找到一个活人。

迎接他们的是一座空园，传闻中中毒卧床的陈院长不在园中，他那些美貌的侍姬、仆妇下人也不在园中，所有人早都撤走了，而且撤得异常干净，连陈园墙壁上挂的那些书画都没了踪影。

这支秦家军队主要由京都守备师构成，领军的是秦家二代的一位将军，与秦恒是堂兄弟。他气急败坏地看着空荡荡的陈园，想到自己领军来攻，死了这么多人，结果只占了一个空园子，差点被气得吐血，于是便含恨放了一把火。

于熊熊火焰之中，这位将军命快马回报元台大营，自己却不敢回去，因为秦老爷子下了死命令，既然对陈园动了手，就一定要把陈萍萍杀死才能回去。

无可奈何，他只好放下平日里的骄傲，恭谨地向身边那位黑衣人求教。这个黑衣人是老爷子派过来帮他的，在路上曾经说过，陈园此时一定空无一人。当时这位秦将军还有些不信，此时却不得不信，感慨毕竟是监察院元老。

蒙着脸的言若海骑马站在秦将军旁边，道："既然院长走了，那么将军便要做好心理准备……在短时间内，你不要想着抓到他。"

秦将军一愣。

言若海看了他一眼，微嘲道："不要忘记，他是陈萍萍。"说完这句话后，他便一扯马头出了陈园，不忍再看身后陈园里的熊熊烈火，心想这位放火烧了陈园的将军，将来不知道会被院长大人剐成什么形状的人棍。

他是秦家的人，这个秘密看似只有秦家知道，太子和长公主那边并不清楚。然而他是监察院的人，这个秘密真的只有监察院知道，秦家并不清楚。

各路郡有奏章入京，京都却没有旨意出来。好在这时代信息交流不便，所有人都习惯了这种节奏，各州郡就算觉得有些奇怪，却并没有人心惶惶。至少在眼前这几日，整个庆国除了京都和东山路外，一应如常地太平着。

渭州的清晨与京都的清晨并没有两样，本应在京都处理皇位之事，或者应该在陈园之中治毒的监察院院长陈萍萍大人，抬眼看了一眼四合院天井上空的那抹天光，皱了皱眉头，举起筷子开始喝稀粥、吃包子。

当太后的旨意到了陈园后，他马上吩咐下属准备马车，收拾行李，然后却没有回京，而是异常快速地溜了。范闲和大皇子站在皇城上愁眉苦脸地想着跑路的事情，没想到他们最亲近的长辈，在这方面比他们要干脆利落得多。

车队从陈园出来后，便在京都南方的乡野间绕圈子。那支秦家的军队依然锲而不舍地寻找着这支车队的下落，意图一力扑杀。陈萍萍并不着急，车队也没有加速，甚至没有刻意遮掩自己的行踪，只是有意勾引着那支军队跟在后面打转。车队在京都南转了三个圈，那支军队也跟着转了三个圈，之所以一直没有碰上，除了监察院强大的情报系统和匿迹能力，更重要的原因当然是因为那支军队拥有一位很优秀的向导帮手——言若海带着秦家军队追杀陈萍萍，用屁股想也能知道，只要陈萍萍不乐意，那么他们就永远也追不到。

像旅游一样的逃难车队，终于在京都南第一大州渭州城外某处庄园停了下来，因为陈萍萍估摸着时间差不多了。他在喝粥，他的牙还挺好，也没有靠着墙壁，但坐在他身旁的三位监察院老人看着他的眼神总有些不齿。京都里闹成那样，您的两位子侄正在出生入死，您怎么就忍心自己跑了？

餐桌边坐着的有三个人，一位是在陈园里服侍他数十年的老仆人，一位是当年范闲在监察院天牢里见过的七处前任主办光头，还有一位则是与王启年齐名的监察院双翼之一宗追。宗追抿了抿嘴，湿润了一下因紧张而干枯的双唇，终于说道："追兵已经近了，院长……还是做些打算吧。"

"马上他们就要调兵回去，这个事情不着急。"陈萍萍放下筷子，慢条斯理地擦了擦嘴，又道，"你们出去安排一下，跟一段时间。"

"是。"宗追和那位光头七处主办领命而去。

庄园后方隐约传来妙龄姬妾们起床后洗漱玩笑的声音，这些女子甚至到现在都不知道自己这行人是在逃难。房中只剩下陈萍萍与那位老仆人。陈萍萍忽然咳了起来，脸变得血红，迅即又变成惨白，唇角还渗出了一丝血丝。

老仆人哭道："老爷，得把费大人喊回来，不然这毒怎么办？"

原来陈萍萍真的中毒了！看着老仆人他自嘲地笑了笑："毒不死人，只是有些难受罢了。"

"老爷……京里有些危险，难道您就真的不担心小范大人？"老仆人看了陈萍萍一眼小心翼翼地问道。

陈萍萍的皱纹忽然多了起来，半晌后叹了口气："如何能不担心？不过即便事败，想来他也能活着，只要活着，一切都成。"

老仆人心想，事涉皇位之争，如果小范大人败了，如何能活下来？而且如果太子真的继承大统，只怕自己这一行车队在茫茫庆国大地上，再也找不到任何的栖身之所。他忽然想到两个人，喜道："对，范尚书和王爷还没出手。"

这些天陈萍萍时常讨论京都局势，老仆人一直在旁听着，知道如果十三城门司真的失守，叶、秦两家的大军入京，监察院也抵挡不住。除非是范建和靖王爷手中有可以翻天的力量，陈院长才敢安然坐于轮椅之中，不替范闲担心。

"靖王和老秦头一样只会对着土地发脾气。"陈萍萍微嘲道，"范建此生胜在隐忍，却也败在隐忍。怕宫里疑他，这些年来咱们的范尚书可是低调得很，现在他手头哪有足够改变时局的力量？"

他当然知道范建最强大的力量在虎卫，问题是陛下此行祭天竟是把那批人一个不剩地带走了，还不知道那些人里有没有谁能够活下来。

啪啪啪啪，几只白色的鸽子顺着晨光的方向飞入了庭院，老仆人捉住一只捧到了陈萍萍的身前。陈萍萍解开鸽脚上的细筒，看着上面的文字，眉头渐渐皱了起来。半晌后，他招来监察院下属，沉声命令道："依前日令，全员行动，继续封锁东山路的任何消息，朝廷前往接灵的队伍快要到了。"

"是。"

这位庆国最厉害的阴谋家终于感到了一丝无力。也许是毒药的作用，也许是苍老使然，他感到了一种疲惫与淡淡的失望。

"范闲不会这么容易死的。我替这小子至少引了六千大军，他的压力会少很多。而且要让一个人死亡……真的是件很不容易的事。"

陈萍萍推着轮椅往后院里走，行过花坛时停了下来。秋初的小白花在瑟瑟发抖，他观看良久，然后缓缓伛下身去，摘了一朵小心翼翼地别在自己的耳上。

老仆人笑了笑，上前推着他进了后院一座厢房。进厢房的时候，陈萍萍忽然道："范闲如果知道自己当爹了，一定会更加珍惜自己的生命。"

厢房里的光线并不明亮，但可以清楚地看到一位二十岁左右的女子，正满脸怜爱地看着怀中的婴儿。这位满脸母性光泽的女子，正是在京郊范氏庄园失踪的思思，那她怀中的婴儿……

陈萍萍推着轮椅上前，满脸疼爱地从思思手中接过初生不久的婴儿，看着婴儿脸上的红晕和紧闭的双眼，弹着唇中的舌头咕咕叫了两声，逗弄道："小丫头真乖，你爹看见了，一定特别喜欢。"

思思甜蜜地笑着，望着这一幕，忽然看见了陈萍萍额角上的那朵小白花，好奇地问道："院长大人，您耳朵上怎么还插着一朵花？"

"上次我一抱这孩子她便哭，想来是我长得太难看，今日别朵花……看看，她果然不哭了。"陈萍萍脸上的皱纹笑成了菊花，疼爱之心无比真切，只怕他是真将怀中的小丫头，当成自己的孙女一般喜欢。

思思轻声道："只是……不知道少爷什么时候回来？"

被陈萍萍接走的时候她也是吓了一跳，生产时婉儿和范府中的熟人都不在身边，有的只是陈萍萍安排的接生嬷嬷，姑娘家的心神着实受了很大折磨。

不过她知道陈院长一定没有什么恶意，只是不明白为什么自己要在府外生产，不自禁地想到某些大户人家的秘密，心情一直低落。

"过些天他就回来了。产妇最紧要便是心情愉快，别瞎想，先歇着吧。"陈萍萍竟是欢喜地一刻也不肯放开那个小女婴，"我抱孩子出去走走。"

思思赶紧道："可不能吹风。"

陈萍萍很老实地点了点头。他一路逗弄着女婴来到了另一个房间，道："给你瞧瞧，范闲的女儿。"

房间里的那人被捆得死死的，满脸的不安与伤心，听到这句话后很是吃惊，喜悦得难以自禁，问道："院长，小姐取名字没有？"他忽然看见陈萍萍发边的那朵小白花，灵机一动道，"就叫范小花，大人他肯定喜欢。"

取名大有捧哏之风的这位自然是范闲的亲信王启年，不知道这人是如何从大东山上逃了出来，也不知道他为什么被陈萍萍绑在房中。

陈萍萍瞪了他一眼，说道："什么狗屁名字。"

王启年明显瘦了一大圈，看来在路上经受了不少折磨。他看着院长怀中抱着的小女婴，喜悦之余想到自己在京中的家人及女儿，想到正处在风暴中心的范闲，不知怎的鼻头一酸，竟带着哭腔说道："不知道大人能不能看到自己的女儿……"

陈萍萍当即训道："什么狗屁话！"

王启年哭丧着脸道："这究竟是什么事，您为什么不让我进京呢？"

陈萍萍微微一笑道："你猜？"

站在皇城墙上，范闲看着东边初升的朝阳，叹了一口气。监察院还没有找到婉儿和大宝的下落，好在靖王府那边传来回音，父亲和柳姨娘均自安好，屈指算来，思思的生产期也到了，不知道丫头如今好不好，孩子是男还是女呢？

在所有亲人当中，他最不担心的反而是临产的思思，因为既然父亲默认了此事，接走思思的不可能是别人，一定是陈园里那位老跛子。

现在他最担心的是言冰云。言冰云入了城门司便一直没有消息传回来，监察院负责回报消息的人也没有踪影，这预示着肯定出了问题。

朝阳跃出地平线，范闲忽然心中一动，感觉到人世间有些美好的事情似乎正在发生。这些美好当然不在京都内。京都危矣，他自我安慰——在最危险的时候，或许会有人踩着五色的彩云来救自己吧？

袁宏道醒了过来，后脑勺一阵剧痛，他不知道此时自己身处在什么样的环境之中，常年潜伏在敌对势力里的生涯，让他习惯了无时无刻地保持沉默。

和王启年一样，他心中也有无数疑惑。半年前陛下对长公主殿下第一次动手，监察院能在半个时辰内就把长公主明面上的势力一扫而空，靠的正是他这位所谓的信阳第一谋士。这半年里他一直不解的是——在那次行动后，自己本来应该脱离无间道的生涯，依据院务条令选择一个山清水秀之地光荣退休，可是从别院逃出来之后，在那座小院子里，言若海却让他重回信阳！

长公主的信阳谋士侥幸逃脱了监察院的追杀，按理讲应该是要回信阳。可是袁宏道却从监察院的这个指令中嗅出了别的味道——如果那一场雷雨过后，长公主注定垮台，永世被幽，那陈院长还让自己回信阳做什么？

朝廷……究竟在想什么？自己回信阳又要做什么？袁宏道几个月来一直在思考这个问题，而当长公主轻松自如地透过别院的侍卫向信阳传递自己的计划，并且逐步将信阳的班底转移到京都之后，他终于明白了一些。

监察院一开始就知道，长公主不可能被完全打倒，或者说，陛下从一开始就没有准备让长公主永无翻身的机会，所以才会让他这个钉子依然回到信阳。

好了，陛下去大东山了，遇刺了，京都乱了，太子要登基了，长公主联络着军方准备造反了……就算长公主在谋划大东山之局时没有让袁宏道知晓，可后来的安排袁宏道都是亲自参与，似乎自己应该发挥庆国第一间谍的本事了……可是此时袁宏道却惊骇地发现，自己竟然无法将情报传递出去！

所有的渠道全都失效，单线联系也神鬼莫测地断掉，袁宏道无法联系到言若海，更无法联系到陈萍萍，而他又不可能直接冲到监察院里去喊……

他不知道监察院里究竟发生了什么，这种不安的状态，一直到范闲暴起闯宫，开始用武力扫荡京都里的反对力量。袁宏道暗中配合着监察院，让长公主别院被攻占，但他知道范闲已经犯了一个致命的错误，所以他冒险对那位监察院官员喊了出来，然而却被对方打昏了过去。

当袁宏道再次醒来的时候，才发现自己在皇城角楼中，一个英俊的年轻人正满脸忧虑地看着自己，他知道对方的身份，直接道："张钫是长公主的人。"

范闲点点头没有说什么。十三城门司统领张钫字德清，世人所以为的道德清明、忠贞不贰的人物竟然是长公主的人，这个事实足以震骇所有人，却已经无法改变。可惜的是，这个叫袁宏道的人醒来晚了些。

天色已近黎明，京都城门司失守，叶、秦两家的大军不知何时进城，当此紧要关头，范闲本来想不到这个叫袁宏道的人。看着在太极殿里休息的大臣，满心无奈的他忽然想到岳父大人在梧州时对自己说过的那句话。

一代奸相林若甫，此生在朝中所忌者三，除了陈萍萍与范建外，便是那位秦老爷子。他还对范闲认真地说过，他在朝中的底牌不会给范闲，以免木秀于林，被狂风吹倒，除非新皇即位时。如今庆帝已丧，所以那些林派文臣才会撕掉伪装，站到了范闲的身后，跟着胡、舒二位大学士阻止太子登基。而林相最后的话是："如果日后京中真的乱了，或许袁宏道可以帮助你。"

一年前便算出了京中要乱，范闲对岳父的眼光佩服得五体投地，所以当自己陷入危局时，马上想到了那位长公主手下的信阳第一谋士。

果然没有错，这位袁先生竟然是监察院插在信阳方面的钉子！这让范闲震惊，然后又遗憾至极——早知城门司有问题，自己何至于如此被动。

袁宏道盯着范闲的眼睛问道："为什么我一直联系不到院里？"这话表面上听虽平淡，内里却是不尽的愤怒，毫无他往日里的洒脱。因为他手中掌握着长公主方面珍贵的情报，却无法提供给监察院和朝廷，这里面透着极大的古怪。

范闲不知如何言语，如果可能的话，他也愿意此时亲自问一问陈萍萍。

晨风吹入皇城角楼，昨夜里的血腥味渐渐淡去，京都民宅里的焦煳味也渐闻不出。不过那些可怜的民众依然不敢出门，惊恐万分地关着门，躲在自家的屋里，祈祷着这些大人物的游戏快些结束。

呜呜呜呜……皇城上号角连连，雄浑有力，不知能够传到多远的地方。

范闲道："京都守备师要到中午才能入京，叶、秦两家还要三天，我们如果动作快，仍可以把九座城门夺回来。"

袁宏道的眼中闪过一丝惊愕，旋即燃起了愤怒的火苗，大怒道："难道院里在守备师中无人！"

范闲心头一惊，霍然转身看着他。

袁宏道喊道："秦家军队连夜开进，离京都……只怕不远了！"

范闲紧闭双唇，脸色变得苍白起来。知道城门司叛变，他并没有慌乱，是因为他对老秦家的动静摸得一清二楚，只要大军未至，凭借禁军和监察院，自己还有时间重新夺回九座城门。秦家大军马上便要到了？现在言冰云他老子就在秦家，怎么可能会连大军开拔的消息都没有传回来！

沉默片刻后，范闲道："收兵回宫。"

站在一旁的大皇子挑了挑眉，让身旁的亲兵挥动起手中的小黄旗。

黄旗一翻，皇城之上号角声再起，呜呜呜呜……节奏渐起，渐紧，正从皇城中如几条苍龙般驰出的禁军骤闻号角回营之声，立刻收缩队伍向皇宫的方向回驰。

远方的民宅街巷中也有了动静。范闲对身旁的下属比了个手势，那个下属点点头，从袖中取出令箭发了出去。令箭在皇城前的空中划出一道凄厉的啸声。

紧接着，枢密院、监察院本部、各部衙、各要害街口处，均有令箭破空之声响起，以此为回应，近两千监察院密探官员消失在大街小巷之中。

不一刻，整座京都的街道上，再也没有什么人影，尤其是经过监察院枢密院直通皇宫的那条天河大道，更是冷清得令人心悸。这时只有几片犹有青色的树叶，被一夜秋风吹落了下来，在空旷的街道上翻滚着。

范闲站在大皇子的身边，面无表情地道："长公主早就知道我们会做什么。"

大皇子眉头皱得极紧，居高临下地注视着整座京都，在心里分析着如果大军入京，应该从哪个方向进入，自己接下来应该怎样做。

"她把皇宫让给了我们，再把皇宫围起来玩……这算不算请君入瓮？我本想腹中开花，四面燃火，没料到这把火没有烧到她，反而成了玩火自焚。"范闲轻轻地拍打着皇城坚固的青石砖，叹道，"咱们终究还是低估了这位姑姑啊。"

长公主知道范闲和监察院的优势在哪里，所以她甘愿退了出来，让范闲闯入宫中，看似掌握了一切。如今宫中有太后，有三皇子，有宜贵嫔、宁才人等无数贵人，有胡、舒二位大学士，有无数忠于范闲的文臣、部属。这些人是力量，可也是负担，如果范闲有一双翅膀，宫中的这些人就像是范闲翅膀上的铁锤，让他不得肆意飞翔。大军围城，只怕也围不住范闲这种可怕的夜行高手，然而如今你肩负着庆国的传承，宫中无数人的生死，你还怎么逃，你可忍心逃？

范闲木然地看着京都，似乎看到李云睿那张美丽到了极致的脸，正用一种娇怯的目光望着自己，轻声道："我的好女婿，我可为你准备了很多东西。"

他闭上眼睛沉默了一会儿，重新睁开眼睛，问道："能守多久？"

"如果叶、秦两家未曾携带大型的攻城器械，我可以守到最后一刻。"身为征西军大帅，大皇子此生不知经历过多少血战，面临大军逼京，他并没有一丝惊慌，他刚说的"最后一刻"，已经说明了一切。

"李云睿既然早有此策，叶、秦两家不至于没有准备。"范闲低头道，"我希望你能多支撑数日，领军打仗只能靠你了。"

"支撑到信使通知各地驻军和那六路总督来援？"大皇子扫了他一眼，不客气地道，"死了这条心吧，那些信使不可能还活着。"

范闲心想，我等的可不是那些人。

大皇子又道："如果按照原定计划收缩入宫，等于是将皇宫外所有地势全部交给了他们。叛军摆好阵势，围住这座宫城，我们再无翻天之力。而如果我们从叛军入城那一刻开始侵扰，也只能起个捣乱的作用，终究兵力太少。"

朝阳已升，红红的光线照耀在朱红色的宫墙上，再反射出去，令整座宫城与前方一大片的广场都笼罩在暖暖的色泽之中，便是皇宫侧后方那条清清幽幽的护城河，也沁透了令人心悸的红，似鲜血一般。

"如果要拖时间，必须在他们入京都城门的第一刻开始便发动打击。"大皇子望着朝阳眯眼道，"眼下的问题是，你监察院的密探被四方城墙隔绝，根本无法递入情报，我们必须猜一下大军会从哪个城门入京。"

"由城门至皇宫有一段距离，足够杀一杀对方的锐气。"范闲低头道，"如果真要我猜大军由何处城门入京，我赌……正阳门。"

叛军由元台大营直刺京都，最近的一处城门便是正阳门，十三城门司的部衙也在那个地方，叛军由此门入京，最为安全通畅。

大皇子面无表情地道："我也这么想，所以在那里留了一队骑兵。"

范闲看了他一眼，眼神含蓄复杂。实力悬殊太大，御敌于城门之外根本不可能，但他们必须在叛军入城的那一刻，便给予对方沉痛的打击，如此才能削弱叛军锐气。但那些人一定会被大军吞没，只怕一个也活不下来。

知道他在想什么，大皇子道："身为庆国士卒，舍生忘死，理所应当。"

范闲叹道："不过是天子家的争权夺利，却要这些普通士卒去抛头颅洒热血。"

便在此刻，一阵晨风掠来，随风而至的还有充满热血与杀气的喊声，那是禁军正在进行战前的最后动员。抬眼望去，皇城内外一片肃杀。

"最后一次问你，要不要走？"大皇子眯着眼睛看着东方的那座城门，没有看范闲一眼，"等大军围宫，再想突围就不可能了。"

这个问题他与范闲已经商讨了几次，大皇子原意是由自己带着禁军将叛军吸引在京都之中进行血腥的搏杀，范闲则在监察院一千多密探的帮助下，带着宫中那些人杀出城门，急速南下至渭州。

范闲依然如前几次商议时一样摇了摇头。且不说突围有几分成算，即便能突，他也不会让大皇子一个人被叛军撕成碎片，更何况他心里还有一个极大的期盼。

京都没有随着朝阳的升起而醒来，百姓们惊恐地留在家中，竖起耳朵听着外面的动静。街道空无一人，静无声息，仿佛是一座死城。

忽然晨风里传来了一声不祥的声音，似乎是厚重的城门打开了。

听不到马蹄阵阵，听不到马嘶长鸣，没有盔甲与长剑互撞的声音，没有看到军旗飘展，隔着这么远，应该听不到城门开合的声音。但在这死一般沉静的京都里，城门处传来的任何一丝异动，都会触碰人们敏感的神经。

范闲霍然转过头，看着西方与南方的几处方向，注视着那几处监察院密探冒死发出的情报青烟，眼瞳微缩，喃喃道："我们都猜错了。"

大皇子脸上的神情极其凝重，他点了点头。

青烟四起，号角渐响，由皇城居高临下望去，京都城墙外从不同的方向出现了数十丛烟尘，接着便是蹄声如雷，从城门沿着大道向着皇宫杀来！

范闲和大皇子猜测叛军会由正阳门入京，却没料到叛军居然从九座城门同时入京！长公主手下的叛军究竟有多少人？竟然敢分兵由九座城门进城，以堂堂正正之势压城，营造出如此可怕的声势！

第四章 正阳门下

京都正阳门外，黄土块被疾驰而过的马蹄踩碎碾烂，再被踢起，变成一片土粉尘烟，遮住了朝阳投射来的光芒，天地间一片灰暗。五千人的骑兵大军正五骑一排，以稳定的速度向正阳门里驶去，马蹄带起的烟尘，被卷入城门，就像一条无头无尾的黄龙正不停地往京都里钻入，意图去吞噬那些可怜的凡人们。

漫天黄土中，一方军旗迎风招展，上面绘着个大大的"秦"字，秦字的最后一捺用力地刺出，给人一种牢不可摧的力量，在幽暗天光下杀气十足。

前任枢密院副使、如今的京都守备师统领秦恒就在这面旗下，看着自己的军队以一种不可抵挡的气势进入京都，脸上浮现出异常复杂的情绪。

庆国的国都在历史上曾经被外敌围困过，但从来没有被敌人攻入城中，然而今天，京都终于被攻陷了——正如庄墨韩大家在书中曾经说过的那样，历史上最强大的国都被攻陷，往往是被人从内部攻陷——今次庆国的叛乱也不例外。

现在局势紧张，容不得他有太多感慨，叛军分由九座城门入京，他率领的骑兵大队走的是正阳门，必须抢在所有人前面赶到皇宫。

叛军集合了秦、叶两家的大军以及京都守备师，共计三万余人，而禁军加起来不足六千，对秦恒来说，以六对一的兵力来打这一战，实在算不上什么难事，他要的便是以势逼人，要让皇宫里的人们胆怯心战，选择投降。

其实他并不担心皇宫方面，只担心叶重会抢在自己之前赶到皇宫。想到叶重这个名字，秦恒吐了一口浊气，对方领了太后旨意，却没有退回定州，虽然眼下看来这也是长公主暗中的安排，可对秦家来说，叶家的存在就有些别的意味了。

叶重是二皇子的岳父，而秦家支持太子。所以秦老爷子下了死令，为了太子皇位的稳固，秦家必须在这一战中表现得足够强，必须压倒叶家！秦恒一夹马腹，率领自己的亲兵营，加入队伍中，变成了黄龙上最亮的鳞片。

马蹄声在正阳门直通皇宫的大道上如雷鸣般响着，秦家骑兵们取出兵器，开始警惕起来，速度却没有一丝降低，如狂风般驰过。

如今的天下崇尚黑色，秦家骑兵们的轻甲颜色也很深，和监察院的黑骑颇为相似，只是在胸甲处有几片亮彩，看上去黑得不够浓郁。

十几名骑兵骤然脱离大队，加速前驶，闪电般刺入安静的街道中，擦着民宅低檐，再行一转，如箭头般散开，往纵深处行进。

秦恒冷漠地注视着前方，知道范闲和大皇子一定不会坐以待毙，这条安静的长街上一定会有狙击和难缠的厮杀，但他不在乎，他要求的是行军的速度，强悍的气势，无论受到什么阻拦，大军都必须无情地碾压过去！

叛军突进的速度太快，那十几名骑兵根本无法起到斥候的作用，准确来说，他们只是勇敢的诱饵，又有些像范闲那个世界里滚过雷场的烈士。他们用自己的生命，去触摸死一般沉寂的京都内究竟存在着什么样的危险。

然而从正阳门处直突五百丈，那十几名勇敢的骑兵依然没有遇到任何狙击,直至他们隐隐可以看见朝阳照耀下的皇宫檐角时,街巷中依然是一片安静。

嘶!

离这十几名骑兵约一百丈的叛军大队,最前方的几匹战马正在有力地呼吸着京都的空气,保持着稳定的速度,忽然,它们在同一时间痛苦地嘶鸣起来,翻倒在地。

战马沉重的身躯狠狠地砸在街道的青石地板上,震起一片灰尘,街道似乎都颤了一颤,马头重重地与地面一撞,鲜血迸流!

那些骑兵骑术再佳,也被这突如其来的变故弄得措手不及,翻倒在地,这时街畔民宅里有几支黑色淬毒的弩箭射了出来,射进了他们的身体。

与此同时,安静的街道上响起了无数嘶嘶响声。京都街道地面上铺着方正的青石,青石之间的缝隙则是由黄土填实,那些声音便是发自这些缝隙里。

黄土裂开,弹起一根细细的黑色皮索,上面闪着幽光,应是淬毒的细针。数十条黑色绊马索,就这样突然而神奇地出现在前一刻还是一片坦途的街道上!

无数声闷响同时响起,秦家叛军在这一刻遭受了无情的打击,总计约有一百余骑在这数十条绊马索前摔了下来。一时间,街道上人仰马翻,惨呼连连,不知道多少人或马筋断骨折,重重地砸在一起。

紧接着,嗖嗖的破空声响起。无数黑色弩箭从街边民宅里射了出来,射在那些摔在地上的叛军身上,瞬息间止住他们的惨呼声。

不过数息时间,街上便多了一百多个叛军的尸体,死者的身上都插着弩箭。埋伏者没有射马,那些受伤中毒的战马无力地躺在主人们的尸体旁边,痛苦地嘶鸣着,不停地蹬动着马腿,场面无比凄惨。

秦家叛军经此一阻,气势略减,有些慌乱。便在这一刻,只听到军中数声暴喝响起,在第一时间内清晰有力地发出了命令,稳住了先锋营。紧接着持盾兵由后赶上,踏过长街上的血泊,破开街道两侧的民宅木门,冲入幽暗中。

啪的一声，一座民宅破开一个大洞，一个叛军被刺死，浑身是血地跌了出来。此时在那些民宅内，不知道还有多少军士和监察院密探正进行着凶险的厮杀。一时间，街道左近尽是喝杀之声，却看不到厮杀的真实场面。

叛军军纪森严，秦恒冷酷地以兵卒生命的大量消耗为代价，向街道两侧进行反攻之后，四周袭来的弩雨自然也弱了下去。

刀光闪过，街道上数十根绊马索被无比利落地砍断，就像是被砍掉头颅的毒蛇，无力地瘫软在地上，那些泛着金属光泽的毒针则像是蛇皮上的晶亮液体。

秦恒于军旗之下凝视着前方，而后又举起手中的马鞭用力挥下。一位家将大喝一声："杀！"他双脚一夹马腹，带着数百骑兵，以逼人的气势再次向长街冲去。

此时长街两侧犹有惨呼声，民宅中有刀锋入骨声、尸体倒下的砸地声，渐渐有血从木门下方渗了出来，却极难看见监察院密探的身影。

那位叛军家将长枪刺出，立时震起一阵剧风，嚓的一声刺入马旁的一扇木门中。枪回，只见长枪之上挑着一个黑衣人，鲜血不停地滴落。

他闷哼一声，单臂一振，将枪尖上的尸首像纸袋一样甩了出去，坐骑再次踏过街上的血泊，枪出不虚，沿街挑了五扇木门，竟是连杀数人。

这时一个监察院官员手持硬弩出现在左前方的楼上，隔着窗子瞄准了那位家将，可还未来得及扣动扳机，一支羽箭从他眼窝里射了进去，闷哼一声之后，摔下楼来。

紧接着嗤嗤之声连作，跟随着那位秦家家将于街上纵马狂奔的数十骑亲兵手执轻弓，左右连射，街道两畔的小楼民宅上顿时出现了许多箭洞，埋伏在其中的监察院部属正准备持弩击杀那位猛将，不料却纷纷中箭倒下。

天下三大势力以庆军的骑射最强，此时纵马长街，手持硬弓，竟在瞬息间,射得监察院弩手们不敢现出身形!即便偶有弩箭射出,也没有什么准头,落在那位猛将重甲表面,无法深入其躯,只是绽出些许血花。

十数息间,那位家将带着先锋营冲出了百余丈,身后则是浩浩荡荡的骑兵大队,眼看前方是一片开阔地,直冲皇宫再也无人可阻。秦恒再次将手一挥,命令全军依次压上。初一遭遇便折损了近两百名士卒,但他的心神依然没有一丝游离,因为他从来不认为监察院这种黑暗手段可以阻止一支大军前行。

恰在此时,一支凄厉的令箭在长街上响起,啪啪啪啪,街道两侧的民宅窗口全部关闭,宅落里的厮杀在继续,长街上却恢复了平静,显得极其诡异。

那位家将满脸血污,一脸杀气,一支长枪收于背后。他注意到了街上的异象,却根本没有任何惧意,就凭监察院那些鬼蜮伎俩,如何能阻住大军前行。

"鼠辈。"他轻蔑地想着。

"鼠辈。"秦恒率领大军压了过来,一脸冷峻地看着突然恢复清静的长街,心想监察院终究还是见不得光,这些手段有什么用?

此时,平静的长街上忽然响起了一声号令,这声号令只有一个字——

"候!"

这个"候"字极其简单,干净利落,却蕴藏着无穷的杀机。

秦恒眼瞳微缩,眉毛一挑。叛军齐拉弓,无数箭羽射了出去,直刺那声命令发出之地。笃笃笃笃,有如乱雨打城,那座木楼顿时被射穿无数洞眼。长箭破风而入,隐约听到一声闷哼,想来发令的监察院官员已然毙命。

然而紧接着,长街某处又再次响起了那声号令:"候!"

秦恒的脸色阴郁了起来,此时他本可以选择分兵,绕过这段有监察院重兵伏击的长街——然而军令如山,既然父亲命令自己第一个赶到皇宫,自己则必须保持速度,即便……要付出更大的代价。

他不知道监察院的这声"候"意味着什么，他也不想再多思考，猛地一挥手中马鞭，数千叛军齐声一喝："杀！"于是如洪水一般向空旷而危险的长街涌去。

那位长枪在手、无人敢阻的猛将，此时已经率领数十余轻骑闯到了长街尽头，背后的正阳门在朝阳下泛着光，身前的空阔地带在吸引着他，更远处隐隐可见的皇宫还在等待着他，他豪情万丈……忽然，他听到了如雷鸣般的马蹄声，紧接着看见长街尽头出现了两百余名盔甲雪亮的高大骑兵。

这些骑兵不知何时出现在此地，手持长刀，冷漠地等待着叛军的到来。

四周有十余具散乱的尸首，正是叛军散出去的十余骑斥候。秦家家将的眼瞳一缩，他知道对方很强，不然不可能扑杀了自己的属下，却没有发出任何声音。

对方是禁军！

他紧紧握住手中的铁枪，枪杆的粗糙与寒冷激起了他无穷的信心。他一夹马腹，带着身后数十骑向禁军冲了过去！

禁军将领全身都笼罩在盔甲中，只露出了一双眼睛，没有一丝恐惧，只有平静、冷漠和决心，那是对自己生命的冷漠，是完成大帅交给任务的决心。

他高高举起手中的马刀，刀锋闪着亮光，令人不寒而栗。他一夹马腹，身下战马猛地一挣，如出弦之箭般弹了出去。

双方骑兵就这样以一往无前的勇气同时冲锋，就像是两道颜色不一的洪流，马上便要正面冲撞！就在此时，刚刚安静了一刹那的长街上，忽然又响起一声监察院的号令声："放！"

秦家家将看着高速冲来的禁军骑兵，暴喝一声，马匹骤然加速，将要冲出街口时，忽然听到了这个字，他的心神坚狠，没有一丝慌乱和减速。他根本不在乎监察院的这些鼠辈，必须要为将军杀开一条通往皇宫的血路。

一个黑影从街道旁的民宅里扔了出来，正好出现在他马头前的半空中。这位猛将挟肘一挑，枪尖闪芒，嗤嗤数声，黑影顿时被撕碎。

他屏住呼吸，双眼血红，心知监察院用毒厉害，却也不惧，只要毒物一时不能入心，他就能够将前方那些禁军杀退。他只心忧坐骑，将枪尾在马臀上狠狠击了一记，坐骑受惊，再次加速！

突突突突，一连串簧机声响起，平静许久的街道上弩箭再至。他冷哼一声，长枪绽花，护住自己的要害与马头，枪风荡出，无数弩箭被拨落在地，偶有几支弩箭射中盔甲，却只听叮当一声脆响，接着无力地堕落于地。然则……这位猛将骤然发现，弩雨之中竟有几抹带着不吉利的红。

红？

火？

嗤的一声，三支弩箭分别射在这位先锋将的重甲与马头处，弩箭上捆着火棉，燃着火苗，在红色的朝阳中并不显眼，但却致命。火苗一触重甲上的粉末，呼的一声烧了起来，从马头直至重甲再至头盔处，但凡沾上粉末的地方，不停蔓延，只是一眨眼的工夫，猛烈燃烧的火焰便吞噬了那位猛将！

一声惨烈的暴喝从火焰中传了出来，那位势不可挡的猛将依然保持着冲锋的姿势与速度，而他本人已经成为一个燃烧着的火把！

他扔掉手中的枪，恐怖地吼叫着，试图将身上的火扑灭，但监察院放的火，不是那么好扑灭的。他知道自己完了，心中无比恐惧。

战马剧痛狂奔，陷于火焰中的一人一马就这样奔到了禁军锋线的前方。

禁军将领冷漠而微嘲地看着奔来的火人，在两骑交身而过之时，噌的一声挥动长刀，刀出无声，自火中穿过，立即斩断那锋将的头颅。咔的一声，头颅断裂，被护颈甲系着，在火焰中燃烧。带火战马悲鸣着乱冲，带着主人一头撞向街旁的一堵巷墙，继而随着一声极为沉重的闷响，摔落在地，发出凄惨的悲嘶。

二百余骑的禁军，看都没有看这场面一眼，飞速驰过了那些被射成蜂窝、烧成焦炭的叛军先锋尸首，向着秦恒所在的中军冲了过去！

此时秦恒并不知道自己最器重的亲信先锋遭受了何等无耻阴险的谋杀，他命令军队向长街两侧压去，因为监察院的二次攻势已经开始了。

在长久的沉默之后，在那两声冷酷的"候"令之后，射向叛军的弩雨更盛，都是瞄准军旗所在的中腹部位，尤其是秦恒所在的亲兵营处。

"是连弩！"有人畏怯地喊了出来。在一片弩箭呼啸的破风声中，这声喊显得格外惊心动魄。一支弩箭被挡住，第二支，第三支呢？

十余名亲兵奋勇挡在了秦恒马前，他们手中只有肘盾，根本不足以抵挡这么密集快速的弩箭，只能用自己的身体和战马高大的身躯为秦恒做起了肉盾。

长街上人仰马翻，悲嘶惨号连连，不知多少叛军的脸上插上了弩箭，鲜血与汗水混杂在一处，四处告急。只在瞬间，秦恒身周的亲兵便死了大半。他脸上也满是血污，显得格外狰狞，直到这一刻他才终于确定，范闲让监察院埋伏在正阳门下，不仅是为了阻击和拖延时间，而且是准备将自己的性命留在这里！

虽然不知道范闲为什么如此看重自己的性命，但他凛然不惧。看到长街上，自己的部属们勇敢而无助地与那些毒粉暗弩搏杀，一根青筋在他的太阳穴上暴起，满腔的愤怒充斥着他的胸间，这些鼠辈只会用这些不入流的手段，难道也敢妄想杀死自己？他拔出腰畔长剑，一夹马腹，马如龙跃，于满天弩雨中蹿了出去，口中暴喝一声："为了庆国，杀！"

主将开始冒死冲阵，叛军士气大振，齐声喊了声"杀"，冒着弩雨往街道两侧的纵深中突进，用自己的身躯和生命将监察院的第二波攻势压制了少许。

叛军毕竟人多势众，只要能够与藏在黑暗中的监察院官员正面接触，自然会获得最后的胜利。然则在此时，街那头的禁军已经冲了过来。只有两百余骑，却像是两千骑一般杀气腾腾，势不可阻，如一道洪流冲入队形被迫散开的秦家叛军中。双方都是盔甲在身，刀刃在手，杀意冲天，谁都没有退路！

高速前行的两支骑兵在正阳门下的长街上进行了第一次正面对撞，就像是两个大铁锤一样狠狠地砸在了一起，发出令人耳膜疼痛，无比恐惧的巨响。

刀枪相撞，铁甲相撞，气势相撞，无数铁骑落马，惨遭践踏，骑兵们被挑死，被挤死，被砍死，被震死。秦恒满脸铁青地看着这一幕，心想范闲和大皇子究竟有多少人，居然在正阳门下埋伏了这么多人？

"能动的人，我全部砸在了正阳门内。"范闲盯着京都内的道道狼烟面无表情地道，"虽然没猜到他们居然嚣张到从九处城门进城，但既然我们赌了正阳门，就一定要砸出个动静来。"

大皇子看着街巷中逐渐逼近的叛军旗帜，道："终究只是一路，大势不可逆，先前如果你从正阳门逆冲而出，说不定真的有机会突围。"

"长公主在京都外肯定有预备队。突围？我拿什么突？"

"荆戈不是带着两百黑骑消失在京都了？"大皇子看了他一眼。

范闲没有应话，盯着皇宫前的广场。广场极大，当年阅兵的时候曾经排列过数万人的队伍。此时已经隐隐能够感觉到地面的震颤，想必是那八路的叛军快要合围至此，如此声势，即便是他早已看透生死，面对眼前的局势，也不免开始紧张起来。

他抬起头看着正阳门的方向。他和大皇子留在宫外的实力基本上集中在那一路，无论是谁想从那里通过，只怕都要付出极其惨重的代价。如果他知道是秦家那位二代领军人物此时正在弩箭与毒烟中苦苦突进，只怕会笑出声来，秦家在山谷里的那次狙杀他可没有忘记——只是不知道那些忠心耿耿的监察院部属，还有那支等同于自杀的禁军骑兵大队，究竟还能活下来几个。

然而正如大皇子所说，区区一座城门根本不足以改变大势。这时一个骑兵出现在了广场边缘的街口，禁军早已全军收拢入宫，广场上空无一人，这个骑兵的出现显得那样突兀，空旷的天地间仿佛多了一个不和谐的黑点。

马蹄声中，这个骑兵未有任何停歇，直接从广场边缘冲到广场正中间，到了皇城之前，后方紧接着出现了第二个骑兵，第三个骑兵，第十个，第一百个，第一千个……黑压压的叛军，其余八路在扫荡干净沿路的少许抵抗后，终于用一种乌云压城之势来到了皇城前方，将整座皇宫包围了起来。这种默然中透出的杀气，沉稳至极的气势，让皇城上的禁军们无来由地心头一紧。

范闲和大皇子终于没有用聊天来掩饰内心的紧张，沉默地看着眼前的一切。

片刻后，一方在晨风之中猎猎作响的旗帜出现在众人的视野，从广场转角处的长街上行了过来，露出上面斗大的一个"秦"字。又一名骑兵从皇城下另一方疾驶而至，手中持一大旗，上书"叶"字。最后出现的是一方明黄大旗，上面空无一字，只是用金线绣着一条腾于云雾之中的龙，金爪抓碎祥云，踏空而至。

"连龙旗都正大光明地打了出来。"范闲叹道。他虽是九品高手，心性无比坚毅，但面对着密密麻麻的军队，仍然忍不住头皮有些发麻。

"你怕了？"大皇子面无表情地看着他。

"什么东西多了都会让人有种恐怖的感觉，蚂蚁如此，老鼠如此，蟑螂如此，更何况是人？"范闲苦涩地笑了笑，然后招来一个下属说了几句话。

三面大旗缓缓而行，迎风招展。在叛军炽热的眼神中，在禁军警戒微惧的盯视下来到了皇宫正前方，来到了最先进入广场的那个骑兵身后。

"你一直坚不突围，我总以为你还留有什么底牌。"大皇子双眼微眯，看着皇城下方的几面旗说道。

"我的底牌早没了。"范闲面不改色地道,"但我总以为那些老家伙总不至于见死不救,这时候应该跳出来扮超级赛亚人,可惜……我好像猜错了什么。"

"什么人?"大皇子顿了顿又道,"我也很纳闷,陈院长难道真中了毒?"

范闲看着皇城前的如山军势,深深吸了一口气,一拍皇城青砖道:"便是我们两个,又如何?"

大皇子深深地看了他一眼,道:"我可不想和你一起死。"

风雨欲来满楼愁,皇城角楼里两个愁人却在说着笑话。四周的禁军偷偷看着这边,听到小公爷与大帅爽朗的笑声,不知为何再没先前那般紧张。

大皇子看着皇城前那三面旗和最前方那个骑兵,微笑道:"他们是在用气势压迫我们,意图让禁军心怯,但我的属下哪里会这么胆小。"

"我们把手上全部的牌都砸进正阳门,为的是什么?为的是要杀一杀对方的锐气,振己方之军心。我们怎么能容许这四骑如此嚣张地站在皇宫前示威?"

范闲盯着那个像黑点一样的骑士,沉默片刻后道:"我知道依军中传统,第一个抵达敌营的骑兵将获得无上的光荣,那就让他光荣掉吧。"

大皇子微微皱眉,他很尊敬军方传统,虽然十分厌憎那几骑在皇城前沉默地耀武扬威,可没有想过要做出些什么,而且对方站的位置极好,箭支无法射到。

范闲知道他在想什么,挑眉道:"我不是军人,我也不懂光荣,我只知道这是你死我活的战争,这时候还站在我面前,那就是……"

一句话还没有说完,他的手已经挥了下去,皇城角楼里那座沉默了无数年的守城弩,忽然发出一声极其凄厉的叫声,似乎是要将曾经死在这座皇宫里的怨魂都唤醒起来。咔……一声巨大的机簧声过后,一柄粗实的弩箭如闪电般脱离了弩机，循着设定好的轨迹射了出去。

皇宫前孤零零站着的几骑和几旗，虽孤单却嚣张，冷漠而轻蔑地看着皇城上的禁军，传达着强大的慑服力和压迫力，可这一切都被这声弩机声瞬间破掉了。那个最先抵达皇城的叛军骑兵来不及任何反应，巨大的弩箭便贯穿了他的身体以及战马，伴着巨大的血花，将一人一马狠狠地钉在了广场的石板上！

"……蠢货。"范闲也说完了那句话。

守城弩的弩箭，有如一把短枪，刺破人与马的血肉身躯，又深深地刺入青石板间的缝隙，精铁箭支不停地颤抖，发着嗡嗡的声音。

包括叛军和皇城上的禁军，数万人傻傻地看着这一幕，不敢相信自己的眼睛，如此巨大的一支弩箭射穿骑兵的身体，就像是一根天罚的铁棒狠狠从九天云外砸落。一片死般的寂静，一片冰冷的恐惧，在广场上蔓延开来。

三个持旗校官离得最近，傻傻地看着面前变成血沫子的骑兵同僚，看着石板上不断流出的血水，不知如何反应。马与人不同，即便是万中挑一的战马，感觉到那支弩箭的恐怖后，齐声长嘶，受惊乱跑起来。片刻后，两面军旗十分狼狈地回到叛军营中，另一面明黄色的龙旗却是惨惨地摔落在广场上，卷成一团，看上去十分不堪。

一片死寂，数万道目光看着那面代表着庆国皇家尊严，代表着庆军不可战胜意志的龙旗——这面似乎应该永远飘扬在大军正前方的旗帜，不倒的旗帜，居然就这样凄惨地落在地上。就在此时，皇城上的禁军齐声暴出一声喝彩，仿佛在数万名叛军的脸上狠狠地抽了一鞭子！

范闲眯眼看着这一幕，对大皇子微笑道："效果不错，不是吗？"

大皇子没有应话，心想太子今日起兵，此刻却是连龙旗也丢了，真是颜面尽失。

此刻，那个失旗的骑兵已经空手回到了叛军中营，他低着头，身为旗手这是何等荣耀，自己竟然失手将龙旗摔落在地，必然面临极严厉的惩罚。

叛军中营百骑渐渐分开，身着一身明亮盔甲的太子李承乾在几位大将的拱卫下缓缓地走了出来，只看了这个骑兵一眼，没有多说什么。

太子的眼神很温和，那个骑兵却感到无比羞愧，他一咬牙扭转马头，准备返回广场将那面摔落在地的龙旗抢回来。便在此时，太子身旁一个大将催马而出，喝道："两军交锋，失旗者，斩！"

"斩"字一出口，那个骑兵浑身一震，下意识里闭上了眼睛，却努力地站直了身体，然后感觉到了脖子上的那抹凉意。

将军收刀而回，看也没有看摔落在地的骑兵尸首，一声冷哼，坐下骏马有如闪电般掠出，向着那面卷裹在地的龙旗而去！

数万叛军不是所有人都认识这位将军，但他们知道这位将军要做什么，不由心头一震，热血上冲，数万人有节奏地齐声吼起来。

就在万众吼叫声中，那个将军坐下的战马有如飞龙，四蹄腾空，如一道利箭般直刺皇城之下。马速极快，他的驭术更是了得，看似一道直线直冲皇城，实际上却是按照一种古怪的轨迹在前行，极难被箭矢瞄准。

守城弩旁的禁军与监察院官员无比紧张，他们根本无法捕捉到那叛军将领的前进路线。那叛将驶至龙旗处，并未减速，用极高超的骑术单脚挂镫，一手探下，轻轻松松地拾起了龙旗。

守城弩的强威刚刚表现过一次，这叛军将领便毅然冲了过来，气势与勇气实在是令人心折。见此，范闲不知为何忽然想到了王十三郎，他心头一动，没有挥手。

两军相交，气势第一，旗便是势，夺旗便是夺势。范闲没有下令，负责操作守城弩的小组，却不肯放过这个机会，扣动了沉重的弩机。噌的一声闷响，整座皇城似乎都随着那支巨弩的射出颤抖了一下。

一声马嘶冲天而起，只见那叛将似是猜到守城弩何时击发，一提马缰，双脚在爱骑腹上一踢，狂喝一声，让战马人立而起！战马前蹄悬空，庞大的身躯被强行地扭了起来，在空中还做出一个令人目瞪口呆的悬停。

那叛将一手持明黄龙旗，一手提马缰，斜骑在人立的战马上，被朝阳一照，英猛无俦。

此时巨大的弩箭才射到，擦着战马的腹部斜着扎了下去，铁弩扎进青石板，碎石乱飞，却连那叛将的毛也没有擦伤一根。

只听那叛将大喝一声，坐骑嘶鸣着双蹄落地，浑身肌肉一松一紧，有如一道轻烟，飞驰而回，潇潇洒洒地回到了叛军中营，回到太子殿下身旁。他重重地将龙旗插到了地上，然后抬头望向皇城之上的两个小黑点，眼神桀骜。

从他跃出中营的一刹那，数万叛军便开始呼喊起来，随着他夺回龙旗，奔回中营，数万人如山般的喝彩声越来越高……而当这叛将把龙旗重新插回营中，旗帜于风中飘摇时，叛军们的喝彩声终于到了极点！

"壮哉……我大庆军中，果然是猛将无数，难怪纵横天下，无人能敌。"范闲发表了主帅绝对不应该发表的意见，"宫典当了这么多年禁军副统领，对守城弩的了解当然比你我要强很多。更何况他本身就是八品高手，以将军金贵之身冒死夺旗，这等勇气实在令人敬佩。"

大皇子微微挑眉道："原来是他……难怪，宫将军自幼在定州边陲牧马，一身骑术习自胡人，向称军中第一。"

范闲不是第一次听说宫典的来历，他看着叛军的中营处，发现太子身旁围着的大部分是秦家的将军，定州叶家似乎只有一个宫典在那里。

宫典，庆国前任禁军副统领兼侍卫大臣，庆帝曾经的亲信属下，却因为庆帝对于叶家的猜疑，利用悬空庙事件，择了个莫须有的罪名将宫典下了大狱。

悬空庙事件，范闲从头至尾参与，还受了重伤，很多秘密至今依然没有破解，但他知道，因皇帝陛下的多疑，不知道为自己带来了多少可怕的敌人。

他心头再次动了一下。长公主、陈萍萍和林若甫在不同的场合都说过，陛下此生没有什么大的弱点，唯因其多疑，故而可败。这句话真有道理吗?

这时忽听大皇子道:"打平了。"

范闲知道这话是什么意思。叛军势大,以皇城的防御力量无论如何也支撑不了几天,所以他们必须抢在最开始的时候,用最直接的手段打掉叛军的气势。虽不敢奢望以夺旗夺其军心,但至少要让对方无法一鼓作气地冲杀进来,所以才会有正阳门前极为惨烈的狙杀,才会有半个世纪以来守城弩第一次的使用,哪怕只狙杀一人,也要狙到叛军心寒。宫典夺旗,却令这种势头再次转了回来。好在叛军虽再次气盛,可是看对方阵势,应该不会马上来攻。

叛军占据明显的优势,为何不立刻来攻,范闲能够算到几点。皇宫防御有天然优势,城高、墙厚、弩利、人心齐,宫中力量已至死地,若叛军来攻,置之死地而后生的杀伤力,太子必须考虑再三,更关键的问题是,究竟谁来攻呢?

"我想叛军其实也很头痛,他们不是铁板一块,名义上叶、秦两家都是支持太子,可是太子心里会怎么想?叶重可是老二的岳父大人……"他抬起手来指着右方遥远的一处军马,"老二和叶重应该在那边,你说太子舍得让老秦家的人冲锋陷阵,却让老二捡大便宜?"

大皇子沉声道:"老二当然也舍不得让自己的老丈人出马,如果最后的本钱都打完了,将来承乾会怎么收拾他,他心知肚明。"

"正是。"范闲轻轻拍着皇城的青砖墙,看着正前方缓缓向皇城靠拢的叛军中营,"咱们这两个兄弟都心怀鬼胎,不商量好,怎么也打不起来。而且既然两边都不想折损太多,所以一定会劝降的,要知道太子可是个温和的人。"

太子打的是大义名号,不是来造反的,如果不说几句冠冕堂皇的话,就这样开战,岂不是牌坊没立好,便准备接客?所以他会安静地等着对方开口说话。

数万叛军已然集结完毕,列阵缓缓向皇城逼来,黑压压一片有如乌云压城,看着便令人心悸。黑云般的叛军在距离皇城两箭之地外停住脚步,缓缓行出十数人,正是太子与身旁的秦家将领,宫典却落在两骑之外。

范闲静静地看着这一幕,看懂了很多——宫典跟着太子,这是叶家表示的忠诚态度,太子对叶家却没有多少的信任。

离太子最近的当然是秦老爷子,这位老爷子今日重新披挂上阵,穿上了搁置许久的盔甲,苍老的面容里蕴积了无数年沙场上积蓄的杀气,往日里浑浊的双眼今日如鹰一般盯着皇城上的后辈,根本看不出老态。

以秦老爷子在庆国军方的地位权威,毫无疑问,他才是今日叛军的核心领袖,太后信他,太子信他,他也给太后和太子回报了足够强大的支持。只是那几缕白发从盔甲里露了出来,被京都的晨风吹拂着,看着还是有些落寞。

范闲眼力极好,此时不知为何想到了前一世看"九八世界杯"时,巴西与荷兰半决赛后,扎加洛在场边迎风行走,不多的白发被吹得凄凉不堪。

不是放空,不是走神,只是下意识里想起了那一幕。范闲心想,扎加洛世代功勋,胜了那一场之后终究是个惨淡收场,你秦老爷子又何能例外!

便在此时,被范闲诅咒着的秦老爷子看了太子一眼,对着皇城上的禁军缓声道:"尔等乃庆国军士,何敢助范闲这个弑君逆贼?和亲王听宣……"

秦老爷子一开口,皇城四周就连空气都嗡嗡地震了起来!范闲和大皇子互视一眼,都看到了彼此眼中的惊惧——秦老爷子好强的修为,好深厚的功力!

范闲悄悄将掌心的汗在青砖上擦掉,此前他一直在猜秦家真正的强者是谁,但无论如何也没有想到,秦家深藏着的最高战力竟然就秦老爷子自己!

那个老弱不堪的老家伙,居然是九品上的超级强者!

盛名之下，果无虚士！秦老爷子一直坐在庆国军方第一人的位置上，骄横无比的燕小乙都对他尊敬有加，果然自有道理。

范闲的右手食指微微颤抖了起来，不是害怕，而是兴奋，当初狙击燕小乙的过程那般艰难，今日狙击这位老爷子，想必成就感会更强一些。然而当他看了一眼后方的宫典，右手食指再次恢复到平直，只听他对着城墙下大声喝道："秦业！"

秦老爷子的第一句话还没有讲完，他便带着霸道真气开口，虽不像秦老爷子的声音那般纯厚洪大，却是格外暴烈，竟将秦老爷子的声音压了下去！

城上城下数万人一齐将目光投向皇城上。秦老爷子微微皱眉，似乎没有想到范闲的霸道真气强横到这等地步，更没有想到，自己会在皇城下听到有人直呼自己的名字。秦业？天下除了皇太后敢这样唤自己，还有谁敢？

范闲敢。

秦家众将的脸上都流露出愤怒的神情。

"秦业！"范闲再次一声暴喝。此声传遍皇城四周，镇住了所有人的心神，也收拢了秦老爷子的注意力。范闲看着秦老爷子问道，"你就一个儿子，他在哪里？"

秦恒由正阳门入，距离最近，然而直至此刻，叛军已经围拢，他依然未至，叛军将领们早已不安，此时听到范闲的问话更是生出了悸意。

秦老爷子的眼睛眯了起来，却没有什么太过震惊的表情。

"你自己也应该猜到了什么……不错，你大儿子乃我部下荆戈当年在大营中一枪挑死，秦恒今日在正阳门被监察院狙杀！"范闲第三次又暴喝出那个名字，"秦业！你敢背叛陛下，我就能让你老秦家断子绝孙！"

何其恶毒的话语，一时间万籁俱静！

大皇子低声道："这时候把老爷子气疯似乎不是什么太好的选择。"

范闲盯着太子李承乾所在的地方，面无表情地道："我就是想看看，如果老家伙气疯了，太子还没有疯，他们之间会不会再出些问题。"

事态的发展并没有按照他的想法继续，秦老爷子听到范闲那句无比恶毒的话语后，只是缓缓地低了低头，很快又抬起头来，苍老的面容上一片漠然。

"范闲，我先谢谢你帮老夫解答了多年来的疑问。我那大儿于营中被挑，那杀贼本应死在大牢之中，后来察看档案亦是如此，但却一直未曾找着那恶贼尸首……如今才知晓，原来是被那条老黑狗收了去。尽管如此，我会给你留个全尸，我会让陈萍萍受千刀万剐。至于秦恒，老夫对这孩子向来有信心，纵使你在正阳门下能阻他一刻，又岂能奈何得了他。而且即便他死了又如何？将军难免阵上死，若他死在你的诡计之中，那他死得光彩。断子绝孙？你以为靠这两句话便能激怒老夫？我连你那个妖女生母都未曾惧过，更何况是你！"秦老爷子用讥讽的目光看着城头的晚辈，一字一句地说着。

"……人老将死的时候，这种废话就显得特别多。"如秦老爷子一样，范闲也终于获知了一个自己猜测许久的隐秘，叹了一口气，将目光望向秦老爷子身旁的太子殿下，抢在太子开口之前，情真意切地道，"承乾，降了吧。"

第五章 城头祭出神主牌

"承乾，降了吧……"范闲温柔的话语，让皇城上下几万人同时傻眼，感到无比的荒谬——眼下叛军围城，任谁看都是必胜，他居然大言不惭地劝降！

太子李承乾倒吸一口冷气，心想安之的脸皮果然越来越厚了，居然说得出来这样的话，而且竟是如此自然，若让不知情的人听了，只怕会以为今日他才是被赶得如兔子般的可怜人，而不是范闲。

说来也是奇妙，不过一夜工夫，范闲便从朝廷钦犯摇身一变成为所谓监国，险些一举擒下太子，成功反转。而紧接着的凌晨里，太子侥幸逃脱，大军入城，又反将范闲困在宫里。所谓城头变幻大王旗，说的大概便是这一夜里发生的反转。事件本就极其荒唐，他再说这么一句荒唐的话又算什么呢？

右侧方的广场上有凌乱的马蹄声响起，李承乾扭头看去，只见由西城门入京的定州军正缓缓向中军靠拢，而后停在了叛军的右翼方，小心翼翼地保持着距离。这是为了避免忌讳，也是表示对太子的恭敬。

李承乾在定州军前方看到了二皇子那张英秀的脸庞，心中生出些许警意，没做更多理会，他望向皇城提高声量喊道："大哥，你我……"

秦老爷子发话后，应该是他情真意切地劝降，不料范闲却抢着来了这么一句，顿时把整个节奏给打乱了。而且他没有内力加持，必须用喊才能让皇城上的人听到，听起来没有什么气势，自然也没有什么说服力。

太子说的话全在范闲的计算之中，无非是用兄弟情义说服大皇子，同时依然将大东山的事情栽到范闲的身上。太子明知道大皇子不会相信范闲是刺驾的凶手，可他依然要这样说，因为任何兄弟情义，总要建立在说得过去的逻辑基础上。

范闲轻拍着手掌，看了大皇子一眼。大皇子默默地听着，脸色越来越阴沉。庆帝一共生了五个儿子，不算从小在澹州长大的范闲和最小的老三，他与太子、二皇子自幼一起长大，虽然太子身份尊崇，但三个兄弟之间的感情还算不错，尤其是在陛下示宠于二皇子之前，谁会愿意兄弟间刀兵相向呢？

二皇子也跟着太子极其诚恳地对大皇子喊话，必须承认，他在收拢人心上确实有一招，只是在往年情谊上用力，用愤懑的语气述说着对大皇子帮助范闲的不满，并且隐隐约约提到庆帝对大皇子的态度……其实并不像是父亲对儿子。

范闲不担心大皇子会在大势逼迫下、在太子和二皇子的亲情攻势下转向，他分析立场会依从人的性格决定，大皇子性如烈火。

他只是静静地看着二皇子身边的叶重。叶重五十多岁了，却没有一点老态，也不像一般庆国名将那般气势凌厉，他不仅身材偏矮，还有些胖。但范闲绝对不会低估他，此人是早已成名的九品高手，叶流云最亲的侄子，曾经和自己那位恐怖老妈打过一架的人，而且二十几岁便能成为京都守备师统领的人，又岂能用"不简单"可以概括。不知想到了什么，他的眉头越皱越深，眼神却越来越亮，有如朝阳映照下依旧不肯退去的那一颗星。

大皇子忽然向皇城下喝道："够了！我知道，为了皇位，你们什么难堪的事都能做，但别忘了我不喜欢！要攻就攻，莫学些娘儿们啰里啰嗦的！"

这番话说得斩钉截铁，根本没留丝毫回旋的余地，二皇子向来温柔的脸庞终于变得阴沉起来，他愤怒道："大哥！你不要忘记了，我们才是兄弟！"

"兄弟？"大皇子连续数日操心皇宫的守卫以及和范闲谋划的大事，心神消耗极大，眼窝深深地陷了进去，眼神却显得更加锐利。他看了看太子，又看了看二皇子，"兄弟！你们连儿子都不肯做了，还说什么兄弟！"

这句话点破了太多内情，皇城上的禁军们早从遗诏中知晓此事，脸上流露出悲愤与伤痛的情绪。皇城下的叛军们神情则有些怪异。虽然皇帝陛下已于大东山被刺身亡，可是龙威犹存，身为庆军子弟，扛着太子的大旗，实际上做的是弑君篡位的勾当，谁不在心底畏惧，谁不在腹中打鼓？

大皇子看着太子失望地道："我知道你没有这个能力，但你肯定知道姑母的阴谋！父皇即便要废你，你这个做儿子的怎么能做出如此禽兽不如的勾当？"

太子神情暗淡，竟是保持着沉默，任由大皇子怒斥。一旁的秦老爷子面无表情地举起手来，叛军们开始做攻城准备。周围响起阵阵拉动弓弦令人牙酸的声音。

这时没有人注意到范闲一个人离开了城头，他沿着长长的石阶下到了皇宫内部，行过空阔的广场，向着太极殿走去。一路所见禁军不多，在空旷的皇宫里显得稀稀拉拉，那是因为一千多人的禁军已经被调拨到太监、宫女日常居住的宫坊处，此举一为镇压宫内的不安因子，二来也是因为皇城那处最易突破。

大皇子擅长的是草原野战，城池防御的本领也极高，各处已经做好了准备，甚至拆了两座皇城角楼，备好了石料与重木，准备应付稍后的攻城战。皇城下的宫门旁则准备了一些奇形怪状的石料，上面甚至还带着青苔，应该是宫里的假山，看样子是准备用假山石将宫门堵死——将叛军堵在宫外，将自己困死宫中，这便是所谓的死守。范闲叹了口气，知道老大已经下了必死的决心。

进入太极殿,看着忧心忡忡的大臣、满脸沉重的宁才人,以及宜贵嫔与坐立不安的三皇子,范闲再次在心里叹了口气,对胡、舒二位大学士行了一礼,又堆起满脸微笑对三皇子道:"承平,要开战了,觉不觉得刺激?"

三皇子李承平毕竟是个小孩子,自得知皇宫被困后就开始害怕起来,却又强行装着镇定,当听到范闲这句问话后,终于忍不住扁了扁嘴,惊恐里带着被范闲逗弄出来的笑意,这副样子看上去十分滑稽。

范闲对着面色惨白的皇太后施了一礼,接着又望向长发乱披的皇后沉声道:"臣请太后娘娘、皇后娘娘,上城观战。"

自古造反必有的阐明大义、标榜自身正确的宣讲,已经在大皇子的怒斥和太子、二皇子的郁闷中结束了。皇城下方的叛军逼近过来,后军营中数千箭手开始做齐射准备。皇城上的一千余禁军,只怕在这一拨箭雨之后会折损不少。

大皇子手按长剑站在城上,令众将士准备迎接叛军攻势。这是庆国皇宫第一次被箭雨洗礼,也不知道在箭雨之后还要经受怎样的血雨腥风。

没有掌控住城门司,禁军被迫退守皇城,在战略上已经处于下风。此外在其他方面准备也极不充分,没有足够的弓箭,只有皇城四角上的四座守城弩可以支撑,然而叛军数万,这四座守城弩好比用大炮打蚊子,又能打死多少?

"准备!"大皇子紧紧握住宝剑,盯着城下黑压压的叛军,听着耳边不停传来的弓弦绷紧声,心弦也不由绷紧。

数千箭手同时拉弓,那种令人心悸的吱吱响声似乎要穿透皇城上所有人的耳膜,震透所有人的心神。禁军已经躲在箭垛之后,手持盾牌的亲兵也候在了大皇子的身后。大战一触即发,谁都在等待着漫天箭雨呼啸而至的那一刻。

然而范闲没有让这场面发生。他没有欣赏攻城情景的兴趣,也不会为了装豪横,直到禁军受了惨重损失之后,再来祭出自己的妙手。石阶上传来一阵急促的脚步声,来的是范闲及数十位气喘吁吁的老大臣,还有被太监们半扶半押着的数位妇人——这些妇人本是天下最尊贵的女子,今日却成了最卑微屈辱的角色。

范闲牵着三皇子走到了大皇子身后,看着皇城下作势欲射的叛军,心不由惊了一下,心想这么多箭射过来,这皇宫还怎么守啊!他赶紧运起真气,对皇城下面的叛军们高喊着:"承乾,老二……快快住手!"

太子和二皇子闻声一怔,抬头向皇城上看去,于是便看见让他们心悸不已的一幕。

"母后!"

"母亲!"

"太后!"

看着皇城上的那几位妇人,太子和二皇子忍不住惊呼出声,即便是秦老爷子和叶重也忍不住皱起了眉。接着皇城上下数万人都听到了范闲的一句喊话:"先不要慌着打,我带你们的妈妈、奶奶、弟弟来看你们了……"

听到这句话,很多人生出吐血的冲动,谁也想不到,以诗仙闻名于世,隐隐然要成为庄墨韩之后的一代文坛领袖范闲,竟然会说出如此无耻的话语来。

只有范闲自己知道,在经历了草甸上的生死后,他的人生终于产生了一种极可喜的变化,从两次生命蕴积的阴酸气里摆脱了出来,往回靠拢,渐渐要和那个在澹州房顶上高喊"下雨收衣服"的小男孩合叠成一处——这样的范闲是可爱的范闲,是犯嫌的范闲,是无耻的范闲,也是可怕的范闲。

太子和二皇子再如何有城府,看着这心惊胆战的一幕都不由得愤怒了起来。

二皇子厉声呵斥道："范闲！你无耻！"

范闲瞪了回去，问道："你才知道？"

太子也是愤怒无比，却在第一时间对秦老爷子惶急道："不准放箭！"

秦老爷子心想，这些贵人在宫中，被范闲拿来要挟自己，乃是理所当然的事情，难道太子没有想到这一环……不由生出些许不解甚至是不悦。

对军人来说，当此你死我活之刻，根本不该有任何的犹豫，所谓投鼠忌器，不过是怯懦。然而秦老爷子终究不懂，有时候怯懦的别名叫作人性。

毫无疑问，范闲这时候的表现没有什么人性，他算准了太子的性情，站在大皇子身旁微笑道："我只是不想被射成刺猬。"

"为什么带承平来这里，他还是个小孩子。"大皇子看着大臣与太后、皇后、淑贵妃，又看一眼三皇子，脸上流露出不赞同的神色。

"身为庆国日后的君主，一定要亲眼看一看这一幕。"范闲看了眼身边的三皇子，小孩子脸色苍白，身体微颤，是真的被叛军数量与气势吓着了。

"请淑贵妃站在左角楼，请皇后站在右角楼，请……"范闲望向脸色同样苍白却是一言不发的皇太后，"请太后娘娘就站在我身边。"继而他又神情平静地道，"我摆三个神主牌放在这儿……倒要看看，他们的箭有没有这么准。"

皇城上的人闻言均觉心头一片寒冷。

范闲不在意旁人在想什么，望着正在激烈争吵的叛军中营道："不论太子和秦老爷子最后妥协出任何决定，想必彼此的心情都会非常不爽吧。"

大皇子倒吸一口冷气："你连这都计算在内？"

范闲望向满脸冷峻的二皇子和他身旁的叶重，沉默片刻后道："我要计算的还有很多。"

如果今天领头的是老二，只怕这时候箭雨已经到了。皇后不如淑贵妃可亲，命却比淑贵妃好多了，因为她的儿子比淑贵妃的儿子强……就算不放箭，叛军还要攻的……"你去准备一下，我要把一个问题想明白。"

大皇子心生疑惑，却不便多说，离开了此处。

范闲牵住太后微僵的手往左侧走了几步，就像一个搀着祖母的孝顺孙子。

一身明黄凤装的太后出现在城头，就像一盏明灯高悬于晨空，顿时映入所有人的眼帘。叛军箭手们下意识里松了弓弦，命令还没有传来，他们的手臂已经酸软，最要命的是所有人都猜到那位老妇人是谁——皇帝陛下的母亲、太子殿下的祖母、庆国李氏皇族硕果仅存的长辈，这样尊贵的人物，便是谈一谈也怕亵渎，更何况是箭锋直指，万一误伤了太后……谁敢承担这种后果？

只要是庆国子民都不愿意让太后受一丝折损，所以当范闲带着太后走上皇城时，大皇子的心情就别扭起来，舒、胡两位大学士在劝阻不听后只能叹气——知道昨夜宫变细节的人，都清楚范闲向来不惮于用最险恶的手段去对付最尊贵的人，太后脖子上依然留存的那一丝剑痕就是最有力的证据。

范闲替太后仔细整理了一下衣裳，和声道："果然还是要穿正装才有足够的震慑力，不枉先前浪费时间命那些老嬷嬷替您打扮。"

太后霍地转首，苍老疲惫的眼里现出无尽的怨毒，似乎是想把范闲吞了下去。

范闲却是看也不看她，轻声道："我知道说不出话来很痛苦，吃了我的药也很痛苦，但你们老李家该着有这种报应……嗯，就当是我替老妈惩罚你吧。"

那颗药丸一直被他贴身存放，这两年经历了如此多的生死搏杀，入海上山、浑身伤口，他也没有弄丢，因为他知道这药丸对自己的重要性。

那还是在十几年前的澹州城，费介郑重地将那个药囊塞到了他小小的手中，以备范闲练的霸道真气一朝暴进，让他死无葬身之地。十几年来范闲一直没有吃这种药。在京都府杀死谢必安，紧接着与影子正面打了一架，真气终于爆体而裂，几乎成了废人……即使在这种情况下，他也没有吃这颗药丸。

因为他知道这药有多么霸道，这是用来散功的！他不舍得将自己的全身修为散去，所以他硬抗着经脉撕裂的痛苦与瘫痪的危险，抵抗住了诱惑。幸亏后来海棠将天一道的无上心法带到了江南，他的伤势才慢慢痊愈。

今日他终于将这颗药丸送入了太后的嘴中。

这药的药性强烈，走的是散功敛气的路子，直接进入人的五脏六腑，逐步湮没人体的生机。如果范闲没有天一道心法，一旦真气爆体，便只能用这颗药丸来散掉体内过于强烈的霸道真气和过于旺盛的生机。但太后年老体衰，生命已无几年，此时服了这颗药，等若是体内残存的生息都在逐渐地被药物拔出体外，加快了死亡的进程。生机渐残，苍老的身体无法承担药力，此时的她虚弱至极。

范闲有大忌惮，当然不敢明目张胆对太后用毒，而费介老师留下的这种药并不是毒药，世上任何名医来诊断，都查不出任何蹊跷。

太后已经无力说话，感觉到身体越来越重，便是想抬起手臂也无法做到，除非一位大宗师强行用精纯至极的真气助她回光返照。她只能凄惨地成为一个口不能言、手不能动的废人，绝望而缓慢地等待着死亡的到来。

不是范闲心狠，不是范闲报复的欲望像野火一样焚烧了他的理性，而是在当前的形势下，在大隐忧下，他只能用这样的手段来保证安全以及以后的安全。然而眼下叛军围城，以后的安全又指的是什么呢？

太后并不知道自己吃的那颗药有怎样的阴险与狠毒，以为是种哑药，依然怨毒地看着范闲。范闲没有去看她，而是认真地看着二皇子身边的叶重——那个又矮又壮的将领，眼里闪着异样的光芒，脑子里不停地琢磨着什么。

叛军里的大人物们还在争执不下,太子却一直沉默,用忧愁的眼睛注视着皇城,记挂着母亲与祖母的安危,自然在心里对范闲与大皇子痛骂不休。

叛军将领们停了商议,马蹄声渐响,秦、叶两家分兵向两翼的方向压了过去,范闲霍然回头望向大皇子。大皇子点了点头,示意早有准备。看来叛军的主攻方向,除了皇城正门还是选择了太平坊那处,因为那处的宫墙稍矮一些,而且是太监、宫女杂居之处,门禁向来不严。大皇子早已预判到了这点,调了重兵前去把守,还将自己从征西军中培养起来的忠心将领调了大部分过去。

不管是用太后、皇后当神主牌还是别的应对,都只是些小聪明,只是拖时间,依然没有抓到那个遁去的、可以改变大势的人啊……范闲望着城下密密麻麻的叛军,思绪万千。

三万对数千,即便皇宫城墙再高,即便叛军不敢放箭,可就算拿人来填,也能把皇城外的护城河填满,填成一架人梯,登到高处,将皇宫里的一切毁掉……看着叛军调动,看着那一架架攻城云梯渐渐高耸,范闲眼瞳微缩,寒意渐生,内库丙坊出产的三截式云梯也搬了过来,攻城战就要开始了。

他的心跳开始加速,头皮有些发麻,眉头皱得极紧,感觉呼吸出了些问题,胸口一闷,靠着青石砖砌成的箭口缓缓地蹲了下去。

见此,众人一惊,朝着他的位置赶了过来。大战在即,如果主帅之一的范闲忽然身体出了问题,对禁军的士气无疑是一个巨大的打击。三皇子离他近,惶恐地扶住他的左臂,喊道:"先生,怎么了?"没有等更多人围拢到身边,范闲埋着头举起了右臂,疲惫道:"我在考虑事情,你们去准备,不要管我。"

众人闻言根本无法放心,但叛军已经在准备攻势,只好各自领命而去。

大皇子站在帅位远远看了他一眼，看着先前杀气十足的范闲此时竟如此软弱无力地蹲在了城墙下，不由心头一痛。

"胡大学士，麻烦你拖些时间。"范闲低着头轻声说了一句。

胡大学士关切地望了他一眼，叹了口气，走到城墙边，开口高声说话。

三皇子着急地守在他的身旁，不知道他究竟是怎么回事了。

范闲干脆一屁股坐到了皇城墙下，将头深深地埋在双腿之间，费力地呼吸着，看上去十分可怜，就像是雨夜里无家可归的那只猫。耳边隐隐传来胡大学士正气凛然的说辞，似乎他正在与太子殿下进行最后的交流，可他却没有听清楚一个字。他对胡大学士有信心，既然是拖时间，总要拖上一阵子。

此时他头脑中一片混乱。从大东山归京后，他一步一步进行着，与长公主的交锋互有胜负，即便被困皇城，依然满怀信心，因为很多细节都表明，长公主与太子的谋叛早就被陈萍萍计算清楚，既然如此，当局势发展到最后的时刻，总有翻盘的机会。正如凌晨时他想的那样，总有人会踩着五彩的祥云来解救自己。然而此刻朝云已散，红光不再，拯救自己的人又在哪里呢？

重狙？不，没有把那件事情想清楚，范闲绝对不会动用这个底牌！

他闭着双眼，一面咳着，一面快速思考推理，却始终没有抓到在脑中如飞鸿一逝的那个要点。他只好放弃，缓缓睁开双眼，此刻眼睛里竟是一片血红之色！

自被燕小乙伤到后一直支撑入京，强行闯宫，于皇城上笑谈无忌，他的心神已经耗损到了极点，只能靠三处秘制的麻黄丸强力刺激着自己的心神。

他用有些颤抖的手从怀中取出两颗味道冲鼻的麻黄丸，送入唇中，明知道这药物对身体有极大的损害，可是当此危局，即便饮鸩止渴也只能如此。

三皇子李承平不知道先生在吃什么，但猜到范闲的身体已经到了油尽灯枯的那刻，看着他血红的眼睛，不由紧张而难过地握紧了他放在膝上的双手。

药物见效极快，范闲的胸口舒畅许多，似乎每一次吸进体内的空气都比往日里多上数倍，咳嗽自然也缓了下来，只是眼中血丝更加密集，与略显憔悴但英气依然的面容一衬，就像是妖魔一般诡异动人。

啪的一声，箕坐于地的他忽然将手从三皇子的小手中抽了出来，如闪电一般探向左路，握住了那双套在夹金宫靴里的老妇小脚。

那双宫履小脚正试图悄悄地踮起，带着苍老的身躯跳下皇城。三皇子惊恐万分地看着这一幕，看着太后在跳城自杀的前一刻，被范闲一把抓住了！

范闲没有转头去望太后，只是看着身前的地板，面无表情地道："在宫里的时候不敢自尽，这时候却想以一死来刺激太子猛攻？"

太后服了药物，已经油尽灯枯，范闲重伤未愈，强行提功，也接近油尽灯枯，但这两个都到了末路的祖孙间依然散发着一股你死我活的戾气。

太后冷漠而怨毒地望着范闲的侧脸，看着他眼里的那抹异红，产生了一些快意。妖女和妖女的儿子，纵使再如何强大，终究还是不容于这个世间，这是命运早就注定了的，历史也早已证明了这一点。

便在此时，胡大学士与太子的谈判破裂，叛军们擂起战鼓，开始第一次攻城，皇城左后方的太平坊地带响起了震天响的喊杀之声。战鼓咚咚响起，虽无箭雨来袭，却有流矢自天上掠过，带着呼啸的声音，无数叛军推着云梯与油布覆盖的大车，奋勇顶着巨弩和零星的箭，以及自城头落下的油火石块，冲了过来！

一时间火烧了起来，血流满地，皇城下尽是惨呼声，朝阳早已升上天空，无情地注视着庆国京都十余年后的又一次流血。范闲看着眼前这一幕，眼神渐渐亮了起来，正如先前一刻看着叶重时，自言自语道："我明白了。"

是的，当他按住太后的小脚时，不自禁地想到了澹州的祖母，想到了祖母对他吩咐的那句话——我们范家不需要站队，因为我们永远站在陛下这边。为什么？因为祖母还有很多人对皇帝都有绝对的信心。他眼前闪过无数画面，如萤虫般飞过，一闪一闪，提醒了他许多事情，坚定了他的判断。

第六章 荆戈刺秦

　　流矢自空中凄声掠过,但更多的只是震慑,叛军在太子的强力压制下,终究没有对准城头洒下恐怖的箭雨。如此一来,禁军面临的压力小了许多,反而是太平坊那边面临着最大的危险。皇城正门处叛军人多势众,数千叛军分成三列,变作前仆后继的三道黑线压了过来。

　　闷响自皇城四处角楼中不停响起,每一声响,搅动得众人的心弦也为之一动,整座皇城都要颤上一颤,因为那意味着守城弩又发射了一次。

　　像黑光一样割裂空气的巨大弩箭无情地射入叛军,击出无数蓬爆开的血花,然而守城弩只有四座,又能杀得了几个人?三路叛军没有迟缓多少时间,便冲到了皇城下。

　　守城弩的主要打击目标是叛军用来攻城的军械,尤其是冲击宫门的锐尖撞车。这些车的上方顶着牛皮搭成的防火板,前端则是削成尖状的巨木,本身重量就大,高速推动起来,冲撞力十分强大。

　　一支弩箭准确地命中了一辆撞车,尖锐的箭尖轻易地撕裂开坚固的硬牛皮,狠扎了进去。强大冲击力让撞车猛地一下跳动起来,就像是地面上的甲虫感觉到了大地的震动,然后翻起,将车旁的十余名叛军士兵压死,再也动弹不得。

　　攻城战甫一开始,守城弩拼命击发,成功地消灭了三辆撞车,然而守城弩上簧太慢,叛军又来得极快,大部分撞车穿过了守城弩的射击范围，逼近了皇城的三座正门。叛军齐声喝喊着杀声，奋勇无比地推着撞车冲了过来！

只听得咔咔数声令人牙酸的巨响，撞车撞击到了厚重的宫门上。皇城正门极厚实，在这样恐怖的撞击下却依然剧烈地震动起来，门枢处吱吱作响，似乎马上就要解体，四道自上而下排列的巨大门闩更是被撞得变了形。

好在粗大的门闩终于顶住了这次强大的撞击，门枢处吱吱的响声也渐渐平复，宫门被撞出一个大大的陷窝，被撞落了十几颗铜钉，不过还算顶住了。

叛军们没有气馁，在上级的厉声喝叫中，奇快无比地将撞车拉开，又有刚刚抵达的数辆撞车穿过了城头禁军稀稀拉拉的弓箭，狠狠地撞向了宫门！

又是一次巨大的响声，宫门这次终于受到了难以恢复的伤害，整座大门颤抖起来，给人一种摇摇欲坠的感觉，似乎随时都可能倒塌。

守在宫门后方待命的禁军精锐牵着马匹，沉默地看着这一幕，脸上虽然平静，眸子里闪过的焦虑却透露出了他们的心情。

隔着一扇厚门，正冒死发动强攻的叛军士兵却在这一刻看到了攻破皇城的希望，顿时士气大涨，高声吼叫着，再次冲了上来。

第三批叛军到了，在城头禁军的箭支弩箭巨石滚木的无情打击下，扔下了数百具尸首，终于向宫门发起了第三次冲击。咔嚓一声闷响，尘烟飞起，就像是包着烟雾的牛皮纸袋被顽童双掌拍破。尘烟稍落，视野稍静，广场上的叛军们看着皇城那扇厚重的宫门被撞开了一道极大的口子，不由齐声欢呼起来。

皇城下的那些叛军却没有发出欢呼，他们脸上现出的是愕然与愤怒，因为他们看得清清楚楚，宫门被撞开了一个极大的口子，露出里面厚厚的木头茬儿，却没有倒塌的迹象。地上散落着金黄的铜钉，那道破洞后方竟是厚厚的石头和泥土，根本看不到一丝空隙。禁军竟然把宫门堵死了！难道他们就没有想到留一条生路给自己？此时的皇宫，和一座大坟有什么区别？

一个叛军校官狂喝一声，带着身旁的士兵往那个口子里钻进去，军令如山，即便挖，他们也要把这座城门挖开！然而一支黑色的长枪，从那些石土上方唯一一道空隙里，像闪电一般刺了出来，一枪刺中那个校官的咽喉，顿时鲜血迸出！

皇城下方，宫门洞里堆满了假山碎石，后方十步处，三百个禁军冷静而紧张地注视着门洞里的任何动静，他们的主官已经率着小队进入其间，占着如此优势的地形，没有理由让叛军轻易地攻进来。

皇城上方，大皇子举起右臂用力挥下，亲兵快速地摇动着手上的黄旗。沿着皇城正前方一线，城头数百禁军同时行动，抬起脚下的麻袋，小心翼翼地撕开，向着下方已经不在弩箭射界内的叛军头上洒去。

微黄的粉末，如同一场并不干净的雪纷纷扬扬地降了下去，很快就把最靠近皇宫处的逾千叛军包裹了进去。

叛军将领大惊失色，以为是监察院的毒，下令属下留神。

这些不是毒粉，三处不是范闲的豆腐坊，并没有生产那么多毒药的能力。这些黄色粉末是凌晨禁军入宫前，范闲让他们从监察院抢运进来的粗劣火药。

皇城没有做过迎接大军攻城的准备，自然没有备着热油，如果不是有监察院提司范闲站在他们这边，今天的守城战只怕要进行得异常惨烈。

大皇子看了远处的范闲一眼，点了点头。

"放！"一直跟着大皇子的那个亲信校官脸上满是狠厉之色，对着皇城上所有禁军高声发出了命令。

一直箭雨稀疏的皇城忽然爆发了攻城战以来最密集的一次箭雨，而且带着红红的光芒，就如同正阳门下，那位秦家家将临死前看到的那抹不吉的颜色。

那些都是火箭。

天公作美，秋日已升，天气渐温，晨风已去，那些纷纷扬扬洒下的粉末没有被风吹散，更没有像范闲担心的那样吹上皇城，而是形成了一大片烟雾，将城下逾千叛军都罩住了。此景如河岸柳堤晨景，里面影影绰绰，透出慌乱。

薄雾遇着火箭，瞬间以极其可怕的速度燃烧了起来，迅即连成大片火海，像是横亘在皇城下方的一条火龙，又像是金日照耀下的平静湖水，渐起波涛，渐渐翻腾，明亮至极，炽热至极，竟将天上的那轮日头散发出的光彩也遮掩了下去。

雾中的叛军们惨号着，燃烧着，变成可怜的火人，拼命地试图从雾中跑出来，然而这片浓雾的范围如此之大，又哪里出得来呢？没有一个叛军士兵能够跑回自己的阵营，大都变成了宫城下的焦黑尸首，还有些着火的叛军拼命跑到广场上，便摔倒在地，带着残存的火苗和青烟不停地抽搐，场面何其残酷。

远方的叛军阵营一片慌乱，纵然是以军纪森严闻名的庆国军队，这一刻也恐惧起来，谁都没有想到，禁军竟然有如此恐怖的手段。

太子脸色铁青，右手微微颤抖。秦老爷子满脸冷漠地看着皇城上，缓声道："这么毒辣的手段，也只有范闲才做得出来。"

广场上的焦糊味刺激着所有人的心神，即便是皇城上的禁军也感到了惶然，看着楼下的那些焦黑的尸体，有的人脸色苍白。

攻击皇城的第一批叛军失败了，皇城四周一片死寂。很明显，不论是守城的还是攻城的，都被这片血腥恐怖的火雾震慑住了。这次恐怖火攻的始作俑者范闲却是异常平静，看着远方叛军阵营，他抿着嘴唇一言不发。

只有大皇子看到他的右手在微微颤抖，眼中血丝也越来越多了。他并没有想到监察院的这些火药粉末竟然会起到如此恐怖的作用，久历沙场的他不由想到，如果这些药粉可以这样用，日后的战争形态只怕会发生颠覆性的变化。

"今天是运气好，无风无雨才能有这样好的效果。"说话时范闲的眼帘低垂。

这个世界对火药的利用非常差劲，连他前世时的小作坊都不如，在上京城救肖恩时，监察院弄来了一车火药，却连一堵院墙都炸不倒。只有他一个人知道，漫天飞舞的木屑都会引发大爆炸，更何况是火药的粉末。

他明白母亲叶轻眉当年为什么在别的军械民生上极下功夫，却是严令禁止研究火药——这惨烈的场面足以证明——他自幼见过无数尸体，也亲手杀过无数人，可是亲眼看到这么多焦黑的尸体，依然有些胆寒。

这才是真正的战场，也正因为如此，才更加坚定他获胜的决心。

残存的余火还在皇城下面燃烧着，朱色宫墙、青色城砖都被烧灼出道道颜色，就像是被人用刀子狠狠地划出无数道伤痕。叛军暂时撤回，准备再次进攻，城上禁军的表情非常复杂，许多人甚至不再敢看站在城头的范闲。

大皇子面色一沉，喝道："这是战争！你们都是跟着我从西边回来的将士，我们舍生忘死地在草原上与胡人作战，为的是什么？叛军想要毁灭庆国的根基，这和那些野蛮的胡人有什么区别？他们是敌人，都给我记清楚了！我命令你们，从这一刻开始，必须把这些叛军当成胡人看待！一切为了庆国！陛下正在天上看着你们！"

"为了庆国！"

并不是什么热血的话语，却出人意料地安抚人心，禁军们高声呼喊起来，即便是站在范闲身旁的三皇子也不例外，只有皇太后的眼中闪过了一种嘲笑与茫然。

便在此时，一阵沉重的脚步声传来，一群太监在监察院官员的看押下，抬着三具黑色的棺材艰难地走上城头，继而重重地放在城墙上，发出几声闷响。

所有人都诧异地看着这三具棺材。范闲轻轻地牵着三皇子的手，对四周的禁军士兵、大臣、监察院部属轻声道："我们是陛下的臣子，奉陛下遗诏，阻止那些叛逆的阴谋，不论成功或是失败，都不会退下一步。"

大皇子满脸严肃，接着道："这里有三具棺材，我与承平、安之一人一具，若皇宫被破，我们三人便死在这里，也算是对父皇尽孝，对庆国尽忠。"他看了众人一眼，然后缓缓又道，"死守宫城，诸位可有信心？"

抬棺作战这种狗血招数都被范闲搬了出来，将士们哪能不热血沸腾，只听他们齐声回道："有！"

范闲牵着李承平的手，和声问道："怕吗？"

三皇子用劲地摇了摇头："不怕！父皇的儿子，不会怕！"

范闲微笑着看了他一眼，嘴上没有再说什么，心里却想着，如果变数没有发生，皇宫真的破了，自己只好带着老三逃命天涯。

远处的叛军开始再次集列，被那场毒火打压下去的士气转换成对皇宫的怨气，望向皇宫的眼神充满着杀气。

火海看上去恐怖，实际上对叛军造成的损失并不大。范闲不通军务，所以从始至终对大皇子的排兵布阵没有提出任何建议，而是很冷静地当一个旁观者和襄助者。然而此时此刻，他要提出一个异常大胆的提议。

"我们手上还有多少禁军？"

"两千七百，基本上没有什么损失。"

范闲听着太平坊的厮杀声小了，挑眉道："你认为我们能守得住吗？"

"便是父皇亲自领兵，也守不住。"大皇子微嘲道，"敌我悬殊太大，如果征西军没有被父皇解散，哪怕只领着征西军三分之一，我也敢与城下的叛军决战。不过你放心，要败也不会败得那般惨淡。我手下这些将领士兵都是在草原上吃过胡人的肉，喝过胡人的血……秦家，哼，老爷子已经二十年没有亲自领兵，京都守备师的兵士更是懒散到了极点，唯一就是定州军……"

范闲打断了他的话："刚才那轮攻防之中，我注意到了一个问题。"

"什么问题？"

范闲凑到大皇子的耳边轻声说了几句。

"你在想什么？"大皇子眼里寒光一现。

范闲幽幽地道："如果这样熬下去，终究是死路一条。"

大皇子喝道："战事非儿戏，你的主意太荒谬。"

"确实荒谬，可是我实在想不到能有什么翻牌的机会。"范闲回头望了一眼那三具闪着黑光的棺材，目光渐渐坚定起来。是的，他依然保留着底牌，但是没有把所有人的底牌都摸清楚，他无论如何也不会用那招。

大皇子沉默片刻后问道："你想怎么赌？"

"把宫门处的山石挖开。"范闲抬起脸，隔着广场上焦煳湿温的空气，看着侧方与二皇子正轻声说着什么的定州军主帅叶重，目光一凝，"我们随时准备冲杀出去，给自己一个机会……还世界一个惊喜。"说完，他温和地一笑。

恰在此时，正与二皇子密议的叶重似乎感觉到了皇城上的目光，抬起头来，异常平静冷漠地回望了一眼。

四周都是淡淡的烟雾，浓浓的血腥味，夹杂着一股焦煳味。整座京都已经乱了，隐隐约约的杀声持续着。

二皇子皱着眉头的样子依然好看，他怔怔地望着皇城上并不清晰的景象，轻声道："他们守是守不住的，只看能坚持多久了……姑母在京都外围布置得极好，所有信使已经被杀死，根本不可能有援兵前来。以范闲的性情，明知是死地，怎会如此奋勇相抗？换作往常，他应该早就跑了。"

叶重的盔甲有些陈旧，泛着黯淡的光。他看了自己的女婿一眼，目光一闪，缓缓道："既然不跑，他一定有什么凭恃才是。"

谁都承认，如果范闲一见事态不对便领着监察院的人跑了，即便叛军势大，也极难再把他从京都里挖出来，所有人都认可他这方面的本事。

二皇子听从姑母的意见，暂时隐下野心，站在太子身后摇旗呐喊，但心里那根弦早已不知动了多少次，只是大势未定，他不会做出太多疯狂的事情。要知道相对于太子，他更害怕范闲的存在："范闲这个人，总会在人意想不到的时候，掏出他的底牌，我从来不会低估他……"

叶重果断地打断了他的话："然而我们不能再保存实力了……大皇子领着数千禁军死守皇宫，又有监察院暗中助阵，比我们最初设想的要强横许多。太平坊那边再不下死命去攻，只怕拖下去会产生变数。"

此次秦、叶两家叛军围宫，名义上自然都是支持太子继位，但所有人都清楚定州叶家是二皇子的人……所以自晨时起的数次攻势，叶家并没有出全力，在主攻的太平坊方向，因为担心自身实力折损太多，所以格外小心翼翼。也正因为如此，叛军的攻势才不够连续，而这一切都是二皇子暗中默许的。

叶重继续道："相信范闲已经看出了端倪，我想他马上就会利用这点挑拨你与太子之间的关系……当此大事，请殿下暂时忘却旧怨，先助太子入宫才是。"

二皇子深深吸了一口气，道："岳丈大人说得对，我与太子殿下再互相猜忌，只会给范闲机会，请您与秦老爷子放心去攻……我去中营请示太子。"

叶重知道他是准备去当人质，用自己的安危保证数万叛军的团结和意志，他微微摇头道："太危险，身为副将，我理应去中营领军令，我带着几个亲兵过去便好，定州军交与殿下处置。"

二皇子怔了怔，感动道："岳丈，请小心。"

不出二皇子和叶重的预料，眼看定州军保存实力，范闲怎么也不肯放过这个离间的机会，站在城头，他再次开始对太子喊话。

城下攻势犹急，鼓声如雷，喊杀之声四起，即使在如此嘈杂凶险的情势下，范闲的声音却清楚地在所有叛军士兵和秦家诸家将的耳里响起。

"秦老头，你的人死了这么多，不心疼啊？"

没有一个字提到叶家，提到定州军，但此时皇城前到处都是尸体，那些被烧煳的叛军还在散发着令人作呕的气味。明眼人都会发现，死的人基本上都是秦家以及京都守备师，定州方面并没有受到太大损失。

叛军中营处的将领们面色微变，太子却微笑起来，对身旁诸将道："这等幼稚的挑拨离间，只有傻子才会信。"

是的，像范闲这种光明正大的挑拨，但凡有脑子都能听得出来他的用意，只有傻子才会中计。太子和二皇子虽然曾经在朝中斗得你死我活，现在这种局面，双方自然知道必须维持团结，至少是表面上的。但秦家诸将，明知范闲想达到什么效果，依然忍不住生出了愤怒——攻城至今，都是秦家在打主力，定州军在一旁冷眼旁观，所有人都猜到叶重和二皇子心里打的什么算盘。

自夺旗回营后，一直侍立在太子不远处的宫典，面色有些不自然。太子温和地道："范闲已经入了绝路，才会做出如此无聊的举动，所谓见怪不怪，其怪自败。只要我们自身不乱，大事终究成功，望诸君努力。"

"遵命，殿下。"诸将齐齐躬身。略略一提，太子便将范闲所说的话抛到一旁，诸将又开始忙碌起来。

太子和秦老爷子低声说了几句什么，然后同时把目光投到城头之上。便在此时，一个执旗令兵快马而至，在众人诧异的注视下高声禀道："副帅叶重前来请太子令。"

秦老爷子一听，眼生寒芒，又马上平息，他猜到叶重为何而来，根本不担心叶重会抢去秦家的任何功绩。从龙之功，任谁都无法抹杀，只要太子登基为帝，秦家在老爷子死后至少还可以保数十年太平。大势已定，他更担心的是自己的儿子秦恒，在正阳门下究竟遭遇了什么，为何此时尚未出现。

太子一怔后生出些许欣喜。他清楚叶重前来，是不想让范闲的挑拨影响到今日起兵大计。这份对自己的尊重和对大局的看重，让他看到了另一抹光亮。

今日范闲将太后、皇后等三尊神主牌搁在城头，太子和秦老爷子产生了一次激烈的冲突，虽然太子强行压制住了秦家，心里却产生了一些别的想法。

数日前，他和太后祖孙二人深谋数次，一直没有下决心让秦家领兵入京，怕的便是日后军方独大。看着今日情形，太子知道自己终究不是父皇，对军方的影响力还是太小，那自然要寻找一些平衡的手段。

是的，叶重是二皇子的岳父，按理讲应该是太子最警惕的角色，但太子并不认为世间所有联盟都会永远持续下去——自己是正牌太子，马上便要登基继位，叶家支持自己，总比支持老二的好处要来得多。

当然，他也不指望叶家忽然转向投向自己，这必须是以后才要考虑的问题。他带着苦涩的心情想着，皇城下的这些人都是叛君悖德的人，什么事情做不出来呢？

叶重入列，对太子郑重行礼，禀报太平坊一地战情。他的亲兵远远地被隔在中营之外，秦家不会防着他，也不会允他将亲兵带进去。秦老爷子微眯着眼，对叶重微微点头，便算是见过礼。叶重面色微黑，沉稳至极。

攻城战还在继续，四周流矢飞过，呼杀声未曾停歇。禁军已经有了明显的伤亡，不过皇城雄高，宫门被山石泥沙填满，还能支撑得住。

大皇子整理好轻甲，取下腰畔的长剑，自亲兵手中接过自己纵横沙场所用的长刀，沉默地自范闲身后走过。范闲忽然道："还是我去吧。"

"我承认你很强大，但带兵冲阵不是一个人的刺杀，你把城头看好，我母亲的性命就交给你了。说起来……我怀疑自己是不是疯了，居然什么都不知道，就要带着这几百人去冲营。"大皇子苦笑了一声，往地上啐了口唾沫，继续说道，"老子死后，你如果能逃出去，记得每年给我烧些纸钱。"

范闲知道烧纸钱是老李家发迹之地的习俗，拍了拍大皇子的肩膀，半响后却是什么话也没有说，最后只憋出了一句："大哥，小心些。"

听到"大哥"这个称呼，大皇子朗声笑了起来，要知道对方可是连皇帝这个爹都不愿相认。

望着渐行渐远的大皇子和那些禁军，看着他们身边仅剩的两百余匹战马，范闲的眼神渐渐温柔起来。他知道如果赌输了，自己或许还可以有翻身的机会，可是这些人以及宫中的很多人都会为自己的赌博付出生命。

他的目光缓缓扫过那些正抵抗叛军的禁军，看着坚守城弩处、负责各处联络的监察院亲信，看着面容苍白却坚定地站在皇城正前方的胡、舒二位大学士，心头一颤，不知此生是不是最后一次看见这些人鲜活的面容。

他对李承平交代了几句，翻身而上，站到了三具棺材上。此时秋日已近午正，却钻入忽然飘来的乌云里，三具棺材被漆成全黑，他亦是一身俱黑。

皇城上下所有人都看到了这一幕，浴血奋战的士兵没有闲情理会，而叛军中营里的人，看到皇城上那个迎风而立的黑衣人，不由得心头一寒。

叶重面见太子后，叛军阵营开始缓慢而极有步骤地换阵。定州军必须要接替老秦家，承担一部分谋叛者的责任了，这是范闲想要看到的局面。他注视着这一切，发现庆国军队虽然训练有素，但叶、秦两家少有配合，换阵时，终于露出了几个豁口。此时定州军还没有转移到位，秦家仍然占据着战场中枢，左上方的那几道蛛网似的街巷露出了道口。

范闲没有什么军事素养，也知道那些缺口无法被自己利用，只好在心中默默祈祷，已经陪伴了自己二十年的好运气，能够在此刻再放光彩。

也许是冥冥之中自有天意，而天意侧耳倾听到了他心中的祈祷。正在叛军换阵微乱之际，缺口处的长街上终于传来了急促而传递着杀意的马蹄声。

范闲精神一振，定睛望去，心里又是一寒。

不是援军，而是秦恒！

秦恒终于凭恃着强大的五千骑兵，正面突破了监察院与禁军骑兵的联合狙杀，在迟缓一个时辰之后，终于赶到了皇宫！五千骑兵只余下近三千人，每个骑兵身上都带着血迹伤痕，由此可以想见正阳门下的狙杀何其惨烈。

范闲的心尖像是被针扎般疼痛，知道自己最忠心的监察院部属在正阳门下损失惨重，不知死伤了多少人，大皇子派出的那支禁军甚至有可能全军覆没。

一股苦涩的血腥味在他的唇舌间翻滚。他瞪着血红的双眼，任由霸道的麻黄丸强行提升自己的境界，同时也深深地伤害着自己的心脉。他紧盯着秦恒率领的那队骑兵，挟着烟尘，带着血迹，出现在众人的眼前。

"动手！"他捂着渗出血水的嘴唇发出命令。声音虽低，但一直守候在他身旁的启年小组成员却没有一丝犹豫，举起自己的右臂，奋力地一拉，手中的令箭冲天而起，在这阴沉一片的天空中，绽出了一朵美丽的烟花。

这是从昨夜至今时，京都的第二朵烟花。

烟花令一出，皇宫前广场外的民宅里响起了一阵阵古怪的声音，吸引了许多人的注意——左前方三道街巷正中间竟突然响起了一阵急促的马蹄声。

秦恒的骑兵已至，这些马蹄声又是从何方响起？这些坚定急促，甚至比秦家浴血骑兵更快速、杀气十足的骑兵，究竟是谁？

如同两阵风注定相遇，沿着两条道路同时向皇宫广场突进的骑兵，终于在两条街巷交错的地方相遇了，突然而剧烈地撞在了一起！

这些突然出现的骑兵数量不多，却挟着一股与普通庆军不同的气势，不仅仅是杀气，更有一种冷酷到了极点的幽冥恐怖，这种恐怖来自骑兵与坐骑覆着的黑色盔甲，似乎连一丝光线都不会反射，浓黑似墨，又如深渊。

监察院黑骑，传说中庆国狙杀能力最强的骑兵。

没有人知道范闲是怎样将这些黑骑隐藏在叛军身后的连绵民宅里，更没有人知道，黑骑是怎样做到没有发出一点声息。

秦恒率领着骑兵快速驰过街口，便看见了那些令人心悸的黑色骑影！

如果大皇子此时还在城头，一定会猜到，这些正是昨夜范闲派出宫的那批由副统领荆戈领首，悄无声息失踪很久的黑骑。

以两百敌两千，只有黑骑才会有这样的决心和胆魄。

在数十年前，黑骑的前辈们就曾经在陈萍萍的带领下，向北突袭三千里，深入大魏国境之内，活捉大魏缇骑首领肖恩，然后全身而退。

突袭三千里，黑骑能为之，更何况这区区三百丈。

只有知晓那段历史的人，才会明白黑骑是天底下最强大的骑兵，才会明白，为什么庆帝严命监察院将黑骑的人数限制在千人之内。

因为黑骑太强大了。

这些发起突袭的黑骑只有两百人，却像是两千人……不，就像是一个人在战斗。那位将领戴着银色的面具，紧握长枪，用奇快的速度冲在前最面！就像是刀锋上最锐利的那个点，反射着阳光。而他身后的两百名骑兵，就像是匕首后面锋利的刀刃和坚实的刀体。他们保持着紧密的队形，以极高妙的骑术，紧紧跟随着将领，朝着秦恒两千多骑兵的侧方狠狠地扎了进去。

丁字路口，用碰撞去决定生死的两支骑兵队伍，像两道风一般卷出各自的街巷，于宫前广场西北角的那一片空缺处，狠狠地撞在了一起。

那些高速驶来的黑骑全身罩甲，单手持缰，另一手没有拿着刀枪，而是平端着弩机，在对手还没有反应过来之前扣动了扳机！

庆国骑兵精通骑射，但在这样的正面冲战中一般都是刀枪相向，没有人会拿着弩机进行冲锋。因为弩机有重量，在这样短的冲刺距离中如果动作稍微一慢，只怕弩箭没有发出去，双方便已经撞到了一起。但黑骑不一样，他们从入监察院的第一天开始，便养成了这种习惯，单手持弩，依然稳定无比，准确地说，监察院黑骑实际上就是一支强大的集体暗杀突袭武器。

嗤嗤破空声起，数百支锋利淬毒的弩箭射了出去，没给从正阳门下突过来的骑兵任何反抗的机会。无数声闷响，不知有多少秦家骑兵被弩箭射中，悲惨堕马。也有的依然坚持在马背上，抽出了刀刃，狂吼着向黑骑冲去。

黑骑弃弩拔刀，反手一削，将来袭骑兵的脑袋砍落。两百名黑骑几乎同时做出了这个动作，弃弩弃得干净利落，拔刀拔得气动山河，斩头斩得惊心动魄，整整齐齐地做出了如此高难度的攻杀手段，自有一份壮美与肃然在其间。

一方是在正阳门下苦苦突袭，被监察院千余名部属和禁军大队绞杀许久，终于蹚开一条道路，千辛万苦地来到皇城前方的叛军骑兵。一方是隐忍许久，养精蓄锐，只等提司大人一声令下，便要做出最强力一击的黑骑。双方的气势、精神、体力因为时势的关系，原本并不大的差距骤然间被拉大。

两百名黑骑就像是一把被烧热了的刀子，锋利无比地冲入了秦家骑兵中，轻松地将骑兵大队的阵形斩开了一道大口子，接着鲜血迸溅、无数尸首落马，秦恒以及三百多名骑兵与大队分离，变成了一支孤军。

黑骑骑术高超，在高速奔掠中转换阵形，忽然散成两道，一道向右拉缰，凭着奇快的速度和冲击力将别的叛军骑兵挡住。剩余的一百多名黑骑则是向左一刺，那阵势就像是一群狼群，向着秦恒那边贴了过去，开始近乎疯狂地撕咬、斩杀。

十余息间，秦恒与那些骑兵死伤惨重。别的叛军骑兵一时间无法前来救援，而此时广场上叛军虽多，相隔尚有一段距离，并且正在转换阵形，看黑骑闪电般的冲击速度，只怕等他们赶过来时，秦恒与这些骑兵早已被斩死。

马蹄如雷，黑骑沉默地奋力前行，速度快得难以想象，片刻间，竟追着秦恒所在的先锋营向广场内深入了一段距离，与后方大队脱离开来。

这一幕看着实在是令人心惊胆战，秦老爷子和叶重早已反应过来，命令叛军快速向西北方缺口处合拢，务必要赶在黑骑得手前与秦恒会合。

如果让逾万叛军成功合围，黑骑再如何强横，即便斩杀了秦恒，最后依然是死路一条。可是那些黑骑似乎根本不考虑这些，于万众瞩目下，于无数叛军的包围中继续向前，一路贯穿进入广场中央！尘烟渐起，一百多名黑色的骑兵在数万叛军的眼皮子底下，追杀着数百名秦家骑兵。这种决绝的状态，这种狂妄蔑死的气势，这个令人心悸的场面，必将长久地停留在人们的记忆中！

秦恒不是弱者，不然不可能如此年纪便接任叶重的京都守备师统领之职，不可能被陛下钦点为枢密院的副使。他擅于领兵，而且反应极快，当黑骑出现后，他马上做出决断，进行了第一次的正面冲撞。

只要能挡住黑骑最致命的第一次突袭，叛军立刻来援，对方区区两百余骑，无妨大碍。不过今日京都之战和战场厮杀有太多不同，正阳门下的巷战也和往常兵法书中所描写的巷战有太大差异。秦恒从来没有想过，监察院居然在巷战中爆发出如此巨大的威力，让秦家骑兵损失惨重，同时也消耗了己方太多的士气和兵力。最关键的是，秦恒万万没有想到，那区区两百黑骑居然拥有如此强大的气势与冲击力，更没料到对方的杀人手段如此可怕。

前锋营的五百骑兵，竟然连对方的第一次攻势都没有抵挡住，被对方狠狠地切成了两截。秦恒的心头寒冷，不再与黑骑对杀，加快速度领着骑兵向广场中央冲去。此时四周全部是叛军，只要入了合围，那些黑骑就只有等死的份儿。

眼下，他要做的是快，尽可能地快！

秦恒的反应奇快，秦家骑兵的训练也极为有效，虽被黑骑像狼群一样疯狂地噬咬着，一百余骑仍然成功地从丁字路口处逃到了广场上。

只是黑骑更快、更狠，一点也没有被落下，反而隐隐形成了包围之势。戴着银色面具的黑骑首领更是由侧面冲刺而来，距离秦恒只有三匹马身的距离！

秦恒双眼寒芒一射，对方竟然敢追着自己深入叛军合围之中，看来是准备拼死也要刺死自己。但他并不担心，因为他知道父亲不会眼看着自己死去。

叛军正在换阵准备攻打皇城，骤然遇着这种处境，匆忙分出两个大队前来救援。可是还有一段距离，无法跟得上秦家先锋营与黑骑的速度。

便在此时，叛军中营里响起一声威武的号令："放！"

皇城上有神主牌，箭雨降落得并不痛快。尽管如此，广场上没有任何可以阻止秦老爷子搏杀的决心，随着这一声令下，无数箭锋，向着那道尘龙射了过去！

嗤嗤破空之声密密麻麻响起，连绵成一片，将那些正在生死之际拼命的骑兵们全部笼罩了进去，竟是根本不在乎会不会误伤自家的骑兵！

秦恒早料到父亲在战场上从来不会有任何犹豫，这阵箭雨必然到来，一个翻身避向了坐骑的侧后方。无情的羽箭噗噗噗噗刺入所有人的身体，破开那些高速冲刺的骑兵身体，旋转着的箭锋撕裂了骑兵的轻甲，深入到脆弱的血肉，高速奔驰追杀的双方骑兵同时遭遇打击，纷纷坠马摔倒，死伤惨重。

黑骑的盔甲由内库丙坊特制，较庆军用料更为精良，但依然在这轮箭雨下损伤惨重，那些秦家的骑兵更是近乎遭受到灭顶之灾。

太子霍然转头，不可置信地看着秦老爷子，没想到他会发出这样一个可怕的命令，难道他就不担心秦恒的生死？而且这两百名黑骑根本不可能造成大的动乱，这样用箭雨不分敌我地屠杀，难道不担心造成军心不稳？

秦老爷子眯着眼睛沉默不语。范闲先前在皇城上曾经说要让他老秦家断子绝孙，所有人都以为那是恐吓或者辱骂，只有他自己知道，范闲是真的这么想的，正阳门下的狙杀与这些黑骑的目标只有一个——杀死秦恒。

要我断子绝孙？秦老爷子是个狠人，他宁肯自己动手，也不愿意看着范闲安排的人杀死自己的儿子，更何况……老秦家的儿子哪有这么容易死的。

坐骑满身羽箭，两声悲鸣后向地面砸去，盔甲与地面的摩擦溅出了无数微弱的火光，好在秦恒早有准备，没有受什么重伤。

箭雨只是一阵便停了，大部分骑兵倒在血泊之中，黑骑存活的人数更多，但也失去了坐骑，受了或重或轻的伤。他们没有惊惧，毫不犹豫，在第一时间里起身，举刀向着那些倒在地上的秦家骑兵杀了过去。

荆戈，这位戴着银色面具的黑骑副统领，从接触战开始之后便一直盯着秦恒，没有让他脱离自己的视线。

箭雨来袭，一支羽箭极巧地穿过他身上的甲片，斜斜地射入了左肩，一股血迹迅疾渗了出来，身下坐骑也是前腿一软，无声地倒向了地面。

他的脚一点马鞍，就在箭雨停止的那一刻，手持黑色长枪，如一只狼王般扑了出去，带着一种隐藏了很多年的嗜血饥渴，势不可阻。

三丈距离，转瞬即逝，此时秦恒刚推开死去的坐骑，艰难地站了起来，看上去精神体力已经衰竭到了极点，被黑枪凌厉的杀意笼罩，似乎只能束手待死。

但谁也没有想到，就在下一刻，秦恒猛喝一声，抽剑出鞘，身体快速旋转起来，就像是一道影子，极为鬼魅地与那道凌厉的黑色枪影相擦而过！

荆戈整个精神气魄全数凝在这一枪上，枪尖落空，狠狠刺中秦恒身边的广场石板地，嘭的一声将那块石板刺成无数碎片！

在那声闷响间，秦恒身形旋转未停，片刻间迫近了荆戈的身体，左肘一突，手中的剑锋便往荆戈的颈间割了下去！

一闪一转一割，如此干净利落的三连击，还是在如此危险的状况下使出，秦恒果然厉害，难怪秦老爷子对他有如此大的信心。在这样近的距离之内，如此狠厉地一割，范闲都难以抵挡，荆戈只怕是死定了。

在这场惊心动魄的追杀中，叛军对皇城的攻击始终没有停歇，那些用来冲撞宫门的重车，依然不知疲倦、不畏落石火烧地，依次向那三座宫门发起冲撞，巨大的闷响不时在皇城上下回荡，听上去就像是震人心魄的鼓点。

就在秦恒的剑距离荆戈的颈部只有三寸的时候，宫门处的攻防也出现了令人震惊的变化。轰的一声巨响，正中间的那扇厚重的宫门居然被冲开了！

所有叛军都有些不敢相信自己的眼睛，紧接着便是狂喜亢奋的情绪占据了上风。此时黑骑已败，荆戈将死，宫门大开，胜利的天平倒向了叛军的一方。这一幕，令太子精神大振，他看了一眼身旁的秦老爷子和叶重，深吸一口气喊道："全力攻击！"

范闲站在黑色的棺材上，用脚尖轻轻敲打着谁也听不懂的节奏，看着皇城上在电光石火间发生的这些致命的变化，他依然没有踏碎棺材，取出棺材里面的那把重狙——因为他站得比所有人都高，就像陈萍萍曾经教导过的那样，所以看得也比所有人都远，可以看到一些没有被人注意到的细节。

他看到仍然停留在西方叛军营中，定州家的将领们正与二皇子商议着什么，此刻却将二皇子的那些亲信隔绝在了外围。他看见叛军中营里，露出喜悦神色的太子殿下身旁，叶重脸色一如寻常的平稳，宫典却是拖后了一个身位。他还看到在叛军换营的过程里，在救援秦恒所带来的混乱中，定州军渐渐转换了队形，变化虽然细微，在居高临下的他眼中却是非常清楚。

这些场面意味着局势正在发生着难以预料的变化，他将大魏天子剑紧紧地绑在后背上，手掌拉了拉三处在两年前便给自己准备好的钩索，又看了一眼守城弩的方向，面无表情地道："准备。"

变化在下一刻突兀地发生了，这一次变化将决定庆国今后的命运，而且注定会成为后世有良心的青年历史学家们津津乐道的内容。

第一个场面的变化，是面临死亡的荆戈在秦恒的剑锋袭颈前的那一刻，低了低头。电光石火间，这一低头看似简单，实则困难到了极点，他却做得如此自然，如此快速，就像是在五百年前，荆戈便知道秦恒的这剑将从何方来，将往何方去，以前已经模拟了无数次，早就做好了迎接这道剑锋的准备。

恰是那一缕低头的温柔，让秦恒那记杀人的剑，横割在了荆戈的银色面具上，划出一道银色的火光，却没有碰到他的脖颈。

更令人没有想到的是，荆戈灌注了全身气魄的一枪，刺破地上青石板，竟像是有生命一般，快速地反弹回来，顺着他空握着的虎口，呼的一声弹了回去！

荆戈的手紧紧握着枪锋下三寸地，猛地向上刺出！这一连串动作出手太快，他脸上银色面具还在泛着火花，手中的枪尖已经狠狠地从秦恒的下颌部刺了进去！

咔的一声闷响，锋利的枪尖由秦恒的下颌部直刺入脑，鲜血一飙，秦恒身体一僵然后一软，就此毙命，成为被枪挑在空中的一具尸首。

一声脆响，荆戈的银色面具破成两半，滑落于地，露出被陈萍萍从黑牢中捞出、成为黑骑一员后，始终藏在银色面具下的那张脸。

这张脸眉眼生得很清秀，但由左耳到右耳下，不知被什么利器狠狠切开，露出里面的骨肉和白牙，看上去异常恐怖。尤其是先前受秦恒一剑的剑意袭面，虽然银色面具挡了一下，可是旧伤口依然被震开，此刻鲜血横流，更显狰狞。

所有人震惊地看着这一幕，看着那个恐怖的黑骑统领用枪挑着秦老爷子的独子，不由想到了范闲那句要让秦家断子绝孙的诅咒。

鲜血从秦恒的喉间淌落，沿着长枪流到荆戈的手上，湿滑一片。

多年前，秦恒的兄长便是用这招毁了荆戈的脸，为了向秦家复仇，他把这一幕不知重演了多少遍，今天秦恒还要用这一招，如何能不死？荆戈望向叛军中营的秦老爷子，厉声喝道："秦业！你杀我全家，我也杀你全家！"

第七章 定州军的定

在胶州城外，荆戈第一次向范闲诉说了自己遭受的经历，半年后范闲许诺会给他报仇的机会，今日果然变成了现实。隐于黑暗若干年后，终于为家人报了仇，这一刻怎能不痛快地大喊一声。

他开心地笑了起来，那道凄惨的伤口在他两耳间裂开，看着格外恐怖又格外凄凉，眼泪如雨般从他脸上滑落。

看到这一幕，人们都自内心深处生出寒意。秦老爷子看着被挑在枪上的独子，心痛欲裂，脸色苍白如纸，险些昏了过去。

便在此时，皇城下的场面再生变化，就像一位丹青圣手，在满山的泼墨秋图里肆意洒下万点朱红，山野里顿生无数野花，由凄清变成果实丰收的盛景。

正宫门被叛军重车撞开，叛军正大喊着往里面冲击，一柄大刀却自宫门中挥将出来，一阵寒光之后，数个头颅就此落地。

大刀再挥，在一片寒光之中，全身银甲的大皇子骑于马上，挟着一往无前的气势，如天神一般跃出宫门，斩开一道血路！

大皇子率着身后的两百名禁军坐骑，出乎所有人的意料，在宫门被破开的一瞬间，抢先攻了出来，开始了真正意义上的第一次反击！

马蹄轰隆响起，宫门内的山石泥沙虽然只清除开一条小道，却没有阻止住大皇子反击的速度，两百名禁军依次快速驶出，凭借着高速的冲击力与优良的骑战硬功，如快刀切豆腐一般，将宫门前的叛军先锋营冲开了一条大口子。

只是片刻工夫，禁军便从宫门往外冲了近二十丈，如同一道银流一般，势不可挡！但叛军数量太多，密密麻麻有如满天飞舞的蝗虫，令人不寒而栗。

尽管如此，大皇子却丝毫不惧，他既然信任范闲，便已经将自己的生死置之度外。只见他手腕一翻，大刀在空中画了一道弧圈，直直地向着右前方斩了下去，只听得咔的一声脆响，一个叛军校尉手中的短枪从中断开！大刀砍入那个校尉的肩上，大皇子腰腹发力，沉气运臂一拖，哧啦一声，刀锋破体而出，顿将那个校尉的身躯斩成两半。紧接着他又一俯身，避过迎面削过的一根刺棒，大刀于腰间周游一转，凭借强大臂力的一个斜劈，刀锋在空中凄厉呼啸，立时砍飞那个叛军的头颅。

啪的一声轻响，无数血水喷打在大皇子银色的盔甲上，手中长刀亦是带着浓浓的血污，银红相加，看上去分外惊心。

头盔压着大皇子如剑般的双眉，此刻他的眼睛里似有野火燃烧，率着部下向远处的叛军中营处冲去。或许他永远也无法冲到李承乾面前，可他依然要冲。他是庆国征西军大帅，皇室子弟中唯一有过沙场经验的人，即便不明白范闲的用意在哪里，但既然接下了这个使命，就一定要将使命进行到底。

一支暗箭射来，被他用刀尖劈开，他的身形不由得顿了顿，顿时被马下无数叛军刺来的枪支在身上划了几道血口。幸亏马速极快，他没有落入包围圈中，顺着那条杀出的血路，带着两百禁军继续向着叛军中营冲刺。

范闲站在黑色的棺材上注视着城下的一切，当大皇子从城下宫门冲入视野中时，他第一时间发出了命令："为殿下开路！"

皇城上留下的禁军与监察院部属不多，对抗着自云梯往皇城上攀爬的叛军士兵，凭借着凌晨两个时辰的准备，至此没有让一个叛军爬上城头。

他们收到军令，虽暗自凛惧，却依然毫不迟缓地执行范闲的指令，离开了自己驻守的皇城范围，向着中间靠拢，将已经极少的箭支毫不吝惜地射了出去。

箭落如雨，在禁军突击前全部落在叛军的头上，顿时给对方造成了极大的伤害，也让禁军突击路线上的阻力变得小了一些。然而皇城上没有了箭羽防御，云梯上下的叛军们开始加速向上攀爬，眼见便要登上城墙。

禁军们拼命地拉动着弓弦，根本感觉不到胳臂上的疼痛与手指上被弓弦震出的血水，他们奉范公爷的命令用弓箭替王爷开路。

这时叛军已经沿着云梯爬到了皇城上，虽然人数不多，但都是秦家的军中好汉，艰难地站稳脚跟便开始扩大阵地，为后续部队上城开路。城下宫门处两百名禁军骑兵已经冲了出去，叛军们围阻不能，自然沿着破开的宫门杀了进来，和宫中仅存的那些防御力量杀在了一处，眼看着皇宫即将陷落……

嗡嗡两声闷响，停顿了一段时间的两座守城巨弩终于再次射击，这次射击并不是针对那些撞车和登城的三截云车，而是在范闲的强力指挥下，全数落在大皇子冲击路线的正前方，就如同禁军们此时的箭雨所指一般。

巨弩落地，扎穿无数叛军身体，激起阵阵血雾，复又重重扎入青石板中，有的在抢地后弹起，巨大的重量和强大的冲击力又压死了好些人。

箭雨与威力恐怖的弩箭有力地支援了大皇子的突击，如一道银线沿着这条血路勇敢地向着叛军中营突击。叛军们明明人多势众，却是无来由地心悸。数年来大皇子领军在西陲与胡人征战，未曾一败，为庆国立下了赫赫大功。一代名将率兵突击所形成的压迫感和冲击力，不是普通人能够承受的。

范闲看着这壮烈的场面，深深地吸了一口气，体内两个缓缓运行的小周天猛然提速，将经脉上附着的天一道真气脱去，让暴戾的霸道真气开始主导。他眼里的血丝越来越浓，药物的作用已经到达了峰值，然后他紧紧地握住了手中的钩索，等待着最后一支弩箭发出的声音。

杀死秦恒的荆戈已经被叛军包围，秦老爷子收回目光，投向前方的骚乱。他知道大皇子的作战风格是如何狂野壮烈，如果对方还有三千骑兵，他也会暂避锋芒，然而此时叛军胜势已成，在这样关键的时刻，他断然是一步也不会退的。可是看着大皇子浑身浴血的英姿，想到先前独子惨死的景象，秦老爷子忽然觉得自己已经老了，甚至已闻到死亡的气息，一直深藏于心的那抹痛楚，让他在稍稍犹豫之后做出一个错误的决定。他对家将沉声道："敌军最后的疯狂反扑，不可轻觑。带着太子去后营。"

太子看了秦老爷子一眼，本不想退，奈何他不懂军事，也不想在这样关键的时刻干扰到秦老爷子的行兵布阵，只好无奈地离去。

秦老爷子乃沙场老将，大皇子最后反扑之际选择不动如山，自然是最佳的决定，但他让家将带领太子暂避，如此一来，身边只剩下八位家将。

或许身为九品高手，老爷子根本不在乎什么。

但范闲在乎。

守城弩终于射完了所有的弩箭，禁军的箭雨也变得稀疏起来，可此时大皇子率领的禁军，在付出惨重的代价后依然无法突进到叛军的中营。

战场上或许会有奇迹发生，但想靠两百名骑兵便进行一次成功反扑，这已经不叫奇迹，而叫痴心妄想。

大皇子浴血作战至此时，已经杀出了长长的一条血路，但前方依然遥远，此时皇宫将破，残存的黑骑与荆戈被围，大势已成，便是最后那支守城弩射出的声音也和前面的十几支弩箭大有不同，斜斜射出，发出了呜咽的悲音。

最后一支弩箭射出后，两座守城弩便沉默了下来。

所有人都似乎听到了这支弩箭发出的悲声，却没有人注意到，这支弩箭飞行的轨迹与前面为大皇子开路的弩箭飞行轨迹完全不同。这支弩箭斜平而射，自所有叛军的头顶上掠了过去，没有造成任何的伤害，在空中缓缓地消耗着动能，待飞行了极长的一段距离，然后重重地摔落在叛军中营的正前方。

弩箭射得虽远，却没有任何威胁，最后就像是一块破铜烂铁般凄凉地摔落在地，没有砸到一个叛军士兵，只是将他们吓了一跳。噗的一声闷响，弩箭就像是小孩子玩刀一般，运气极好地弩尖向下，刺入石板间的泥土，直直而立。

就在此时，城上城下的所有人都看到了一个令他们心惊胆战的场面！

一个黑衣人，就像是从地底深处冒出来的幽灵，从皇城上飘了下来，沿着那支弩箭运行的轨迹，于无着力处的空气中向着城下疾飞！

黑衣人的速度极快，似是撕裂了空气，只用了一眨眼的工夫，便从皇城上飞临到了叛军的上空。原来最后一支弩箭的末端系着绳子，黑衣人用钩索沿着绳索滑下，竟是意欲直扑叛军中营！

无数叛军被那空中的强大杀意与气势所慑，片刻后终于有人反应了过来，发现了最后那支弩箭后方系着的绳子，大声狂吼道："砍绳！"

数把刀同时向着那支弩箭尾部紧紧绷住的绳上砍去！

秦老爷子看着那道天空里奇快飞来的黑色影子，身体抖了一下，顿时生出逼人的杀意，独子的惨死，终究让这位强大的人物在心神上露出了一个缺口。

就在他心神微乱之时，他的眼角忽然亮起了一抹刀光。

这刀光并不是向着弩尾的绳索飞去，而是砍向了秦老爷子的身体！

咔的一声闷响在叛军中营里爆发出来，宫典全身盔甲被体内真气激得哐哐乱响。他须发尽张，双手死死地握着手中的直刀，砍向了秦老爷子的脖子!

这一刀蕴含了宫典全身的精神气魄,八级巅峰的实力,一去无回的杀意,全部都在这等待了数年之久的一刀中爆发了出来!

秦老爷子眼中闪过一股愤怒与不可置信,脸上泛起一阵潮红,双手则死死地钳住了宫典这霸蛮无比的一刀!

面临阴险到了极点的刺杀,这位庆军元老、九品上强者依然只是像看到范闲时那般抖了一下,脸上的潮红顿时变成煞白,宫典的长刀却是握不住了。

然而和宫典同时出手的还有一个很强大的人。

叶重出手很重,重得似乎挟带了定州荒漠的风沙,挟带着某种冥冥中的意旨,决绝、无情地撕裂了他与秦老爷子身间一个叛将的身躯,重重地击在秦老爷子的腰腹间。

这一切发生得太突然,太难以置信,连秦老爷子也没想明白这其间有着怎样的关联,他身边的几位家将更是反应不过来,这个突变实在是鬼魅至极。

巨大的闷响后,叛军中营尘烟大绽,数匹战马被强大的真气所震,一声哀鸣都来不及发出便爆体而亡!

秦老爷子一口鲜血喷出,腰腹上出现了一个恐怖的伤口,他的右手如枯竹般急速探下,死死地扼着叶重的手腕。

叶重低着头,稳重如山,体内真气毫不吝惜地如巨浪一般涌了过去,沉腰闷哼,一脚跨前,再压一步!

秦老爷子的身体又颤抖了一下,一股巨大的力量从苍老的身躯内爆发出来,他左肘一弹,肘尖狠狠地撞在了宫典的胸口。

宫典噗的一声吐出漫天血雾,却是悍不畏死地将整个身体都压了上去,刀锋一压,压得秦老爷子左手贴在脖颈上,发出吱吱恐怖的声音。

一切都发生在极短的时间内,叶重知道机会只有这一次,以他沉稳如山的性情,绝对不会错过。只见他深吸一口气,胸膛暴涨,左手一振,迅即化作一面铁板，脱离了秦老爷子强横的扼制。一面铁板，以大劈棺之势重重地击打在秦老爷子鲜血迸流的胸腹伤口上。

叶家天下第一的手上功夫！

强大的冲击力，带动着三人在石板地上噔噔而退，踏碎地面，震起烟尘。

那根守城弩尾后方的绳索已经被砍断，一身黑衣的范闲从空中坠了下来，却没有坠入叛军合围，只见他用脚尖一点一个叛军的头盔，如一道轻烟直刺叛军中营！

其时，叶重的大劈棺正狠狠地砸在秦老爷子胸腹间的伤口上。

范闲缩成一团黑影，再旋即展开，噌噌两声，左手抽出背后捆着的大魏天子剑，右手自靴中取出自宁才人处要回来的黑色匕首。

他一手剑一手匕首，化为一道黑烟，自叛军中营八位秦家家将间掠过。

嗤嗤数声脆响，五位家将被割喉而死，三位家将胸口受伤而退。

这一照面，范闲发挥出了自己重生后最强大的实力。

如巨鸟投林，他投向了正如野兽一般厮杀的三人之中。

秦老爷子狂吼一声，反手收指成寸，重重击打在浑不要命、全然不顾防守的叶重左肩，击得叶重左肩尽碎，在地上一踏，印出一个脚印，迅疾向后飞去。

叶重闷哼一声，双手同上，以大劈棺"合棺一式"锁住秦老爷子真气狂溢、不停颤抖的右手。宫典浑身是血，一手箍住秦老爷子的左臂，将自己的身体都粘了上去，压迫着双方之间的刀，隔着秦老爷子强悍的手掌向对方脖颈处压下去。

三人纠缠在一起，以奇快的速度倒退了十余丈，轰的一声撞破了广场后一处木制楼房的墙壁，震起无数烟尘。

有人比他们更快，范闲就像是一只黑鸟穿梭而入，闪电般来到秦老爷子的面前，长剑一递，咔的一声刺入了秦老爷子的小腹。

血花一绽，长剑没体而入，范闲低头握剑继续往前刺去。强大的冲力让四位强者的身体撞破了楼房的第二堵墙壁，第三堵墙壁……震起灰尘一片，将这场阴险血腥的谋杀，遮掩在数万人视线看不见的地方。

身周楼房景物，如倒溯的时光般流转，范闲、叶重、宫典无一人敢松手。

秦老爷子突遭偷袭，受了难以恢复的伤势，可是谁也无法预判，这位庆国军方元老，在生命的最后时刻会爆发出怎样的光彩。

这场刺杀终于被阻在了最后一道墙壁前。叶重依然死死地用大劈棺扼住秦老爷子强大的右手，宫典依然压在秦老爷子的左臂上。范闲依然保持着半蹲刺出的姿势，双手握着那把涂满鲜血的剑，只有一支剑柄露在秦老爷子的腹外。

秦老爷子花白的头发散乱，眼里依然闪动着恐怖的光泽，如一头临死的老狮王般，发出了一声愤怒的咆哮，整个身体剧烈地颤抖起来。九品上绝世强者临死前的最后反击，不惜散功也要爆出最强一击，便是这种征兆！

然而……他身后的木壁里忽然悄无声息地伸出了一段剑尖。

剑尖探出只有四寸，却恰恰刺入了秦老爷子身体上的练门——尾椎骨第三节。

这极其神秘的一剑，一刺即收，消失不见，然而却是最致命的一击！咔咔断碎声响起，秦老爷子满脸通红，一口鲜血喷出，无力地沿着木壁滑了下去。

沉默，死一般的沉默。

或许很长，或许只是一瞬间，或许要上溯三十载，近看也有两三年。四周被真气震碎的木板碎屑、桌椅残片簌簌落下，血水滴答。

范闲缓缓抽出天子剑，剑身与血肉的摩擦发出十分凄惨的声音。叶重松开了那双铁手，宫典咳着血坐到了地上。秦老爷子圆瞪双目身体泡在血水之中，箕坐于墙壁下，死未瞑目，双手虚张，似要抓取什么东西。

这位庆国军方元老终于死透了，死在了庆国开国以来准备最久、隐藏最久的阴险谋杀之中。

范闲没有受伤，却觉得身体有些发冷，抬起头来，用一种极为古怪的眼神，看了右手边沉默的宫典一眼，看着这个自己十六岁入京后遇着的第一位侍卫大臣，就像看着一个怪物。然后他转过头来，重重地看了叶重一眼。叶重也正看着他，两个人的目光相交，没有什么火花产生，各自带着试探以及了悟。

范闲知道自己的赌博在某种意义上说已经完全成功——他敢赌，不是因为他掌握了什么内幕，而是当时抓住太后的脚时，想到了澹州祖母的那句话。

陛下从来不打无准备之仗，陛下心志之强大非凡人所能想象，陛下没有弱点……不管是奶奶还是陈萍萍或者父亲，都对他说过很多次这样的话。

他根本不相信，皇帝敢赴大东山祭天，居然会在京都里一点后手都不留，所以他要赌叛军里会发生一些令人意想不到的变化。变化终于产生了，叶家叛了——不，应该说，庆国历史上最了不起的无间道就此浮出了水面。

就在范闲决定赌博的时候，依然无法说服自己为什么叶家会忽然出手，直到此时他从叶重的眼神里看到了那些东西。

所谓一眼瞬间，这一眼或许只花了一秒钟的时间，却足够让范闲想明白了太多的事情，看明白了这几年来，以至十几年来的所有过往。

过往时光里所有自己怀疑过的问题，这四年里庆国朝堂看上去有些古怪、皇帝陛下的多疑、暴露他缺点的一幕幕，都得到了解释……

月前，大东山下，叶流云乘舟破浪而来，一剑自天外来直入绝壁，仅剑柄存于壁外。其时范闲立于礁上，身受箭伤，侥幸沉海逃生。

年前，苏州城中，抱月楼上，叶流云戴笠帽而至，一剑倾半楼，为君山会出头，强行携走那位账房先生。其时范闲破口大骂，身受内伤，幸而未死。

以叶流云之能，范闲两次逢而不死。以此为线，看这庆国旧事，清楚可见。

两年前，悬空庙赏菊，宫典离奇失岗，一场针对庆国皇帝突如其来的刺杀，楼堂大乱。范闲身受重伤，叶重追而无功，朝堂震惊，陛下震怒，夺叶重京都守备师统领一职，遣其返定州。宫典下狱，侥幸生还。

两年零两月前，范闲于北齐上京城获知二皇子与叶灵儿婚事，心中大讶，暗道陛下意图逼叶重自退，如此方可不涉皇子事中。

由此上溯直至八年之前，其时范闲十三岁，于澹州悬崖苦修霸道功诀，其时歌者流云来，以散手与五竹切磋，复驾半舟飘然远去……

当悬空庙刺杀发生后，范闲与陈萍萍一夜长谈，心知肚明，皇帝陛下是刻意借此打压叶家，除掉宫典禁军副统领一职，逼叶重离开京都。当时他与陈萍萍便有诸般困惑，认为陛下疑心太重，又以为此乃皇权与大宗师之争，未曾细思。

皇帝陛下在处置叶家一事上，明显暴露出多疑的弱点，并且用的手法虽然隐晦，却也失了堂堂正正之风。此时范闲想到了十二岁时初次见面的那位歌者，已将这一切想得通通透透，也终于明白了……皇帝的多疑，皇帝的失策，竟是刻意示弱，通过与叶家离心，给天下的敌人增加出手的勇气。

八年了，范闲从来没有认真思考过，为什么四大宗师里自己第一个见到的是叶流云。也从来没有去想过，为什么叶流云周游天下，却偏偏去了澹州，如此轻易地找到了很多人想找却找不到的五竹叔。五竹在哪里？天下没有人知道，但有些人知道。范闲在哪里，五竹就会在哪里，而知道范闲真实身份的人，在当时只有陛下、陈萍萍与范建三人而已。

叶流云赴澹州，是有人告诉他叶轻眉的儿子在澹州，五竹自然也在澹州，而告诉他这一切的，自然就是皇帝陛下！

或者说，皇帝陛下郑重拜托叶流云前去澹州，看一看自己的私生子。

这样的人，自然是皇帝最信任的人。

这样的人，又怎么可能背叛皇帝！

皇帝的多疑，叶家的离心，二皇子与叶灵儿的婚事，叶流云的超然存在忽然偏移了方向，这一切的一切都只是假象。

这个计划应该已经构织了一年，两年，三年……联想到叶流云君山会供奉的身份，只怕这个计划开始的时间更远在十几年之前！

用这么长的时间，付出了这么大的代价，瞒过了天下所有人，包括自己，包括长公主的眼睛，完全可以说，这是庆国史上最了不起的一次无间道。

与之相较，监察院布置的言若海与袁宏道又算什么？

只是一秒钟，范闲的脑中便掠过了无数的画面，他忽然想到这个计划连陈萍萍应该也不知道。越想身体越发寒冷，皇帝的心志实在是太可怕了。

他看着叶重，颤着声音问道："陛下可还活着？"

叶重的心情也是复杂到了极点，他完全没有想到范闲竟然能调动大势来配合自己刺杀秦老爷子，难道陛下已经将计划全盘告诉了小范大人？

当范闲开口的时候，叶重也同时开口问道："陛下可还活着？"

一模一样的两句话，让范闲和叶重同时震惊，看着彼此的眼睛，感到一阵寒冷。原来直至此时，京都里的人们，不论是皇帝无比信任的范闲，还是这个计划里最关键的叶重，居然都还不知道皇帝的生死。

"李云睿在哪里？"

"太平别院。"

叶重接过了范闲递来的腰牌，宫典提起秦老爷子的尸首，快速离开厮杀声已经震天响起来的广场。

刺杀秦业不过片刻，当事者们心里想得极多，正式的对话却只有刚才那两句话，因为双方开口的第一句已经说明了太多的问题，大家都只是大棋盘中的棋子，做好本分就好。谋事在人，成事在天，大东山情况如何不需考虑。

范闲重重地呼吸了几下，强行压下体内霸道真气与药物上冲带来的烦厌感，驱散一些心头的寒意，没有注意到墙壁上的那个小口。

这个计划让皇帝陛下筹划了如此长的时间，消耗了如此多的心神，所谋自然极大，清除庆国内部所有反对力量是其一，真实目的只怕还远不止于此。

用陈萍萍的话来说，在这个天下，只有陛下站得最高，看得最远。这十数年里，他自然一直看着大好江山——尤其是那些暂时还不属于他的土地与人民。

他图的只怕还是北齐与东夷，大东山上苦荷与四顾剑齐至，叶流云却是陛下的伏手，只怕整个天下大势已经在那座山上发生了惊天动地的变化。但苦荷与四顾剑乃何等样惊艳绝伦的非凡人物，四大宗师会东山，即便叶流云忽然反水，苦荷与四顾剑吃些亏，又怎么可能被皇帝收入掌心？

他的眉头皱了起来，看来陛下选择大东山作为收拢大局之地，最关键还是指望五竹叔出手。他知道五竹叔的性情，只怕陛下会失望了。

身前传来的厮杀惨呼声，将他从思绪里拉了回来，提醒他此时仍在战场，京都局势未定，还有很多人在为一个营织多年的阴谋抛洒着热血。

他再次深吸一口气，暂时不去思考大东山的问题，撞开墙壁消失在重重的民宅遮掩之中。在行动前的一瞬间，他感到一阵悲哀。

他忽然有些同情长公主、同情太子、同情二皇子、同情皇宫前那些拼命搏杀的庆国将士，他也开始同情自己。京都交锋猛烈到今日这种程度，对庆国的国力将会造成多大的损害，难道那位生死不明的皇帝陛下真的没有预料到？

四大宗师会东山，即便一袖一指之力亦可惊天动地，皇帝陛下真的还能活着？他为什么要冒这么大的险，花这么大的精力，去做这么一件事？难道就真的为了一统天下？就为了万世之主的那个名头？

定州将领们互视一眼，看出彼此眼神中的决绝与悯然，他们也是直到入城前才暗中接到叶帅和宫将军的密令，为了保密，根本无法对下层的士兵进行动员。但这一刻定州军必须攻了，因为叛军中营的刺杀已经开始。

但军士不是只会听命令的机器人，根本没有做过任何战前动员忽然要临阵倒戈，任谁都会茫然。前一刻还在准备攻打皇宫，后一刻却忽然要掉转枪头指向战友，即便定州军军纪再如何森严，战斗力也无法立刻发挥出来。

好在定州军优秀的将领们极为天才地部分解决了这个为谁而战的问题。他们将二皇子的亲信隔绝在外，将二皇子包围了起来，然后高喊道："二殿下有旨！太子弑君弑父，猪狗不如，凡是庆国儿郎，均可起而攻之……杀！"

二皇子直到此时才发觉到异样，脸色骤白，不知道这些一直恭敬有礼的将军们为什么会把自己围在中间，更不知道他们为什么会忽然下了如此荒谬的一道军令！难道是岳父看着皇宫已开，想趁此机会除了太子，扶自己上位？

他在心里这样安慰自己，但看着自己的亲信被那些将领击落缚住，心底寒冷了起来，知道局势出现了自己和太子都意想不到的变化！

定州军有部分或许真是信了军令，以为太子谋刺的阴谋终于爆发，二皇子痛定思痛，决定替先帝报仇。而更多的普通士卒则自以为是地判定，这是二殿下趁这个机会向太子动手。不管怎么想，定州军终于解决了军心问题，理直气壮、理所当然地开始了对秦家军队的攻击。

这样匆忙的倒戈当然无法发挥出定州军的真实实力，而且秦家叛军人数更多。有利的是，秦老爷子身亡，秦恒已被荆戈一枪挑死，几位将军护送太子去了后营，中营的八位家将被范闲杀五伤三，真可谓是群龙无首，胜败并不难以猜测。

嘈乱的战场上，没有几个人听到了叶家诸将的军令，很多人仍然在拼命地厮杀，即便不为杀敌，也为了保存住自己的生命。

浑身是血的大皇子手舞长刀，杀开一道血路，虽没能冲到叛军中营，却成功地与残存的黑骑会合在了一处。激战中，他并没有看到范闲与叶重、宫典同时出手的那一幕，以为自己已然到了末路。鲜血从他的手上滴落，他的表情却是一派肃然，身为庆国皇子，他为这皇宫奋战至今，内心深处没有一丝悔意。

一阵如雷般的马蹄声响起，一直在休养生息的定州骑兵终于冲杀了过来。大皇子眼睛微眯，看了已然疲累到了极点的荆戈一眼，手中刀柄一紧，然而定州骑兵却是自他们前方一掠而过，狠狠地冲向了秦家的军队！

"杀！"

皇宫前的广场上，喊杀声震天般响起，所有人都瞠目结舌地看着这一幕，看着那些因为换营而处于相对有利位置的定州军，忽然发疯般冲向那些已经奋战了数个时辰，疲惫而且没有任何准备的秦家士兵。

身上载着定州烟尘的无数骑兵，从广场的各个方向向秦家军进攻。一队约千人的骑兵，像一把镰刀一样锋利地自皇城下扫荡而过，那些高耸上城的云梯就像是稻田里熟透了的谷物，哗的一声，被整整齐齐割断了根部。

麦穗总是重的，云梯上有不少叛军正在奋勇向上攀爬，根本想不到友军会从下面杀了过来，防守也没有考虑到这个突变。无数架三截云梯凄惨地垮了下来，秦家叛军士兵惨号着从空中坠下，就像是割稻时洒落的谷粒。很多人摔死在地面，绽出血水内脏，又被像稻秆一般胡乱叠加的云梯压在了最下方。

已经登上皇城的那些叛军士兵骤觉下方有异，不禁骇然。皇城上不多的那部分禁军与监察院部属，发现下方战场局势忽然大变，觅到了最后生机，嘶吼着冲了上去，竟是将那些登上皇城的叛军们分割包围，占据了上风。

攻入皇宫的叛军正在四处突杀，根本不知道身后发生了什么事情。叶家两队骑兵分由西方及太平坊方向驰近，扫荡掉云梯后，未有丝毫减速，直接纵马驰入黑洞洞的皇宫正门，向叛军身后发起了攻击。

沙场上决定胜负的往往就是开战的那一刻，定州军的将领们极为严格地贯彻了统帅入城前的密令，以雷霆之势突击，打了秦家军队一个措手不及。秦家上层将领死伤太多，一时间竟没有办法组织起有效的防御和反扑。叛军死伤惨重，胜负的天平已经倒向了定州军一方。然而为何会如此，却不是所有人都能想明白的，尤其是广场中间那些经历了两个时辰的拼命搏杀，此时已无比疲惫，眼看着就面临死亡的禁军与黑骑们，更是瞪着双眼迷惘到了极点。

浑身是血的大皇子与荆戈站在一处，震惊地看着四周的呼杀，黑烟、刀光、剑影，顿时感到自己手中的那把长刀竟是如此的沉重。

前一刻，他们还在与人厮杀拼命，下一刻，却变成了旁观者，京都里发生的这场战争，似乎与自己没有什么关系了……

大皇子身为征西军主帅，当然知道战场上的反应何等重要，不管眼下叛军内部发生了什么，如果他要利用这个机会，就必须马上下令集结宫内宫外仅存的人马。但他有些茫然，因为皇城内外已经被分割成了几个战区，禁军想要集合基本上是不可能的，而且从心底来讲，他也不愿意再让已经透支到极点的下属们再次投身到战火之中。所以他必须要搞清楚，定州军忽然反水究竟是怎么回事。难道是老二想借此机会除掉太子，自己登基为帝？可为什么定州军刻意远离禁军，而且在努力地保护皇宫？

他忽然想到了今日凌晨起范闲的所有行动，心里咯噔一声。难道范闲知道叶家会有动作，所以才会发出那些指令为对方营造出这些机会？大皇子的眼睛渐渐亮了起来，看着不远处节节败退的秦家部队，心情终于放松了一些。

宫前广场已经变成了一座修罗场，秦家叛军死伤惨重，但伤亡人数还是定州军为多，凭恃着庆军天然的优秀单兵素质，依然让定州军付出了极大的代价。

所有兵士都化作无数个小小的战团厮杀在一起，这种势态的形成，正是因为最开始时，定州军得太子旨意准备与秦家换阵而产生的混乱。

四处都有战斗在发生，四处都有人死去，四处都有人在惨呼，秋日高悬于中天，终于穿透皇宫四周的烟雾，让这里的一切大白于天下。

不少死伤的士兵惨然落入护城河中，有些未曾咽气的叛军，被冰凉的河水一激，醒转过来，却无力上岸，只能凄惨无力地挣扎着，随后向河下沉去，看上去就像是那条护城河里有无数的水鬼正在拉着他们的脚踝。

大皇子与太平坊处回援的禁军，运气极好地会合在一处，缓缓地向着皇城退去，而远方烟尘掩映中，隐隐可见那面明黄色的龙旗，正在撤离广场。

面对着定州军突如其来的打击，秦家勉力支撑一阵后终于败退了，几位将军护着太子，领着收拢回来的队伍撤离了广场，沿着街巷向京都外撤去。

龙旗一退，军势再败，定州军齐声高呼，奋勇冲杀上前，战场从皇宫四周向着整座京都蔓延。追杀与被追杀，杀人与被杀，箭羽乱飞，刀枪狠出，整座京都都开始震颤起来，这里必将面临一场十七年未遇的动乱与血洗。

一连串沉重的马蹄声划破了地面上残存的烟雾，带着那位将军出现在皇城下禁军及黑骑的面前，出现在这片似乎被叛军们遗忘了的角落里。

无数金属相撞之声响起，无人发令，无须发令，已经疲惫到了极点的禁军与死伤惨重的黑骑，陡然间爆发出惊人的气魄，奇快变阵，将那位将军及他身后的亲兵营围在了阵中！那位将军身后的亲兵面色剧变，齐齐拔刀出鞘！

大皇子走了出来，看着马上那个熟悉的身影沉默不语。

叶重缓缓举起右臂，数十名亲兵面带警惕缓缓收刀，却依然紧张地注视着这些曾经带给他们震撼的残兵。先前在广场上，这数百名骑兵先后两次冲杀，冲得叛军一阵大乱，枪挑秦恒，刀破万军，实在是太可怕了。

"末将调三千部卒助守城。"叶重看着面前浑身是血的大皇子，赞叹之意从眼中流露，语气依然平静，"宫典马上便到，他助殿下控制局势。"

秦家已然败走，定州军实际上控制了整个局势，叶重可以当京都的控制者，可是他不想，也不敢让任何人在事后产生这种猜测，所以他要亲自来见大皇子。

大皇子看着他没有开口。叶重将手伸入怀中取出一个腰牌扔了过去。大皇子抬起酸痛到极点的右臂，抓在手中定睛一看，发现是范闲昨天凌晨才从下属手中取回来的腰牌，不由皱了皱眉头，抬起头来问道："父皇……"

叶重摇了摇头。有范闲的腰牌作为信物，大皇子已经明确了叶重在这次叛乱中的角色，也清楚地知道像叶重这种层级的人物，断然不是范闲可以说动的，只能是在父皇离京前对假意前来献俘的定州军已经做了安排。他深吸一口气，没有再说什么，直接发布命令道："追击吧。"

叶重在亲率定州军前去追击之前，回到中营，看了看自己的女婿，又面无表情地道："如果你要活下去，今天我定州军所说的话你都要记住。"

二皇子凄凉地站在马下。他知道叶重的话是什么意思，定州军倒戈名义上是自己要替父皇报仇，执行父皇的遗诏，可是他心知肚明根本不是这么一回事。

所有当事人中，心情最绝望、最震惊、最愤怒的便是他。他不知道大东山上皇帝对范闲交代时格外说过，如果可能就留老二一命，根本没有想到自己还能活下来。而最让他愤怒的是，自己谋划许久，结果自己才是最蠢的那个人！自己所做的一切，今天看起来竟是如此的荒谬，如此的滑稽！

他的眼中含着怒意，往常里温柔无比的面容，显得格外阴寒："岳父，你还真是一条好狗……不过父皇如果真的死了，你怎么办？"

叶重没有说什么，掉转了马头。

二皇子在他身后嘶喊道："你们这群骗子！"

此时皇城之上忽然有一重物坠下，狠狠地击打在坚硬的石板上，发出一声闷响。

那人穿着美丽的华服，全身筋骨尽断，鲜血横流，人已毙命，头颅却依然完好，露出那张端庄中带着憔悴、绝望、疯狂的脸。

看着龙旗远去，皇后自坠身亡。

看着那一堆血肉，所有的人都惊骇得无法言语，叶重交代了几句便扭转马头，开始追击。秦家的力量还很强大，他必须追击到底，再者皇后死在自己面前，赶紧躲得越远越好，皇族的事情还是留给大殿下和澹泊公处理吧。

虽然太子兵败，接下来皇后的下场肯定好不到哪里去，可是谁也没有想到，这位平日不怎么出色的皇后娘娘，在生命的最后一刻，竟然生出了如此的勇气。

其时皇城上的厮杀没有结束，叛军还在负隅顽抗，范闲和大皇子的亲信下属们顾着太后与大臣们的安危，竟是忽视了皇后这边，便有了这纵身一跃的悲剧。

皇后从城头跳了下来，赫然死在数万人面前，这一幕场景何其惊心动魄。

二皇子像个痴人一样怔怔地看着皇后的尸体，忽然从脚尖到头顶都颤抖了起来。遍体生寒，不停地打着哆嗦，他不知道自己面临的将是什么样的结局，恍惚中抬头望去，确认了生母淑贵妃的安全之后，瘫软在地。

早有定州将士将他扶起，恭敬而警惕地将他围在了中间，生怕他也出什么问题。此时二皇子的眼神涣散，心想如果人想自取死亡，谁又能够拦得住呢？

定州军不停追击，京都里一片杀伐之声，龙旗所在的那一队叛军，以奇快的速度，通过了长街，经了张德清亲自看管的正阳门向京都外奔驰而去。

张德清面如死灰地看着眼前的这一幕，心中不知是何种滋味。忠诚，是需要秉持一生的信念，哪怕只是在最后的关头动摇了一下，前半生的忠诚便成为奸诈的铺垫。他知道自己没有翻身的机会，也没有勇气凭借城门司的三千官兵、九座城门来帮秦家拖住定州军的速度。

城门只能防着城外的人，又怎么能防得住内里的倒戈？张德清黯然长叹一声，最后看了一眼炽烈阳光下仿似闪着金光的正阳门，率着自己的亲兵，跟着龙旗与叛军开始了逃亡。正阳门还没有来得及合上，宫典率领的定州军已然化为一道黄龙，追击而出，目标自然是龙旗下的太子李承乾。

然而太子却不在龙旗下，秦老爷子和秦恒死了，叛军群龙无首，好在那几位被秦老爷子派去保护太子的家将还活着，他们在最后的危急关头，想出了用龙旗作障眼法，意图悄悄从东华门离开。

眼看着就要攻入皇宫，成为庆国新一任君主，却突然遭到了横腰一击，李承乾看着梦想破碎在眼前，面色早已惨淡不堪。他不想退，如果退出京都，天下虽大，何处还有自己的容身之所？只怕连姑母也没有想到叶家会叛吧？年轻人的唇角泛起一丝苦笑，他先前还想着登基后如何将叶家从老二那边争取过来，如何抵住姑母、母亲、祖母和秦老爷子的压力，赦免城墙上那些坚决与自己作对的文官，尤其是舒、胡二位大学士，谁能料到……叶家便这样叛了！

姑母只怕还不知道这个惊天的突变，母亲和祖母还被困在皇城上，而秦老爷子……已经死了。太子胸口一阵剧痛，坐在马上已直不起身子。身旁一位叛军将军含泪道："殿下，只要出得城去，再收集兵士，崤山冲一地，还有我们的人，到时候直冲上北，与燕大都督会合，大事必成！"

这话说得有道理，李承乾却不怎么相信，因为范闲活着回来了，只怕燕大都督已经死了，而叶家既然叛了，流云叔祖只怕……唉，他在心里叹了口气。

此时的他还不知道皇后已经坠城身亡的消息，强行提起些许精神，心想父皇如果真的死了，自己在姑母的帮助下未必不能东山再起。毕竟自己是太子，天下姓李而不是姓范，范闲就算掌控了京都也不见得能够掌控天下。

然而十分困难才提起来的精神，却被面前那两扇紧紧关闭的巨大城门一下子拍得粉碎。太子及诸将面色铁青地看着东华门两侧石梯上持箭以待的城门司官兵，看着那位将军身旁的白衣官员，心神一紧。太子认识那位白衣官员，知道对方是监察院的言冰云。然而他已经收到消息，说此人在说服张德清的时候已经被姑母领人拿下，又被人冒险救走……此时怎么又到了这里？

"太子，请留步。"言冰云神情凝重，白衣上还有凌晨绝杀时留下的血渍。

凌晨救他性命的黑衣人将他放到安全地带后便消失无踪。对京都这半日一场场惊心动魄的搏斗，言冰云无法亲身参与，可还能通过一处残存的渠道紧张地注视着这一切，当广场上出现异动时他已经提前来到了东华门。

没有一个衙门是铁板一块，张德清任城门司统领二十载，可在今天这种局面下，不可能让所有下属和他同一条心，尤其是此时叛军已败。

言冰云知道自己是在冒险，然而他喜欢这种冒险的感觉，而且他觉得自己在犯了一次大错后必须要尽快弥补，替小范大人做些什么。

好在这一次他成功了，城门司将太子堵在了东华门下。东华门统领在知晓了具体情况后，坚决地站在了范闲的身边，或者说，是站在了自己的荣华富贵一边——如果让太子率兵逃出京都，谁知道将来还会发生什么？

一心想要突围出城的叛军没有给言冰云谈判的时间，秦家诸将未经请示太子，便开始了战斗。叛军们奋勇无比地向着东华门杀将过去，两边箭羽齐飞，杀伤惨烈。然而战斗开始没有多久，太子的脸色便白了，因为他听到了身后传来的轰隆隆如雷一般的响声，这是定州军的骑兵大队！

一面旗帜在京都街巷中被风吹得猎猎作响，奇快无比地向东华门靠拢，旗上有一个大大的"叶"字。

叶重亲自领兵而来，意外地发现东华门已经关上，太子与一部叛军被堵在了城门前，密密麻麻地占了半条大街。

他知道东华门守不住多久，一抬右臂，便准备进行今日京都事变中最血腥的一个环节，但没有料到，叛军们对东华门的暴烈攻击渐渐缓了下来。

自叶重追上来之后，太子一直将头低着，不知道在想什么。过了好大一会儿，他缓缓地抬起头来，眼中满是解脱之色，轻声道："我们投降。"

所有人都安静了下来，用不可置信、愤怒、哀伤、绝望、不解的目光看着太子，不知道他为什么忽然丧失了斗志。

太子的目光缓缓地从这些忠诚跟随自己的将军和士兵脸上掠过，他知道如果拼死一搏，未必不可能杀出城去，然而他已经累了、疲了、倦了、绝望了，即便杀出城去又如何？由京都至沧州遥遥千里……难道让这数千将士在这漫长的追击中一个一个死去？难道就让大军在庆国百姓们的沃土良田上交锋、杀人、放火？他扭转马头，隔着满街的军士枪林，远远地望着叶重，开口道："叶将军，本宫不想走了。"

叶重沉默了一会儿，回道："太子殿下英明。"其实李承乾的太子之位，已经被范闲在宫中奉诏废掉，可他还是习惯性地如此尊称。

李承乾苦笑了一声，道："我有一个条件。"

"太子请讲。"

"我要见范闲，他必须答应我一件事情。"

第八章 太平别院

李承乾不是知道了什么详情,而是身为李家子弟,身为被当作下一任君王培养了很多年的太子,他隐约猜到天上的那只手在这京都里想捏出自己的某种命运来,而他不想屈服于那种命运,所以他想做最后的尝试。

叶重摇头道:"我不知道范公爷此时身在何处。"

自秦老爷子被刺身亡的那一刻后,主持京都大事的范闲便再也见不到。

李承乾猜到了其中一些原由,脸色变得难看起来,他担心起某些人的安危,心想自己的条件还没有落入范闲的耳中,还……来得及吗?

叶重在说谎,因为他能猜到范闲在哪里。

太子和叶重一样,在第一时间内猜到了范闲的去向。叶重能猜到是因为那个地址是他亲口告诉范闲,太子能猜到,是因为他很关心那里的人们。

范闲在太平别院。一身黑衣的他站在流晶河边,看着对岸的风景,与树木的阴影化在了一起,如果不仔细分辨根本看不出来。

他杀死秦业之后,便用最快的速度,趁着京都混乱,越过了高高的城墙,来到了这里。因为在这座皇室别院里有他最关心的妻子林婉儿,还有大宝,还有那位一手策划大东山之变、京都叛乱的长公主殿下。

范闲对太平别院并不陌生，准确来说是熟悉到了极点。因为这座庄园在二十年前本就是他家的产业，是他母亲叶轻眉来到庆国后居住的地方。

叶家破灭后，这座庄园被收归皇室，皇帝陛下一直将其封存，用大内侍卫看管，严禁任何人进入，自此这里才渐渐湮没了名声。庆历四年夏秋之际，范闲曾经带着妹妹隔河而望，遥遥一祭，其时河风拂体，不胜唏嘘。

范闲不明白长公主为什么会选择太平别院作为她指挥宫变的居所，他更担心的是婉儿与大宝的安全。

婉儿是长公主的亲生女儿，但他不敢保证，在亲眼看到这么多年的谋划以这种惨淡的方式收场后，那个疯狂的女人会不会六亲不认。

他虽早就知道婉儿处在什么样的境况中，却没有流露出心中的焦虑，然而只有他自己知道，婉儿和大宝的安危于他是怎样的重要。

太平别院的防御并不强，这几年监察院对信阳方面不停止的打击果然奏效，长公主身边的高手被削减了不少。只是京都内杀声震天，京郊的太平别院却是一片安静，这种鲜明的反差，让他始终不敢轻动。

太平别院的选址很特别，建在流晶河中的一个小半岛上，入院只有一条通道，四周河岸地势相对低浅，院墙虽不怎么高，却恰好挡住了外间的所有视线。

范闲有些恼火，知道即便是搬重狙来也没有什么用处，一念及此，不由暗想老妈当年设计这座院子，难道就曾经想过要抵抗重狙的射击？然而世上没有攻不破的别院，不然二十年前，叶轻眉也不会就此消失在人间。

没有思考多久，范闲平静了下来，深吸了一口气，转向曾经路过的一座竹中栈桥，像散步一样，走到了太平别院的正门口。

墙上竹林后突然出现了许多人，这些长公主的贴身护卫高手满脸震惊地看着他，虽早已认出了他的身份，却不明白在这样的时刻，为什么还敢现身!

范闲眼神平静宛如流晶河水,道:"我要见她。"

十余个信阳方面的高手愕然无语,不知道京都里发生了什么事情,这位本应被困在皇宫的监察院提司大人怎么会忽然出现在了太平别院的门前。

一阵风自竹林里穿行而过,信阳高手们低喝一声,向着范闲杀了过来。范闲一个退身,左臂像是能扭曲一般横着击出,拳头在伸展至极端处猛然一展,有如老树开蒲叶,啪的一下扇在一个高手的脸颊侧边。虽然没有扇实,依然让那个高手牙齿落了一半,脸上鲜血横流,摔落在地昏了过去。

他体内的霸道真气高速运转,眼中血丝更盛,双掌在微微颤抖。正如与小言公子定计时说过的那般,如今的京都对范闲来说基本上是一座空城,世间能威胁他的强大人物都被皇帝陛下吸引到了大东山。京都只有三位九品,秦老爷子已死,叶重是自己人,只要不陷入乱军之中,谁能够杀得死他?

只不过他不敢强攻,只能来到太平别院外叩门——这看似嚣张,其实却是无奈,对付长公主这种疯子,强大如他也只能步步被动。

然而这些信阳高手并不知道范闲的想法,震惊之余自然全力出手,甫一照面便有人重伤,接下来不知又是怎样的一场血战。便在此时,那些正冲向范闲的高手忽然收住脚步,太平别院院墙上探出来的那些弩箭也抬高了几分。

太平别院中,传来一阵极清雅幽淡的古琴声,琴声若流水淙淙,清心静性,令闻者无不安喜自在,这代表着长公主殿下相请的意思。

那些信阳高手自然不再阻拦范闲的进入,心中却有很多疑惑,难道殿下不知道范闲的可怕?为什么不趁着范闲单身前来的机会,一举击杀?

十余人监视着范闲走进太平别院的正门,然后在第二道栈桥前停下了脚步,前方乃是禁地,非公主殿下亲命任何人不得进入。

范闲低头看着桥上的木板,木板间有空隙,可以看到下方清澈的河水。流晶河在太平别院这段,被上岛石径一隔,泓成一池缓水,有如平湖。

那道清幽平和的古琴声从桥对面的内院里传出,轻轻进入他的耳朵。他低头看流水,侧耳听琴音,或许是想判断出操琴者此时的心境。

片刻后,他仔细整理衣着,迈步上桥走到岛上,推开内院木门,抬目静看湖畔正在轻抚琴弦的女子,双手一抱行礼道:"见过殿下。"

小湖被秋风吹起几道波纹,湖畔青色砌石与矮丘相映成趣,一座亭在丘上,人与琴却不在亭中,而在花树之下。琴声并未因这声问候而有中断,那人微低着头,似乎将自己全部的注意力都放在面前古琴的七根弦上。她手腕微沉,指尖滑至右端,琴音较诸先前之清幽,显得愈发含蓄典雅起来。

树上花蕊粉粉淡淡,秋风吹皱青池,又拂上树梢,花落如雨,落在长公主殿下广袖古服上,如点缀了略深一些的花影。

今日长公主未着盛装,只是淡淡勾了勾眉梢,已将自身的天然风流气息渲染得满园尽是。一头乌黑秀丽的长发披散在肩后,仅用一方丝巾在脑后绾了一绾,更显清丽自在。她低头抚琴,长长的眼睫毛柔顺地搭在如玉的肌肤上,让范闲不禁想到妻子婉儿遗传自她的那双眼睛。

他忽然开口道:"燕小乙死了。"

琴声依然微低喑喑,表示自己早知此事,不需多言。

"秦恒死了。"范闲盯着她的双手又道。

李云睿指尖在第四根弦上一滑而过,摁了两下,古琴发出悠然之声。

范闲没有停顿,充满压迫感地继续道:"秦业也死了。"

李云睿依然没有抬头,拨琴的速度却是越来越缓,悲而不伤,只有淡淡离思。只见广袖微微颤动,隐约可以捕捉到一些真实的情绪。

琴声渐又高亢了起来,古琴本来就以低沉古雅著称,指尖弹拨再快,本应该充满戾气的弹奏依然有雍容之感——唯自信者方能奏出正音。

范闲已经走到了花树下、她的身旁,低头看着那些微微起伏的琴弦,开口道："世人称我为才子，其实我对音律是一窍不通，您用的心思，对我而言，只怕真是应了对牛弹琴那句话。"

李云睿应该没有听过"对牛弹琴"这四字，依然低着头专注地拨动着琴弦。

范闲脸皮厚，从不知腼腆为何物，见对方不理不睬，直接一屁股坐了下来，对着她的侧脸很自然地道："叶重叛了。"

琴声忽然乱了起来。

嗡的一声闷响，袅袅然传遍湖畔。长公主抬起头来，只用了片刻便恢复了平静，看着他微恼道："每次见到你，都听不到什么好消息。"

她与范闲岳母女婿二人，这几年站在各自的立场上不断冲突，然而说来奇妙，二人没见过几面，也不怎么熟悉。

"如果您想听好消息，那跟随好消息来的应该还有我的头颅。"范闲的视线在湖畔上快速掠过，可惜没有什么发现，眼神不由一冷。

长公主的手静静地抚在古琴上，她双目微闭，本就极为白皙的肤色此时显得更加清白，甚至变得透明起来，往常那诱人的红晕也不知去了何处。

京都里的叛军根本没来得及传回情报，范闲来得太快，她知道出了问题，所以没在第一时间内动手，而是让他进来，想看看故事的后半段究竟是怎样的——她手中握着范闲的命门，根本不在意这位好女婿有什么通天的本领。

她没想到会听到这样四句话。

范闲于京都现身后，她便已经猜到燕小乙死了，但此时得到了当事者的亲口证实，心中还是有些难过，因为燕小乙是她一手从山里带出来的。

秦恒和秦业的死亡让她也有些心悸，她没有想到京都里的局势居然会恶化到这种地步，直到听见范闲最后那一句话，她终于愤怒了起来。

只是愤怒了片刻，她便平静下来，淡淡地道："可你依然要来求我。"

她与范闲彼此心知肚明，他敢单身入院，她会放他入院，是因为彼此手中都握着对方的命门，都不愿意在第一时间内就断绝了所有的可能性——她抓住了婉儿和大宝，而他已经在京都里取得了不可逆转的优势。

"我确实是来求您的。"范闲认真地说道，"算了吧。"

李云睿听到"算了吧"这三个字，忽然抬起头来，用一种淡漠的目光看着范闲，一言不发。范闲从她的眼神中看到了一种深入骨髓的幽怨，只是这种幽怨不是对他所发，而是越过他的身体直刺某些并不在场的人们。

"算了吧？你有什么资格对我说这三个字！"李云睿拿下肩上的一片淡色花瓣，嘲讽道，"所有人都认为你光鲜的外表下尽是心狠手辣。这几年你在监察院伪装得也着实不错，让人们以为遇着大利益，你是一个六亲不认的人，可是我知道……你从来都不是。"

"所以你抓了婉儿和大宝，一刻也不肯放过。"范闲截断了她的话。

"两年前我便说过，你看似强大，实则不堪一击。"李云睿道，"你在这个世上在乎的人太多，浑身上下皆是命门，我随意抓住一个，你便无法翻身……不然此刻你不留在京都，为什么要偷偷摸摸地跑到我这里来？"

范闲沉默片刻后道："必须承认，您看人极准。就以婉儿为例，您可以拿亲生女儿的生命来威胁自己的女婿，我却做不到。相反，为了婉儿我愿意付出我的生命。这些天我夜夜煎熬，我必须愉快地承认，您抓住了我的命门。"

闻得此言，尤其是"愉快"二字，李云睿的眼眸里闪过一抹极难捉摸的情绪。

范闲看着湖面上那些缓缓流动的花瓣，面无表情地道："但是……愿意付出生命，和被人要挟是两种概念。如果婉儿病了需要我的脑袋去治病，或许我便割了。可如果我的死亡对婉儿的安危没有任何好处，我肯定不会这样做。我今日来，便是想请您明白，威胁我是没有用处的，但我们可以谈一谈，用什么好的方法来收场。当然……我在乎的人多，浑身都是命门。"

在李云睿开口前，他堵死了最后一个口子："但正因为命门多，所以也就不再是命门。我总不能为了婉儿，便要反戈再击，那样的话，家父怎么办？老大老三两兄弟怎么办？都是亲人，自然分不出谁轻谁重，想必婉儿也会同意我的决定。"

虽然范闲堵住了所有口子，其实李云睿还是可以试一试，然则她的思绪早已经飘去了别的地方。她叹道："老大老三两兄弟，看来你终于承认了自己的身份。咱们老李家的男人啊，总是这般的虚伪无耻。你说这么多，对解决问题有什么益处？不外乎是逼着我发难，然后你可以安慰自己，婉儿和那个白痴的死亡，和你没有关系，你只不过是迫于无奈，碍于亲情大义，只能袖手旁观……丧尽天良的是我，事后伤心难过，得万人安慰的是你。"她顿了顿又嘲笑道，"这点倒是和你父亲很像。"

这里说的父亲指的自然是皇帝陛下。范闲听后，认真地回道："有心行恶而遮掩，才是无耻。我是被您逼到没有办法，并不想婉儿有任何危险。"

李云睿轻声道："老李家的男人确实无耻。陛下在广信宫不杀我，为的便是给我一个机会，一方面顺了他的心意，一方面他可以名正言顺地杀死我，而不用担心将来在史书上怎么描绘这一段历史。"说到这里，她看了一眼范闲，接着又平静地说道，"他从来没有真心疼惜过我这个妹妹。既然他如此自信地给了我这个机会，我当然要还他一个大大的惊喜。"

在范闲看来，皇帝的东山祭天之行确实是冒了天大的奇险，而且低估了长公主的手段——能够请出异国两位大宗师，调动叛军围京，如此大的计划，如此强大的说服本领和组织能力，真的很难想象是一位女流一手安排的。

只是谁也没想到，陛下却布了一个更大的局，看来能够完全摧毁长公主的只有她那位兄长，或者是那个显得有些古怪的老跛子。

"安之啊，我想问你一个问题。"李云睿忽然开口道，"往年我也曾经试图与你修复关系，可为什么你一直将手收在身后不肯伸出来？"

在范闲回答之前，李云睿抢先道："不要说是因为我曾经试图杀你，也不要说是因为你有些亲信死在我的手上……你我都知道你是个什么样的人，或许你对自己的家人朋友有情有义，但不代表你真是个热血儿郎。"

"原因很简单，您不肯退，而陛下……"范闲沉默片刻后，继续道，"自然不愿意见到我和您变得亲密起来。"

"你不要误会，我没有和你重新携手的愿望，不论皇帝哥哥此次是死是活，我对这人世间都没有太大的兴趣了。不过你说得没错，一切都是他的意愿……"李云睿有些意味难明地又道，"皇帝哥哥果然还是世间最强的那个人，我犯了一个大错，以为他只是想借东山祭天引出流云世叔杀之，却没想到他居然有如此巨大的野心，看来这十几年的低调隐忍让他也有些难耐寂寞。"

范闲入园给她带来了接连不断的噩耗，以她的天才谋划能力，自然在最短的时间内猜到了大东山上的真相，猜出了皇帝的企图，明白了为什么已经有五天时间没有收到东山路方面的任何消息。

"不要以为东山路消息被封，便证明皇帝哥哥还活着。"她微闭双眼，幽幽道，"那个老跛子也可以做到这一点。"

"叶重既然出手，流云宗师自然也会出手。"范闲道。

李云睿脸上流露出看透一切的表情，语调平淡地道："虽然四顾剑和苦荷相信叶流云是我的人，但那两个老怪物怎么会如此轻易地相信一个庆国人。

"你和皇帝哥哥都想错了……我是庆国人，这一生的时间都花在如何助皇兄一统天下上，怎么可能临到去时却不把庆国未来的危险计算在内？

"我从来没有低估过皇兄，我相信哪怕到了绝境中，他依然有妙手可以翻天，只是没有想到他的妙手是流云世叔。

"但是……我从一开始就没有想过要让苦荷和四顾剑活着回去。四大宗师会东山，即便流云世叔出手，也不过是二对二的阵势，苦荷和四顾剑是何等样的人物？皇帝哥哥如果想就此阴死两位大宗师，那也未免简单了些。

"我信任皇兄，所以我相信即便他死了，也会拖两位大宗师陪葬，不然怎么配得起他的智慧和强大。到那时，我庆国有流云世叔，北齐、东夷却是无人支撑……现在流云世叔出手，四大宗师全灭，和我的想法也没有区别。

"大宗师这种怪物本来就不应该存在世界上。

"如果没有大宗师，以我大庆军力国力，早已一统天下，何至于等到今日？

"大东山上无论如何变化，对我大庆均有大利。

"四大宗师会东山，一旦全死，那等声势，你以为皇兄真能侥幸活下来？"

李云睿极为淡漠地说的这些话，就像一块块坚硬而冰冷的石头，砸得范闲嘴唇发干，不知如何接话。他根本没有想到，长公主从一开始的时候就没有想过让大东山上的宗师们活着出去。不过她终究不是神仙，算不到所有的细节，只是如今局面的发展，似乎与她的预期也没有太大区别。

唯一的变数反而是出现在了京都，出现在了自己以及叶重的那一刀上。

"如果四个老家伙和皇帝哥哥一起死了，你以为我会在乎谁能坐龙椅？即便你控制了京都，承乾无法登基让我有些失望，这又算什么？"她脸上浮现出骄傲而疯狂的光泽，"陛下这五个儿子除了老三年纪还小，其余四个哪怕是最不成器的老二，也能带着大庆将这天下打下来。用四大宗师为他陪葬，再送他儿子一个大大的天下，我也算对得起他了。"

"那你呢？"范闲的声音发哑。

此时他才真正明白，为什么父亲和陈萍萍一直在说这个女人是个疯子……确实，折腾出这么大的事情来，她却根本不管谁能活到最后，谁能坐上龙椅！

反正都是李家的子弟，反正都是陛下的儿子。

"我？"长公主像看一个蠢物般的看着他，"地上的土坷垃和天上耀眼的流星，你想做哪一个？人生在世，只需要绽放属于自己的光彩便好。人言不足畏，史书不须忌，像皇帝哥哥那般喜好颜面的人，当然需要我这样的人帮助。"

明明是自己一手导致了长公主与皇帝的最后决裂，范闲仍然忍不住问道："……可你为什么要这么做？"

他问得很隐晦，长公主却听得很明白，她缓缓地站起身来，花瓣纷纷从身上滑落："因为他负了我，因为我要向所有人证明，一个女人也可以改写臭男人们霸占很多年的历史。"

最后那一句范闲曾经在广信宫里听过，这时候听着越发觉得刺耳惊心。

李云睿用一种贪恋的目光看了一眼太平别院的景致，不舍地道："小时候我就喜欢这个院子，可是哥哥总不让我来，后来我向父皇讨要，还被哥哥骂了一顿。那时候这个院子的女主人，是何等样的霸道。你说，我现在是不是终于胜过了你的母亲？"

说完这句话，她踏着赤足，轻松愉快地在青青草坪上缓缓地舞动起来，旁边的花树微微一颤，又有十几片花瓣落下。

看着这一幕，不知为何，范闲感到无比的愤怒。

是的，你们站得比所有人都高，看得比所有人都远，不管是皇帝陛下还是李云睿，目光从一开始都没有放在京都，而是盯着大东山，盯着那四位本来就不该存在于人世间的大宗师。可是……会有多少人死去？京都上演了多少家破人亡的惨剧？多少庆国的将士就因为你们青史留名的小小念头，便丢了自己的头颅，失去了自己的性命？

"你不如她。"范闲开口道。

李云睿停止舞蹈,转头用漠然的目光看着范闲,似乎是要等他给出一个解释。范闲道:"我母亲降临到这个世间,至少做到让庆国人笑,而你,却只能让天下人哭。"

李云睿面露嘲讽之意,根本不为所动。然而范闲接下来的那句话,终于让她愤怒起来。

"我看过母亲的画像,她长得比你漂亮,而且人人都爱叶轻眉,不是吗?"

第九章 王道

如果时间是一座可以精确计算、随意控制前后行进方向的钟，那么我们就跟随穿越时间画面的钟，从反方向开始移动，回到当初大东山的时空，去看那一袭被淋湿的黄袍，看那一柄烈剑，看剑锋所向的中年人，在雨中。

四顾剑并指，那柄一直悬浮在空中的长剑，呼的一声飞了出去，绕着他的身体画了一个半圆，直刺庆帝后背！

叶流云已经来到了庆帝的身边，伸出玉一般的洁白双手。剑已经刺破了空气，撕裂了大东山上的浓厚元气，下一秒便要刺入皇帝的后背。然而那双洁白甚至有些稚嫩的手，却出乎所有人的预料，向着那柄剑按了上去。

大东山大宗师围杀庆帝之局，在这一刻终于发生了惊天动地的变化！

最先接触到这把杀剑的是叶流云的袖子，麻布织成的广袖变得极其柔软，就像是东山腰间时常飘浮着的云朵，柔柔地层层裹叠在急速飞来的剑上。

云丝寸断，麻袖碎成蝴蝶飞舞，那把剑却在这样温柔的厮缠中消耗了精魄，所携的杀意消失不见，变成了一把破铜烂铁，黯淡无光，十分卑微。

叶流云认真地看着手中的这把剑，这把普通的剑身里似乎蕴藏着无数的鬼神，下一刻便会跑出来，将山顶上所有人吞噬干净。

那双稳定如玉的手抱了一个虚圆，虎口相对化为一个圆环，而那柄哑然无光的天剑，就在这半空之中颓然凌空静止着。

他是大宗师，所以他知道四顾剑的剑意全数蕴在这一剑中，自己再不出手，陛下必死无疑。他于四海游走若干年，为的便是这一刻，然而却被迫提前动了，再无法发起突袭，接下来该如何面对那两位大宗师？

四顾剑不是真的白痴，正如事后长公主料想的那般，他与苦荷没有想到叶流云会站在庆帝一方。但这二位北齐、东夷的大宗师，对庆国人的阴险狡诈有着最深刻的认识，不到最后一刻，他们绝对不会让自己陷入险地。

那个戴着笠帽的矮小身体里蕴藏着与历久名声截然不同的智慧，他只用了这一柄身外之剑，便破了庆帝的局，逼出了大东山上真正的杀着——叶流云！

四顾剑的身体抖了起来，身上的麻衣就像是被电流袭过一般剧烈震动着，一股惊天的剑意，荡荡然刺透了他身上所穿的麻衣，直冲天际。受此剑意感应，叶流云双手所控的那柄剑也剧烈地颤抖了起来，嗡嗡作响，重放光彩。

雨还在哗哗地下着，在这样短暂的时光中，雨滴似乎在用一种奇慢的速度，细腻地感受着大地的吸引力，不再成倾盆之势，而像是一粒一粒晶莹透明的珍珠。

穿着麻衣的矮子以身为剑，势破天地，横纵十余丈，像一道闪电般杀到了叶流云的身前，伸手抓住了自己带在身边数十年，早已心意相通的那把普通的剑！

四顾剑重新握住了自己的剑，剑上芒尖狂吐，如银蛇乱舞，气势逼人。

骤然间叶流云的眼里大放光彩，有如流云裹日，吸取了太阳中的能量，只听他闷哼一声，拱成圆环无极的双掌，向内一合！啪的一声脆响，空无一物的空气就像是坚硬的金属，被这双洁白的手生生压碎，合在了剑身上！

对于大宗师来说，没有什么局，即便庆帝设了一个局，将叶流云隐藏到了最后，依然被四顾剑简简单单一剑挑破了重重迷雾，紧接着，四顾剑还利用这个大好的机会，将自己的全部剑势重新灌入到剑中。

叶流云的身侧是庆帝，避无可避，只有用云手硬抗，散手身法却无法尽情施展，这便是失了先机。大宗师之战，偶一动念便天地变色，大势已移！

四顾剑凄厉疯狂地叫了起来，一身狂戾的剑气全数涌进了剑中，剑气涌入的速度是这样的快，以至于剑柄急剧升温，呼的一声蒸发掉草绳上的所有水滴。

恐怖的金石摩擦声响起，长剑在叶流云双手间往前突进了一寸！

叶流云依然微低着头，双臂上的广袖早已化作了身周空中飞舞的蝴蝶，片刻后，手上的皮肤也开始寸寸裂开，就像是得了某种皮肤病的患者，亦如庆历五年的那场大旱中的土地般龟裂开来，恐怖而神奇。但他眼神依旧宁静，看着掌中剑一寸寸地向自己靠近，表情没有一丝变化，只是吐了一个字——

"云！"

两只皱裂的手臂，随着这个"云"字瞬间变得柔软起来，比湖水更柔，比江南女子的眼波更温纯。似那天上丝丝缕缕的云，如牵挂一般，一缕一缕地系在了这惊天一剑上，让那强大到了极点的剑势不得不在途中暂歇。

咔的一声，就在这短短的一秒间，天公极为凑趣地赏了一道闪电，照亮了被乌云遮盖、显得格外阴暗的山顶。闪电同时照亮了四顾剑笠帽下的脸庞，只见他双眼里全数盈满了如野兽一般的狂野气息！

他没有说一句话一个字，只是凄厉地尖啸着，啸声回荡在大东山上，不知道震昏了多少人。剑势随着啸声悉数涌了出去，迸发的暴戾不可阻挡。

他用的是四顾剑，顾前不顾后，一往无前！

这是四顾剑有生以来刺出的最强一剑，是他整个人的生命、精神、信念凝结成的一剑。剑势之凌厉暴戾已有逆天之迹，在这片大陆上以前从来没有人刺出这样的一剑，以后估计也没有，没有人能够阻挡，即便是叶流云也不能！

局，往往分不清局内人，还是局外人，谋局定胜的人往往在事情结束的那一刻，才会悲哀地发现自己算来算去反将自己算了进去，误了朕及卿家性命。

庆帝最开始的时候如果将虎卫收拢于山，趁庆国两大宗师与苦荷、四顾剑正面相敌、两败俱伤之际挥刀而斩，何至于会出现眼前的情况？

叶流云有三个方法可以应付这一剑，正如那个世界中三十六计的最后一计，当事态发展到极端之时，最好的方法往往就是最简单的方法。

以他的无上身法和流云散手，最开始的时候他可以选择后退逃离，以散手云海暂封剑锋一瞬，他便可以离开剑势笼罩的范围。然而皇帝在他的身侧，如果他避开了，皇帝必死无疑，所以叶流云没有避，而此时，他已经无法避。

四顾剑完美地展现了一位大宗师的智慧与决断，只用了一剑便逼出了叶流云，更巧妙地利用庆帝的生命，将叶流云逼入绝境之中。

如果不是上东山登天梯时，一剑斩尽百余虎卫，消耗了他部分心神，此时这惊天的一剑或许早已经刺入了叶流云的小腹。

当然，如果不是用上百名庆国高手的鲜血祭这把剑，蕴积无穷的血腥杀意，四顾剑或许也使不出来如此绝情绝性、暴戾逆天的一剑。

一直沉默地站在古庙门口的五竹，低着头，不知何时手掌再次放到了腰畔的铁钎柄上。此时，皇帝已经命在旦夕，他依然没有出手。

忽然，叶流云古拙的面容上现出了微笑。

这个笑容出现在这样的时刻，显得格外怪异。

如流云般的双手忽然间被山顶的风拂起一缕，直扑四顾剑的面门！那缕流云未至，笠帽已然远远飞走，既然挡不住这一剑，那为何要挡？

叶流云选择了撤去一只手，散开一片云，强攻四顾剑！

最基础的围魏救赵，此刻在这位大宗师的手中施展出来，竟是那样的潇洒自如，去留随心。天边一朵云，依着暴戾冲天的剑意，立刻飘到四顾剑的眼前。

如果四顾剑不理，长剑贯入叶流云腹中，剑气瞬间便能将对方的五脏绞成碎片，即便侥幸活了下来，从此也再没有任何战力。如果他要避开这一记散手，精神气魄出现缺口，徒有暴戾之气的一剑，如何能杀死一位大宗师？

叶流云这一刻的选择很智慧，甚至可以说很美妙，他知道自己的一记流云无法杀死四顾剑，却逼得四顾剑在奇短的时间内必须做出选择。

他用自己的生命去赌四顾剑一伤，因为山顶还有五竹，还有姚太监，还有众人。他可以死，四顾剑却不敢受重伤，一个重伤后的四顾剑不能确保自己能杀死庆帝，而这样的结果绝对是四顾剑不能接受的。

所以他这一记流云拂去，便等着四顾剑变剑。

但，四顾剑没有变剑，依然散发着狂野的气息，黑色头发顺着山风狂舞着，看上去就像是一个执剑的神魔，气息慑人，长剑义无反顾地向前。

他的左手空空一握，斜着指向了左前方。世间的剑术有万千种，握剑的手法却只有一种，他的左手此时便是一个最标准的握剑姿势——拇指与四指间圆成虚空，空无一物，却骤然间有了一种极微弱的剑意从虚无中透了出来！

虽然微弱，但如果要杀死左手空剑所向的那个明黄身影，却是异常轻松。叶流云攻四顾剑不得不救，而四顾剑以剑意破空，反攻叶流云之不得不救！

然而让四顾剑惊奇不解的是，叶流云没有理会他那一剑！

嗤的一声，动静微弱，剑意刺破了湿漉漉的山顶石板，落在了空处。

那一片明黄,那龙袍上黯淡的眼睛,就这样突兀奇崛地消失在空剑的前端。

过程看似漫长,其实只是一瞬间。

在这瞬间里,四顾剑用自己的剑挑弄着叶流云的云,以空无的剑刺向庆帝。

而在这瞬间的另一边,则更令人惊心动魄。

当四顾剑的剑飞掠至庆帝后背前,皇帝叹了一声,松开了一直握着洪公公的那只手,似乎不愿意让这位老人家在人生的最后一战里不得尽兴。

其时,北齐国师苦荷的手正继续向洪老太监拂去,宛如清风拂山岗,轻柔自然至极,与周遭暴雨闪电之景完全不同。然则风一拂过,山岗却无由大乱。

洪老太监望着苦荷的脸,双手像两条龙鞭一般,扭曲着,变形着,攀上了苦荷的右臂,却没有阻住他的那一拂。

噗的一声闷响,他的胸口全部碎裂开来,就像是焦脆的豆腐块一般,整个溃败,塌陷了下去。鲜血从他的口鼻五官之中急速喷出,生命的力量随着胸骨的塌陷、鲜血的狂喷、真气的奔泻而急速流失,但那双苍老的眼睛里却带着一抹淡淡的笑意与嘲讽……还有杀意。

手掌上传来如深渊般的空虚感觉,苦荷大师眼瞳猛缩!他此生不知经历了多少事,更曾赴神庙求道,心性之沉稳自然任何人都无法比拟,但在这一刻,依然感到了强烈的震撼与不安。

洪老太监隐于庆国皇宫多年,先前散发出来的霸道真气,浑然若四野燥风,其间昭示的境界毫无疑问已是宗师境,所以苦荷未曾留手,不敢留手,这依山依水的第二拂已经蕴上了他体内如深潭般不可探底的天一道真气。

大宗师间的战斗,随时可能发生令人意想不到的变化,所以当苦荷的那一拂印上洪老太监的胸膛时,并未有丝毫的喜悦之意。

他的第一拂被洪老太监用体内的霸道真气硬生生地弹了回来，虽然这种运气法门过于霸道，绝不可持久，可是苦荷认为洪老太监一定有办法应付自己的第二拂。

结果洪老太监居然没有挡住这一拂，而是胸口碎裂。更令人震惊的是，这位老太监身上的霸道气息在一瞬间消失无踪，不知去了何处！

即便洪老太监的胸口忽然变成了一块铁板，生出第二个脑袋，苦荷都不会吃惊。偏偏是这样的一幕，让苦荷感到了不可思议。

那股沛然莫之能御的霸道真气去了哪里？

大宗师终究是人不是神，即便以他和四顾剑的境界修为，也不可能在如此短的瞬间内，将已经提至人间巅峰的气息猛然全数散去。

一个充满了能量的球体，怎能在须臾间全数泄掉？任何能量的传递总是需要时间，而时间越短，这个过程的震荡程度便越恐怖。

不论是苦荷、四顾剑或是叶流云，如果像洪老太监一样在如此短的时间内全数释放掉体内的所有真元，下一刻不可避免会迎来散体而亡的下场。

为什么？为什么洪老太监可以做到这一点？为什么他敢这样做？

一滴雨珠停留在苦荷眼前半寸处，反射出淡淡的黝黑光芒，他察觉到了已经有些陌生的危险味道，那种已至死地的味道！

漫长的生命旅程里，苦荷最后一次感知这种味道，还在庆历五年与瞎子五竹的重逢，然而即便是那时所感应到的危险都还不及此时。

当苦荷想着这些的时候，轻柔的右手已经拍碎了洪四庠的胸骨，如热刀入黄油一般突破了那个单瘦老苍的身躯，从他的后背里伸了出来，被震成五瓣的心脏，在宛若静止的雨珠帘下，以一种令人心悸的方式喷射着血箭。

洪四庠已经死了，没有人在心脏被捏碎后还可以活下来。他的身体佝偻着，不复四顾剑登山时那种天神般的霸道模样，而像一个可怜的侏儒，浑身是血挂在苦荷的右手上。

洪四庠还没有死,虽然他的心脏已碎,生息已绝,体内的经脉依然维系着临死前那一刻的状态,真元拼命地向着天地间释放。从他的经脉末端散入周遭自然之中,就像是一个黑洞,虽是死寂,却凭借着某种神奇的规律,以自己的尸身经脉为桥梁,空无一片地散发着,吸取着,黯淡着。

苦荷的眼睛亮了起来,不是明悟,而是感应,眼前不及一寸处的那滴雨珠还在空中悬浮,他明白自己中计了,这大东山本身就是一个局。

洪四庠不是大宗师!

他先前在山顶释放出来的霸气是借的,境界也是借的,正因为不是自身所有,所以才能如此狂暴地释放,显得格外暴戾,完全不像是人类能达到的程度。

从最开始的时候,洪四庠就已经存了必死之心。

有人想用他的死,来吸取他的少许真气,而他最后这依山依水的一拂,乃全力而出,真气随着洪四庠倒行逆施、以生命为代价的秘法,不停向外宣泄!

那个人想用这种方法杀他。

那个人就是将境界神妙无比,通过洪四庠展现出来的人。

那个人究竟是谁?

不及感知剑痴与流云处的变化,苦荷大师的眼睛更亮了一些,就如同一轮秋月,毫无先兆地出现在一池碧水之中。他最疼爱的女徒海棠拥有世上最干净、最明亮的一双眼眸,但如果和苦荷此时的眼眸比起来,就像是萤火与皎月。

他是世上对周遭环境感应最细腻的人,是心性最柔和,但也最坚强的人,这一点从很多年前的神庙之行便可以察知一二。当发现洪老太监是一个陷阱时,他的反应很自然地做了出来,变机之快当世不做第二人想。或许只是百分之一弹指,他比设局者想象的反应快了这么一些,但很可能就是致命的时间差。

苦荷深深地吸了一口气，这一呼吸间，竟似要将整座东山之顶的空气全部吸进去。胸膛忽然高高地涨了起来，整个人都像是高了两寸！

循着天地间自然呼吸，他的右臂轻松地脱离了洪四庠尸身的束缚，气息开始用最快的速度往自己的经脉内回转，也只有天一道的清静法门才能施展得如此自然。

时间和静止没有任何区别，任何以肌肉控制的动作都来不及做出，而像水银和光线一般在人体内流转的真气，却隐隐能突破时间的限制。

真气回流一震，洪老太监瘦弱的身躯化作了漫天血雾，却未及散去。

苦荷大师垂在身畔的左手很自然地屈起了一指，在空中画了个半圆，做了一个在这片大陆从没有出现过的手势。漫天凝结雨珠再次一顿，大东山山顶那些混在风雨中、浸在古庙残垣间的淡淡气息以一种奇快的速度向他的身体内灌入！

这些气息很微弱，但在这样的危急关头，一根柴、一滴水，都是宗师之间拼斗所需的珍贵资源。这个手势究竟是什么？居然能从空荡荡的天地间吸入真气？

是法术！遥远大海那边法师们修行的法术！

苦荷终于使出了自己的压轴本事，使出了平时没有什么帮助、此刻却能助他加速恢复真元的手段。这个法宝在他与五竹对战时未曾用过，此时却毫不犹豫地用了。因为在洪老太监死去的瞬间，在那一团血雾还没有来得及散去的一刻，一只洁白如玉的手从血雾里伸了出来！

这个场景异常鬼魅，一只白玉般圣洁的手从血腥无比的雾团里伸出，就像是从九幽之下探出来搜刮人间生魂的手。

苦荷的第一反应很正常，他觉得这只手应该是叶流云的。但他不惧，因为天一道真气早已回到了自己的身躯，用神奇法术招来的淡淡天地元气也从三万六千处毛孔里渗入了经脉，他体内的真气已经充沛到了顶点。如果对方是想用洪老太监的死亡造成自己元气上的缺口，那么他奇快的反应和那个所有人都意想不到的法术手势则完美地弥补了这个缺口。甚至……过于完美了一些。

那只洁白的手忽然隐去了皮肤上的光泽,却显得更加可怕,以一种难以置信的稳定与力度,奇快无比地穿过那团血雾。在运行的过程里,那只手松了四指,食指却微微翘了起来,柔软而又刚毅的指尖,啪的一声点碎苦荷大师眼帘前一寸处的那滴雨珠,然后轻轻地落在了他的两眉之间。

好像要在他的眉心点上一颗通红的痣。

那滴雨珠被一指点破,化作了一个空心的小水圆,周边泛着美丽的涟漪,缓缓扩张。

苦荷的眉心上没有出现一颗红痣,那里变得无比明亮,似乎他眼眸里黯淡下去的亮色,此时全部送到了眉心间。他这是要用自己精修数十载的天一道无上真气与用法术招来的天地元气,凝于眉心之间,来硬抗这神奇鬼魅的一指!

那根微翘的食指却没有任何攻击,而是用一种缓慢而温柔的方式灌注,没有暴戾之气,没有绝杀之意,也无天然气息,有的只是人世间最堂堂正正的规则——

王道!

指尖再下,嗖的一声迅疾点出,直刺苦荷胸口膻中。虽只是一指间的动作,却隐约让人感觉到有龙行虎步之象,一指便有帝王万世之尊!

此时苦荷已经收回了右手,满脸凝重,大拇指一挺,妙到毫巅地迎上了那根食指,发出了噗的一声闷响。

食指再下,直刺苦荷中腹。

苦荷垂下眼帘,麻衣轻挥,平指为掌,就如同涓涓细流随着山势而流,自然无比地垂落,于腹前挡住那一指。

一切都进行得如此理所当然。

苦荷的身体却开始剧烈地颤抖起来。他的右掌掌心处现出一缕红斑,像是被烧红的烙铁，嗤嗤作响。

那只稳定的手只出了三指，这三指不是杀伐，不是摧毁，不是抵抗，而是给予，堂堂正正，全无偷袭之意。帝王心术气度尽在这三指中，王道之气尽展无余。

这时，天上再次闪现一道闪电。

苦荷的身体像是断了线的风筝，颓然无力地掠向远方，掠向石径旁的那棵大树。

来到树下，他盘膝而坐，叹息了一声。

从开始的时候他就错了，最致命的错误是发生在三指之前——他察觉洪四庠是计之后，反应的速度太快了一些，应对的法门太充分，将自己的境界提升得过于完美。

那一刻的苦荷大师，就像是一棵高耸入云的大树，伸展到了人间的最高处，更像是一湖秋水，已成浩浩荡荡之势。

那个人只出了三指，却将他体内一半的真气灌注进苦荷的体内。

以王道之势灌入霸道之气！

在如此短的时间内承受这一切的苦荷大师，就像是那高耸入云的大树，被再次压上了一棵巨树；就像是天公忽然再次倾倒了半湖秋水，进入那满湖之中。

水满则溢，湖堤溃败。

大树咔嚓一声从中折断。

大宗师的心境实势与凡人相较已然近神，苦荷更是号称世间最接近神的人。然而大宗师们终究也有自己的弱点，他们的弱点便是自己的肉身。

每个人的体内经脉都有极限，肉体的承担能力也有极限。苦荷被那三指灌注的真气，强行突破了极限，体内的经脉与肉体，受到了不可挽回的伤害。

苦荷大师万般不解——用那只手的人为什么能在这么短的时间内喷

吐出如此多的真气？这完全是人体经脉不能承受的速度。

不过算了，一切都已经结束。

四顾剑左手虚握的空剑刺了出去，却刺了个空。

他攻叶流云之不得不救，叶流云却根本未救。

那时候洪老太监刚刚化作了一蓬血雾。

叶流云的右手变成了一缕云雾。

那团云落在了四顾剑的脸上。他愤怒地颤抖起来，凄厉地狂叫着，一低头，右手手腕一扭，剑势向着叶流云的腹部压了过去。

他左手虚剑落空，紧接着一低头，暴戾而又圆融的剑势终于出现了一丝薄弱处。

只是他不得不避，因为他知道事情有变。

他确实活了下来，只是半边脸颊被叶流云的一记散手拍得骨肉尽碎。

叶流云也活了下来，他左手紧紧握住了那支剑，只让剑进入了自己腹中一寸。

事情没有完。

叶流云散手去势未绝，潇潇洒洒地劈了下来，噗的一声击中四顾剑的肩膀，五指如龙爪一般，从云中猛地探将出来，指尖深入骨肉！

四顾剑却好像根本感觉不到痛楚，左手啪的一声击打在自己的手腕上，长剑再入叶流云腹中三寸，剑尖猛耀光芒，被强大剑势摧得片片碎裂，开出了一朵艳丽的花朵。

这一剑在途中虽然遇到了诸多意想不到的阻力，却在最后凭恃着一开始时所挟的狂戾意味，成功地重伤了叶流云。

此时，那团血雾散了开去，一个明黄的身影从血雾后出现，似乎隐喻着每一位帝王会用无数人的鲜血，铺就自己不世之基业。

明黄的身影出现在叶流云和四顾剑的身间，一拳击了出去。

没有任何伏笔，没有什么技巧，就这样简单、直接地击了出去。

世上没有人能够打出这样简单直接的一拳。

堂堂正正、光明正大，却让人根本无法回避，甚至无心回避！

嘶的一声响，被叶流云龙爪锁住的四顾剑的右臂，就这样与肩部断裂开来！

紧接着是一声如古庙铜钟般的闷响，四顾剑被横横地击了出去，断臂而飞，直接撞破了东山庆庙的木门，冲毁了古庙里的无数建筑，最后撞到古庙最深处小祠堂里的那口大钟，再次发出了嗡的一声！

古庙对面的大树下，苦荷看着这幕，就像是被这阵钟声所吸引，体内有什么东西爆炸，整个人的身体忽然暴涨了一刻，紧接着缩小，与此同时，鲜血从他的眼中、耳中渗了出来。

那棵大树轰然倒塌，碎成粉末，他身周方圆五尺内的青石，尽数被体内暴泄出来的真气挤压成扭曲的立体切面，狰狞地跷着尖角，迎接着天公最后降落的雨滴。

古庙里的建筑大部分已成废墟，布满青苔的水池缺了一个大口，里面的水流了出来，混着土石变得混浊不堪。几只被这阵势吓呆了的白鹤怯懦地缩在池子后方，一条黄布被震落在地，覆盖着凄惨地躺在通道尽头的四顾剑身体。只听到黄布下四顾剑凄厉地骂着什么，声音极其微弱，被头顶的钟声掩盖了下去。

嗡嗡的钟声，响彻整座大东山顶。

海边的飓风，来得快也去得快，就如这人世间的无常，帝王的喜怒。先前还是暴雨狂风大作，此刻忽然风消雨停，乌云散开一道口子，露出瓷蓝的天空。一抹天光就那样清清爽爽地洒了下去，落在东山悬崖边那个明黄身影上，将他的脸照得清清楚楚。

庆帝脸色苍白地站在那里，四肢都在颤抖，他体内的霸道真气有一半灌注到了苦荷体内，最后一记王道之拳挤压出最后的精神，此时已经疲惫到了极点。

天光淡然，这位天下最强大的君主被雨水淋湿了龙袍，头发也乱了，耷拉在额头上。他眼眸平静，内里却蕴藏着无数情绪。

他这一生，从来没有这样狼狈过。

他这一生，从来没有这样强大过。

第十章　大东山上的因果

大海之滨，东山之上，不知这是庆历七年的第几场飓风，就这样悄无声息地停止了。飓风之后，又给小旱的庆国广阔的土地带来难得的雨水。而此时山顶上的古庙旧檐，被这场风暴裹袭之后，已经变成泥石乱飞，一地残垣，满地瓦砾，看上去惨不忍睹。

在这里，雨水先进行了一场冲刷，又迅即向着山下流去，在玉石一般的绝壁上形成了一道一道的瀑布。瀑布里偶有极淡的血红之色，山顶反倒是渐渐干净，连一丝血腥味都没有留下来——这样的场景究竟是天威而致，还是宗师们惊天动地一战所造成？

其实，就是天威。大东山顶部的苍穹已经渐渐露出真容，那些厚厚的乌云被劲风吹拂，以肉眼可以观察到的速度快速向着西方内陆上空行去，明湛的天光重新降临在山顶，降临在悬崖边那位天下最强者的身上。

他是天下最强大的那个人，没有之一。

没有人敢直呼他的姓名，因为他是天下第一强国庆国的皇帝陛下。他是当年带领大军三次北伐，硬生生将大魏朝打得分崩离析，完全改变了天下疆域的一代名将。他是将帝王心术运用得最为彻底、最能隐忍、最坚韧的阴谋家。仅仅是这三种身份，就足以称他为天下第一人，更何况今日的大东山围杀之局到最后昭示了他最后的一个身份。

天下四大宗师里最神秘的那位，传说中一直枯守庆宫而不出的老怪物，当年四顾剑单剑入京都，却被皇宫所释霸道之势生生逼退，从而从侧面证实其存在的大宗师，正是庆国的皇帝陛下。

这就是皇帝最后的底牌。范闲曾经百思不得其解，陛下的强大自信和天然流露的气度究竟建立在什么基础上？很多人都在猜测皇帝陛下的底牌，范闲在最后那刻猜到了叶家，却永远也无法猜到这张翻过来的底牌上竟赫然写着"宗师"二字。

洪四庠只是个幌子，是皇宫里从后方伸出来的旗杆，于黑夜的暗风中轻轻招摇，吸引了所有智者的目光。毫无疑问，这位老太监也是当世强者，不然在悬空庙上也不能单掌拍死那个胡人刺客，只是畸余之人终究难至天道顶峰。为了一举狙杀苦荷与四顾剑，这幕大戏，庆帝与洪公公苦心孤诣，谨小慎微，足足演了二十年！

此时的洪老太监已经完成了二十年来的使命，化作满天的血雾，被暴雨一冲，被清风一洗，入瀑布坠东海，入林间湿润空气而润大地，他的生命精魄血肉，都化入了庆国美丽的江山之中，再也无法分开。

看着那位身着明黄龙袍的中年男子，场间侥幸活下来的人们，都陷入了无法遏制的震惊之中，所有人的咽喉都像被一只无形的手捏住了，发不出任何声音。

毫无疑问，今天大东山绝顶上披露的真相，是自二十年前那位叶姓小姐突然死亡之后，最惊心动魄、足以惊骇天下的消息。

古庙废墟里传来的嗡嗡钟声渐渐微弱，渐趋平息。

残缺的大树根旁，一身麻衣尽碎的北齐国师苦荷，眼睛里透着清澈的目光，静静地看着悬崖边的庆国皇帝。他体内那股暴戾的霸道真气终于随着钟声的停止平息了下来，然而他清楚，自己的五脏六腑，十三环经脉已经被这股真气挞伐成一片混沌。

即便是神庙也救不了自己。

明白了现实，便马上接受现实，苦荷大师看着庆帝轻轻地叹了一口气，已将这一过程看得通通透透——所有的人都败了，败在对方二十年的隐忍、伪装之下。

这是一个极其可怕而且可敬的对手,能够隐忍这么多年,而没有让任何人发现到蛛丝马迹,知道庆帝是位大宗师之后,除了震惊,更令苦荷感到敬佩。

在这一刻,苦荷不禁想起离开上京前与太后、皇帝的数番对话,其时自己那个孙儿便察觉到了些许不祥,但他还是飘然而至,因为他与四顾剑做了充分的准备。

可是这两位大宗师就是没有预料到,庆帝原来才是那个人。此时苦荷脸上渐渐浮起知天命的笑容,轻声吐出范闲曾写过的那句话:"机关算尽,反误了卿卿性命……"

就在皇帝出手的那一刻,五竹终于完全松开了铁钎,将两只手负到了身后。黑布在他脸上轻飘,宗师交战时,山顶上所有人都跪伏在地,用身体的颤抖表示自己的敬畏,只有他冷漠甚至有些木讷地站着,冷眼旁观着这一切。

皇帝是大宗师的事实,必将给整个天下带来震惊,然而五竹只是偏了偏头,隔着那层黑布静静地看着皇帝,就像看着一个很古怪的物件。

这时五竹似乎想起来了什么,眉头难得地皱了皱,记起陈萍萍曾经说过的一些话。在悬空庙刺杀之后,陈萍萍曾经说是准备让五竹看一场戏,结果却没有看到。

什么戏?皇帝变身大宗师的戏?看来全天下人都不知道的秘密,最终还是被皇帝最亲近的老跛子猜出了些许,但他为什么要让五竹看这场戏?

五竹有很多话想问皇帝,一时间却不知从何问起。而且此时的大东山,并未真正平静,苦荷和四顾剑还没有死,以皇帝的性情,既然亮出了最后的底牌,自然要把事情做到底,所以他中断了思考,往前轻轻踏了一步。

这一步让场间所有人都感到了惊恐,这位一身黑衣的神秘人物虽然没人知道是谁,但先前几位大宗师的态度已经表明,他也是一位宗级师的绝代高手，在此刻这种状况下，如果他暴起出手，只怕四大宗师包括皇帝在内都会倒在血泊之中。

五竹没有出手，只是静静地看着皇帝。

真正有动静的，却是古庙深处，废墟尽头，遮盖着四顾剑的那条黄布。那条黄布忽然间动了起来，似乎有人正试图在黄布下站起来！断了一臂，身受王道一拳崩体，难道四顾剑还能站起来？难道大宗师的身体真的超出了凡人的界限？

皇帝望向了那处，所有人都随着陛下的目光望向了那处，苦荷也不例外。

黄布被人用力撕开，一个浑身是血的年轻人从布下钻了出来。他的脸上一片坚毅沉着，虽然满是鲜血，却没有一丝惊慌。此时他一边不停地咳嗽，一边用手把黄布撕成布条。

大东山顶这么多双眼睛望着他，他却像是根本感受不到，只是低着头撕布。

他是四顾剑的关门弟子——王十三郎。

十三郎认定一件事情之后，便会去做，从不在乎别人怎么看。所以他身为剑庐弟子，却应范闲之命在山门处力抗叛军，尽管被叶流云击飞数十丈，却依然奋勇地爬到了山顶。

他准备继续完成自己的任务，却看见恩师被人砍断了右臂，击倒在地这一幕。于是他站了出来，撕开黄色的布条，将断臂重伤后的师尊背到了背上，用那些布条紧紧系住，接着又砍断一根倒地的细梁握在手上，走出破庙，面对着山顶上的所有人。

四顾剑腹部被打出了一个可怕的大洞，淋漓的鲜血落在了王十三郎的身上，接着又滴落在地，脸上的凄厉笑容里却有快慰之意，因为此刻他在自己最疼爱的徒儿身上。

浑身是血的王十三郎背着浑身是血的恩师，黄色的布条瞬即被染成鲜红的颜色，他的手中握着细细的梁木，脸上没有一丝恐惧，眼睛盯着一身龙袍的中年男子。

意思很简单，他要背四顾剑下山，谁敢阻拦？

虽然庆帝损耗了极大的精气真元，然而以大宗师的境界，如果此时要杀王十三郎依然是举手之劳。可王十三郎毫不畏惧，盯着庆帝的双眼，手里紧握着细梁，似乎下一刻，他就要一棍向着对方打下去。

腹部受了重创的叶流云，盘膝坐在不远处运功疗伤，看着眼前这一场景，唇角不由得露出赞叹的微笑，他轻声叹道："好一个年轻人。"

这时苦荷不知是不是想起了自己的关门弟子、天性合自然的海棠朵朵，也笑了起来，赞叹道："江山代有人才出，天道更迭，便是这个道理。"

庆帝也笑了笑，然后向旁边挪了一步，给背着四顾剑的王十三郎让开了一条道。

以帝王之尊，以宗师之位，竟然给十三郎让路！

奄奄一息的四顾剑艰难地睁开眼，看了皇帝一眼，微弱的声音里狂戾之意依在："我这徒弟怎么样？"

"师父，不要说话了。"王十三郎像哄孩子一样哄着他，并没有在庆帝出乎所有人意料让路后，马上选择下山，而是在所有人惊异的目光中走到了庆帝身旁。他低下身子拾起四顾剑断落的右臂和那把普通的剑，动作是如此自然，就像庆帝不存在一般。

他背着四顾剑，一手拿着一只断臂和剑，一手用细梁当成平日里惯用的青幡，就这样消失在大东山的石径上。片刻后，山下隐隐传来四顾剑狂歌当哭的号声与一阵狂戾的悲笑声。这种慑人心魄的声音回荡在山间，久久不能止歇。

刚刚皇帝完全可以杀死十三郎却没有动手，不是因为他惜才，而是他知道这个年轻人与安之的关系。四顾剑又何尝不知道这一点，所以他也想看看庆帝会不会犯错。

皇帝没有犯错，王十三郎的坚毅心境虽令他有些动容，然并没有将这个年轻人放在心上。他一如既往的自信，狂妄的自信，而且这种自信在今天之后无人能抗,即便四顾剑还能苟延残喘撑一段时间,可一个断臂重伤卧床的大宗师,又能算什么?

当然这还不足以解释他为什么给十三郎让路的原由,以他的性情,对所有敌人都应该在最好的时机内消灭掉。他没有出手的真正理由,是因为那时候五竹往前踏了一步。

四顾剑走了,苦荷也走了,飘然而去,去自己的故土痛苦地度过生命最后这些天的煎熬。天下四大宗师,经此一役便去其二,三方势力间的大势对比终于发生了翻天覆地的变化,庆国一统天下的最大障碍从今以后不复存在。

直到苦荷也离开了大东山顶,五竹才缓缓收回自己的脚。

在这种时刻还敢威胁庆国皇帝的,整个天下就只有他了。

庆帝平静地看着他,温和地开口道:"老五,我需要你一个解释。"

他很自然地称呼对方为老五,很自然地也没有用朕来称呼自己。

五竹缓缓低头,想了一会儿,回道:"我不喜欢。"

在大东山养伤一年多,他似乎记起了一些往事,话越来越多,表情越来越丰富,也开始拥有了一个普通人应该拥有的情绪,比如喜欢,比如讨厌。只是他的情绪表现得比较极端,这和他此时脸上的冷漠并不相洽,管你什么一统江山的霸业,管你什么花了二十年营造的惊天大局,我不喜欢的事情,你就不要做。

"少爷让我保护你的安全。你现在是安全的。"他有些时日没有称呼范闲为少爷了。

庆帝面色平静,没有一丝恼怒,他知道老五当年和叶轻眉在东夷城的时候,同四顾剑有些旧谊。至于苦荷,他也清楚,范家小姐如今还在苦荷门下。不过那两位大宗师已经废了,马上就要死亡,所以没有什么可担心的。他道:"老五,跟我回京都吧。"

五竹道:"我记起来一些事情,但没有想起来,那个人是你。"

在范闲小的时候，五竹对他说过，有人曾经练过上下两卷无名功诀，却不记得是谁曾经练成，今日他才想起原来是庆国的皇帝。

"再见。"最后这个"再见"，五竹是对着盘膝疗伤的叶流云所说。说完这句话，他一手握着腰畔的铁钎，走向石阶，迈步下山。他没有和皇帝多说一句话，也没有对身后这座住了一年多的古旧庙宇表示告别，便消失在石阶上。

所有的人都离开了，山顶只有皇帝一个人站着，苦荷与四顾剑必死无疑，多年大计得以实现，一统天下的宏愿将以此发端，然而皇帝的脸上没有流露出多少喜悦的神采，他只是静静地站着，迎接着天穹上的日头与微湿的海风，显得有些孤独落寞。

人在高处不胜寒，如今的天下再也难以找到与他并肩的人，无论是谁，在这一瞬间都会生出一些异样的情绪。

忽然间，大东山顶发出轰隆一声巨响，没有震起四周的沙石，却震起了些许水花。整座山顶中间一片地带，赫然往下沉了三尺之地，宛如天神落锤击实一般！

大宗师之战的结果，直到此刻才显露出它的恐怖，实势相交，挤压而成的真元渗入天地间，竟是改变了大自然的模样。

随同祭天的官员大部分还活着，庆庙祭祀也活下来一半，宗师战玄妙无比，却异常有效地控制在一个范围之内——除了最后的那一记王拳和那些被碾碎的庙宇。

以众人的目力根本无法看清楚刚才发生了什么，为什么四顾剑的剑眼看着就要刺入陛下的身体，接着却是四顾剑的身体像块废石一样被击了出去。但他们至少目睹了一个事实，皇帝陛下胜了，而且胜得完全彻底。什么阴谋诡计，在陛下的实力面前都显得那么弱不禁风，庆国的将来必将如同此时山顶上空的红日那般，永不沉没。

他们的脸上带着泪水，带着狂喜，跪倒在地，山呼万岁。皇帝没有丝毫动容，对第一个站起身来的姚太监轻声说道："通知山下，开始动手。"

"通知院长，开始发动。"

"是。"

"密旨发往燕京，令梅执礼暂摄政事，西大营压往宋境，令大将史飞持先前诏书密至沧州征北营，接手征北军。"

"是。"

"通知薛清，着择能吏若干赴涿州……告诉他，朕会在侯咏志的府上等他。"

"是。"

皇帝没有被今日的大胜冲昏头脑，冷静地发布着一道一道的命令，给陈萍萍的消息必须是最早的，征北军必须控制住，至于东山路……姚太监低头应着，心头发寒，围困大东山这般险恶的战情，如果东山路不知情绝对说不过去，只怕侯总督早已经与长公主有所勾结。看来庆国开国以来第一个横死的总督就是侯咏志了，而整个东山路只怕要被陛下从上到下血洗一遍，难怪陛下要让薛清不远千里从江南派去良吏。

沉稳而有条理地布置完这一切，庆帝终于松了一口气，摇了摇头，走到叶流云身前，极为恭谨地躬身一拜："辛苦流云世叔。"

不等叶流云回礼，他已经直起了身子，望着早已经被暴雨洗刷干净的地面一怔，然后郑重一礼——洪四庠便是死在了那里，却没有留下任何痕迹。他当得起庆帝一礼。

姚太监领着那些双腿还在发软的官员，从未倒的厢房内搬出物件开始抄写，开始印玺。行玺已经被范闲带走了，但陛下的随身印章还在。

大雨初洗后，东山迎日出，几只白鸽咕咕叫着飞离山顶，在碧蓝的天空上掠了几圈，向着庆国的四面八方飞去。然而它们带去的不是洪水退去后的消息，也不是和平的意旨，而是君王的强大意志。

大东山之局是庆帝以自身为诱饵，诱杀两大宗师。当然，他对于天下会发生的一切都有所准备，比如东山脚下的五千叛军，比如京都即将发生的谋叛。

长公主既然有能力构织如此大的局面，当然不会错过一举控制庆国的机会。但这个机会是皇帝赐予她的，现在皇帝只要赶回京都，便可以以无上权威稳定京都。

谋叛者将皇帝看成陷阱中的猛虎，却没有想到这只猛虎，其实一直站在陷阱边，冷漠地看着那些猎人纷纷失足。他在江北一路早已伏下州军，没有牵涉枢密院的调动，全部是与薛清及江北路总督暗中筹划，自然不会惊动秦家的势力。有这样一支伏军，大东山脚下的五千叛军何足为道？

然而他与陈萍萍在御书房前宫柱旁的两次对话，定下此次大计之初，还没有想到过，一旦了结大东山之变，即用大军扫荡东山路，再班师回朝，收拾朝政。

大东山之变经过长久的谋划，首要目标当然是除去庆国一统天下最大的两个障碍，这便是所谓外患。眼下外患已除，内忧又该如何处置？

那些平日里看似对自己忠诚无比的大臣，一旦听到自己死亡，还会不会遵循自己的遗旨？对于朕可还有丝毫敬畏？隐在暗中迷雾里的小人，此时可会跳了出来？

正如皇帝陛下一直对范闲和几个儿子强调的那般，他看人首重其心，眼下的京都局面，无疑是试探人心最好的机会。

最后皇帝给陈萍萍传了一封旨意，要他封锁消息，要将范闲和叶重一道封锁住！

这是他当下最信任的两个人，他要看他们最后一次。一旦范闲与叶重通过了这次考验，便能得到他最大的信任。可是他万万没有想到，京都局势会危险到那种程度，他的妹妹会强悍到那种地步，会给皇城里的人们带来如此多的伤害。

叶流云叹道："如果不赶回京都，只怕会出大乱子。"

欲大治必先大乱，以血雨腥风洗出黄沙中的金子，打造一个上下一心、铁桶一般的大庆朝，才能为两三年后的统一大陆打下一个良好的基础。这样的代价庆帝并不在意，当然他也没有低估自己的妹妹，知道如此一来，京都只怕将会风雨飘摇。

"这片江山是朕打下来的。就算云睿在京都坐稳了，朕一样能打回来。"此言之后，皇帝不复多言，咳了两声后，便在姚太监的搀扶之下，缓缓向大东山下行去。此时令箭已起，山下厮杀之声大作，随同祭天的官员与侍从们满脸惊慌地随同下山，早有人已做好担架，谦卑无比地扶着叶流云躺了上去。

虽然这个时代信息传递速度异常缓慢，虽然远在京都的陈萍萍早已安排了一切，虽然监察院强大到能封锁住东山路所有真实消息的外传，虽然皇帝算准了自一开始骄傲疯狂的妹妹定会将自己的死讯传回京都，将事态推到无法控制的疯狂局面——是的，弓弦既动，便无再回的道理，既然发动了大东山之变，不论皇帝是生是死，她都必须以皇帝已死的心境去处置京都内的所有事情。然而苦荷和四顾剑毕竟活着，山下的五千叛军和海上的胶州水师叛军无法全灭……

最多再过七日，大东山的真实情况便会传出去。以两地距离以及监察院全力封锁的能力来看，约莫三十几日后，京都的人便会听到这个惊天动地的消息。

那时，长公主已经发动了十几日，京都也不知道能不能守住？

皇帝虽然自信，不希望自己的庆国出现太大的动荡，然则两相比较，他依然愿意冒一次险，去看看人们藏在最深处的真心。看看人们的能力，尤其是范闲的能力，看看范闲究竟能不能体悟君心，替他将自己的家园守住。

他没有想到，范闲虽打了漂亮的一仗，却被长公主用更漂亮的手段束住。范闲猜到了他的心思，所用的手段却是他万万没有料到，也不想看到的。

因为皇帝算来算去，仍然算漏了一点，那便是太后的态度。这位以孝顺闻名天下、号称以孝治天下的皇帝，忘记了自己的母亲其实和自己一样，除了自己的生命之外，永远将庆国的江山和皇室的存续放在第一位。

　　王启年不是皇帝，也不是太后，但他也把自己的命看得比什么都重。所以当苦荷的第一掌印上洪老太监的胸口之前，他便趁着众人不注意，偷偷溜下了山顶。监察院双翼的本事用来逃跑，着实厉害。

　　树叶锋利的边缘在他身上划过，虽然无法划破监察院特制的官服，但依然令他心惊。在他看来皇帝陛下死定了，没有人能够在三大宗师的合攻下生存，他一定要在第一时间内，将这个惊天消息传到京都，让陈院长知道。

　　他机警地借着风雨和树林的遮蔽，悄无声息地来到山腰，忽然听到了山顶一记闷雷般的响声，然后是袅袅钟声传来。

　　这正是庆帝轰出王道杀拳，以及四顾剑撞上古庙铜钟的那一刻。

　　王启年愣了愣，继续低头下行。然而没有走多久，他感到身后出现了一些动静，连忙藏到一堆杂草中，远远望向那条斜斜的石径。

　　石径走下两个血人，那个年轻人王启年很熟悉，是在江南相处甚久的王十三郎，那他背上是谁？他瞪大眼睛，听着那两个血人有气无力却十分滑稽的对话，终于知道十三郎背着的人物是谁——十三郎的师父四顾剑！

　　王启年惊骇至极，大气都不敢出一声，看着这对师徒一步一步地沿着石阶往山下走去，半晌后才回过神来。他想，到底发生了什么事情？谁能够将四顾剑伤成这个模样？

　　紧接着又有一个麻衣人，用一种很奇怪的姿势，半悬空般从山上飘了下来。王启年险些吐血，心想苦荷大师这又是怎么了？

　　接连两位大宗师就这样从他眼前走过，或许已经发现了王启年如田鼠一般的潜伏，只是命不久矣的两位大宗师哪有闲心去理会他。

　　王启年却受到了极大的震惊，他怎么也想不明白，才过了一会儿的工夫，先前山顶上如天神般的两大宗师就变成了这副模样！

他回首向着高耸入云的东山绝顶上望去，心想难道陛下胜了？他应该回去看看到底发生了什么，然而一些隐隐约约的悸意催动着他继续向山下逃跑。

过午，入夜，山下杀声四起，隐在暗处像蝙蝠一样躲藏的王启年，终于趁机突出了战场，也终于确定了那个事实——陛下还活着，叛变失败了。

在这一刻，他自作主张下了一个决定，不再跟随祭天的队伍，而是用最快的速度向着京都的方向奔去，他必须告诉范闲真相，避免范闲在京都犯下不可饶恕的错误。

他是监察院官员，是皇帝陛下的臣子，但他最肯定的身份只有一个，那就是范闲的亲信。他知道范闲太多事情，太多心思，他很害怕范闲会因为陛下的死亡而做出一些错误的决定——就像胶州水师大将许茂才在船上劝说范闲所做的决定。

接下来的时间里，他用最快的速度赶回了京都，抢在监察院之前，抢在长公主的眼线之前，怀揣着这个注定震惊天下的消息走进了陈园。

他是天底下第一个将这个消息带出来的人，然而他终究没有将这个消息传出去，因为陈萍萍让人将他绑了起来，堵住了他的嘴巴，没有给他任何说话的机会。

陈萍萍在知道大东山真相后的那几日里，只是多了一个习惯，他时常对自己的老仆人叹息：“要知道，要让一个人死，真是很不容易的一件事情。"

在王启年准备溜下大东山的时候，高达已经开溜。范闲的这些心腹由于受他的影响，和世上绝大多数人都有了差别，从内心深处将自己的生命看得比皇帝的生命更重要。

在皇权社会中，这是大逆不道的一种想法，范闲未曾明言过，但他暗中瞒着朝廷的行事方式，以及对身边人一言一行的潜移默化，都在强调这一点。

高达没有像王启年那样看到四顾剑和苦荷，但在山下也发现了刺杀的真相。他害怕了，惊恐了，因为他和王启年的身份不一样，监察院的官员是陛下的臣子，虎卫则是陛下的奴才，王启年可以跑，虎卫却不能，尤其是皇帝面临生命威胁的时候。临阵脱逃，对于虎卫而言是一种耻辱，更是滔天大罪。

石径上满是虎卫尸身与破碎的刀片，他所有的同胞全部丧生在大东山上，而当隐隐了解了山顶刺杀的结局，高达伤心了起来，害怕了起来，也愤怒了起来。

一百名虎卫就这样死了，陛下何曾在乎过他们的性命？

他心中一片寒冷，知道自己再也无法回到陛下的身边，一旦现身，必将得到庆律和宫规的严惩。自己死亡不算，连家人都要受到牵连。

他也不敢回到范闲的身边，因为不想给小范大人带去任何麻烦，他只想离开那座深不可测的皇宫和那位可怕的陛下，去一个遥远的地方，安稳地过下半辈子。

在大东山刺杀的尾声中，范闲的两个亲信选择了各自的道路，当时并没有引起太多人的注意，甚至没有人发现，谁知道将来又会引发怎样的事情呢？

高达与王启年在奔跑的道路上，山下的数千叛军与东夷城九品刺客们也在逃亡的路上。胶州水师未及驶入深远大海，便被沙州调来的船队堵住了逃逸的方向。

庆国州军在战斗力上不及燕小乙的亲兵长弓大队，然而两军交战首重气势，苦荷与四顾剑两位神祇一般的人物都落到如此悲惨的收场，叛军军心已乱。

当一身明黄龙袍的皇帝陛下，以及那位当了庆国数十年守护神的叶流云同时走出山门，出现在叛军们的眼前时，这场谋反便进入了尾声。

数千名叛军惶然无措地站在大东山下，通往四野的道路已经被州军层层围住，他们知道已经没有生路，却也鼓不起勇气，进行最后的搏斗。

皇帝陛下对他们道："朕赦你们死罪。"

不管信不信，这依旧是一个甜美的、不能不吃的毒果。数千叛军纷纷弃械投降，他们不知道在今后两年里，会被怎样分批屠杀清洗干净。

云之澜等东夷城的刺客还余下十来人，接应到王十三郎从山上背下来的四顾剑，知晓了真相，浑身寒冷地脱离了叛军大队，向着北方山林里杀去。这样一支队伍果然拥有极其强大的杀伤力，他们成功地突破外围，没入澹州后方的密径中。

想将天底下所有的反对力量一网打尽，实在是一种痴心妄想，庆帝对东夷城的突围并不意外，但他不想放过那个叛军的黑衣主帅，因为他对那人很感兴趣。

一脸暗黄色的苦荷大师，此时正坐在那个黑衣人的马后，随其向外突围。

因为庆帝有旨，对这个黑衣主帅的追杀最为用力，虽然州军们的实力不强，虎卫们也已尽数丧生，最后还是成功地将这个黑衣主帅堵在一个路口。

对面至少有三百名军士，看上去似乎杀之不尽，而后方追杀之声再起。

庆帝要求生擒，然而一旦不能，杀死又如何？

黑衣人此番南下围山，只带了两个亲兵，虽然率领着陌生的部属，竟能将禁军分割包围，没有让那些人逃出去一个，真可谓是用兵如神。可是最后战场上势如山倒，纵使他有通天的本领，也不能让那些燕小乙的亲兵克服心中对于皇帝陛下和叶流云的敬畏恐惧，终究还是败了。

看着面前的数百兵士，黑衣人细心地将苦荷大师缚紧在背上，两个亲兵各自捧着两根用布裹住的物件，解开外面的层层粗布后，露出里面那约手臂长的金属棒。

黑衣人平静地接过，将两根金属棒咯噔一声合在了一起，赫然是一支黝黑的精铁长枪。

铁枪在手，他的眼眸里骤然爆出极强的战意，散发出极强的杀气，就像一个战神。他一夹马腹，单骑背着苦荷，向那三百名军士冲了过去。此时的他气势如雷，不可阻挡，仿如回到上京城的那个夜里，雨那般嚣张地下着。

"他那两个亲兵死了，可他背着苦荷逃了。"一位将领跪于庆帝身前颤声回报。

苦荷、四顾剑都是被人缚在背上逃走，庆帝一听，心情也有些异样，见那将领惶恐，不由微笑道："若这般轻易被朕抓住，他还是上杉虎吗？"

只用了一个夜晚，从大东山上走下来的人便处理完所有事情，庆国历史上第一次明目张胆的谋反惨淡收场，弑君的意图完全失败。

其时皇帝已经十分疲惫，除掉苦荷和四顾剑两位大宗师固然是他人生当中最华丽的一页，也耗损了他太多的实力和精神，此时的他远没有人们看起来的那般强大。

在他一生中，当前这个阶段其实是他最虚弱、最容易被击败的时刻，然而却没有人发现这一点，更没有人敢乘机利用这一点。

上杉虎单人匹马带着苦荷北上，自然无力做些什么。云之澜是一代剑术大家，却不是兵法大家，根本想不到杀回去。

监察院行动了起来，事先调拨好的三路巡查司密布在由东山路往京都去的每条道路上。陈萍萍人在京都，部属依旧表现了极为可怕的信息封锁能力。

上杉虎与东夷城就算想要通知远在京都的长公主，也需要时间，加之绕路远行一路躲避追杀，大东山的真相传到京都，要比平常慢上十来日。

信息传递不便，却给皇帝和陈萍萍带来了大方便。

范闲不知道大东山上发生了什么，等他成功地杀死燕小乙，进入宋国，再由燕京南下后，大东山上逃下来的人才突出群山，进入东夷城的势力范围。

等他进入庆国国境不久，燕京大营的主帅已经领了密旨，暗中接手了群龙无首的征北营，同时将三国间的国境强行断绝开来。

北齐收到消息的时候已经很晚了，奇妙的是，小皇帝什么都没有做，甚至配合着封了国境，四顾剑这个重伤将死的狂人，不知为何也没有试探着通知李云睿。

其实道理很简单，一旦皇帝未死的消息传回京都，只怕庆国内乱会在没有开始的时候就结束，庆国国力不会受到任何损失，当然谁都不愿意看到这个结果。

为了拖延庆帝一统天下的脚步，让李云睿晚些知道皇帝未死的消息，更符合东夷城的利益——内战一起，没有两三年的时间庆国无法恢复元气，自然不能对外出兵。

最可怕的是，庆帝似乎连四顾剑的想法都预算到了。

还有一个最关键的问题，那就是范闲的安全。只要范闲能成功地突破燕小乙这个关口，回到京都，就有希望……为东夷城的将来考虑，四顾剑不能让范闲这么早就死了。

在生命最后的日子，大宗师需要考虑的东西很多、很远，他们在庆帝手上输了最关键的一仗，却把希望留在了将来，留在了看来无论如何也不可能是东夷城希望的范闲身上。

这些都是在十几日之后才会发生的事情，皇帝陛下不是精密的计算机，他也只能推断出大概，好在事态的发展与他的分析并不太远。处置完大东山这边的动乱后，他并未在山下停留，连夜往西北方向赶去，直抵洨州，于凌晨入城，进驻了东山路总督侯咏志的总督府。

是日，洨州城全城禁严，跟随陛下北进的江北路州军奉旨意接替当地州军看防重任，十数位大臣以及内廷的太监高手将总督府控制起来。

洨州城的百姓们目瞪口呆地看着眼前的一切，这些不知道从哪里来的士兵眼神非常凶狠，看着像是野兽一样，身上还带着淡淡的血腥味道，明显是刚从战场上下来。

士兵们在涿州城的大街上警惕地注视着四周的一切，百姓再也不敢在街上窃窃私语，除了必要的外出，大多数时间都心惊胆战地缩在房内。

东山路总督府内，侯咏志跪在皇帝的面前，面色死灰，磕了两个头后便一言不发，他知道自己必将一死，只是不知道是千刀万剐，还是五马分尸。

他知道失败的下场是什么，却没有想到，陛下会如此轻易地破解了大东山之局，在所有人都没有来得及反应之前，赫然来到了总督府，降临在自己的面前。

皇帝没有看他，侯咏志必将成为庆国三十年来第一位在任上被处死的总督。他在心里冷漠地计算着日子，看看自己能不能给妹妹留下足够的时间。

涿州城成了一座死城，没有任何人可以离开，即便长公主在东山路里埋了眼线，也根本不知道总督府里发生了什么。城外有人注意到了异象，试图向京都传递消息，然而每每走不过数十里，便被监察院化装成各式各样人物的密探取了性命——陈萍萍在这方面投入了监察院高达四成的人力，难怪他在京都被逼得有些狼狈。

就这样在涿州城内沉默地等了些日子，估算着时间，皇帝的死讯应该已经传入京都，而范闲也应该领到遗旨了，皇帝的脸色才稍微好看了一些。

又过了些时间，朝廷加急密报从京都发至各总督府，尤其是对东山路涿州府的密报以最快的速度到达，质询大东山的真相，以求确认。

皇帝通过总督府确认自己的死讯已传出，于是等着朝廷迎灵的队伍到来。

第二日，朝廷邸报再至，言太子之事、言范闲刺驾之事，各大总督纷纷上书与朝廷打对台，江北江南两路总督知道内情，其余几路总督却是纯臣之举。

皇帝没有收到那几路总督的上书，却大概知道他们会怎么说，命人带出东山路总督侯咏志，道："朕选你们七人替朕牧守天下，他们六个没让朕失望，唯独是你……"

侯咏志被关押了很多天，不知饮食，已经疲惫不堪。他不敢求饶，知道陛下离开涿州的日子便是自己的死期，只是拼命地磕着头，想让陛下放过家中的妻儿老母。

皇帝冷漠地看着他，一言不发。

第二日，皇帝陛下带领州军及诸大臣出了涿州。侯咏志被赐死，他的三个儿女被斩首，总督府及东山路参与此事的各级官员共计三十四人，全数绞杀。

皇帝陛下不是轻易动怒的人，也懒得用那些严苛的刑罚去折磨侯咏志，在他看来，让一个人失去生命，只是君王掌握权力的必行手段，与惩罚无关。

收到太子登基邸报及范闲罪名的第六天，由涿州往京都缓缓行进的皇帝陛下，终于看到了来迎接自己的队伍，当然，这支队伍原本的目的是来迎接他的遗体和灵魂。

与朝廷迎灵的队伍接触后，皇帝下令大队稍微加快了一些速度，继续往京都靠近。

京都尚在远方，皇帝与陈萍萍君臣二人依然没有相遇，就像是大庆田野上的两只孤魂野鬼，只是这两只孤魂野鬼配合得太完美、太强大。

某日，皇帝从信阳城外经过，看着远方那座陌生的城池沉默片刻后，回头看了一眼后方拖着的灵车和车中那具不知有多重、多少层的大棺材，唇角露出一丝嘲意。

"告诉云睿。"皇帝开口道。

姚太监骑马侍于旁，赶紧拿出纸笔认真地听着。

"朕回来了。"

第十一章 青花辞

琴弦已静,花树已残,一身霓裳的长公主殿下站在太平别院的湖畔,看着手中刚刚收到的情报发呆,根本没有理会坐在不远处的范闲。

这封情报是假的,她一眼就认了出来。但这封情报……也是真的,或者说是信阳已经被人全盘控制,才能用自己的渠道给自己发来加急密报。

她撕开了压着火漆的封皮,淡淡扫了一眼,目光凝在了信纸上。

她脸上流露出强烈的震惊,然后是淡淡的失望,紧接着是无由的愤怒,旋即又化作了微微的自嘲笑意,如石头落入湖中,最后渐渐化为一片平静。

范闲注视着她眼神的变化,没有看到那一种令他恐惧的疯狂,心头稍安。紧接着他便猜到了那封信上写的是什么内容,心情微乱——即便叶家反水,自己掌控京都,都没有让李云睿如此失态,整个天下只有一个人能够让她变成此时这种模样。

"朕回来了。"信纸上的字迹遒劲无比,正是皇帝陛下的笔迹,可李云睿一眼便瞧出来了,这是姚太监的代笔。陛下是位十分勤勉的君王,但要统领如此大的国家,处理那般多的奏章,精神难免不济,不重要的奏章往往交给姚太监代批。久而久之,姚太监将陛下的笔迹学了有九成,足以瞒过朝廷内的大臣和那些御史大夫,但她对皇帝兄长下了多少心思,怎么会看不出其间的差别？

她没有怀疑有人用姚太监的笔迹在伪装陛下还活着，因为她清楚这就是陛下的口吻。这四个字的意思很简单：朕回来了，朕还活着，你自己看着办吧。

两行眼泪就这样无来由地淌落，一种说不清道不明的情绪，刺激着她的泪腺，让她在这落寞的太平别院里哭了起来。她悲伤地想着，难道最后一句话也不屑于亲自写吗？

皇帝陛下肯定想不到这四个字会让李云睿生出这么多情绪，他只是以一位帝王的身份宣告自己的归来，如雄狮一般告诸四野，自己对于领地至高无上的统治权。

范闲也想不到，长公主竟是因为皇帝没有亲笔写这四个字而愤怒难过。

皇帝和范闲无疑都是有大智慧的人，可他们看不懂女人，因为他们是无趣的男人。

李云睿无力地松开手指，纸张飘落，被初秋之风一拂，落在了太平别院正中的那池小湖上，纸被湖水一浸，瞬即向着水下沉去。

惊鸿一瞥间，范闲看清楚了那四个字，顿时一阵震惊，他想过陛下还活着的可能性，只是此时亲眼看到，还是难免意外，因为他想不出来大东山上究竟发生了什么。

陛下既然还活着，长公主自然是一败涂地。范闲握了握拳头，站了起来，注视着李云睿的背影，很担心这个女人会不会在这个消息的刺激下下达什么疯狂的指令。

李云睿轻轻拍了拍手，小湖四周立即拥入了许多高手。范闲警惕地望了过去，出乎他的意料，也令那些部属震惊，李云睿平静地道："你们都走吧，这里不再需要你们了。"

那些部属一片哗然，用不敢置信的眼神望着长公主。从范闲踏入太平别院的那一刻起，这些人就知道京都那边发生了大事，可是他们依然有足够的信心。

李云睿道:"隐姓埋名,安稳把余生度过,也不要想着报仇之类那些很可笑的事情。"

"殿下!"那些部属对着她跪了下来,不肯就此离去,有几人甚至哭了起来。

范闲清楚李云睿事败之后,已经生出自绝于天地的念头,但他着实没有料到,这些部属对她竟是如此忠心。在皇帝的纵容与陈萍萍的帮助下,这两年对长公主的战争他是胜多输少,对此人未免生出几分轻视之心。然而此时看到那些痛哭流涕、不肯离去的部属,他隐约间明白了,为什么这位公主殿下可以在朝廷里有这么多的势力,为什么她可以说服苦荷与四顾剑出手,为什么她可以控制住太子和二皇子,为什么……

一片哭声,长公主微微皱了皱眉头,显得有些厌烦,再次挥了挥手。一位官员知道大势已去,抹去泪痕,跪下磕了一个响头便转身离去。一个人离开,便有许多人跟着离开,都不是贪生畏死之徒,但殿下发了命令,除了离开,也没有什么别的选择。

一会儿的工夫,整座太平别院只剩下长公主和范闲二人,范闲看着长公主瘦削的肩膀,微感悯然。

李云睿转过身来,双手优雅地落在腹部,广袖低垂,坠成美丽而华贵的线条。

她不再是那个敌人面前阴狠的人物,不再是太后面前经常被打耳光、娇怯哭泣的伪懦弱者,不再是皇帝铁一般手掌下倔狠、愤怒、悲伤的那个妹妹,她就是李云睿本人。她看着范闲微笑道:"知道陛下还活着,你似乎没有我想象中那么开心。"

范闲尽可能自然地道:"最近一段时间死了很多人,我开心不起来。"

"原来是这样,看来你和你的母亲还真像……"李云睿微微一怔后笑了起来,突然中止了这个话题,转而问道,"你有没有想过,秦家为什么要反?"

范闲没有理解这句话的意思,更不清楚在这种时刻,她为什么会忽然提到秦家。

那张纸已经沉到湖底,湖水极清极浅,白色的纸张在湖水中渐渐散开,像极了泡开的馒头片,惹得无数红鲤前来争食,水里一阵翻滚。她静静地看着这一幕道:"其实我们都是鱼,只不过争的东西不一样。这次我没有争到什么,本来以为自己会愤怒失望……也确实愤怒失望,可现在才发现,原来他活着,我还是挺开心的。"

范闲心想,按长公主先前所言,她的人生目标已经达到,皇帝死或不死又如何呢?

接下来,他看见了一个惊心动魄的场面。

李云睿缓缓垂下自己的双臂,淡色的宫服广袖自然垂下、散开,就像是一场大戏已然落幕,演员最后一次走出帷幕,向观众表示感谢——最后的演员不仅仅是她自己,还包括一把黑色淬毒的匕首,深深插入小腹中,直至没柄。

范闲心头一颤,横飞着过去将她扑倒在地,出指如风,电光石火间用真气强行封住她伤口四周的几处主要经脉,却发现淡淡黑气已经缓缓笼罩了她的脸。

黑色匕首插在李云睿的腹中已经有了一会儿,只是被广袖遮住,范闲没有看到。更令他震惊的是,她居然还能如此自如地和自己说话,没有流露出一丝痛苦。

毒素早已经随着血液流遍了她的全身,入了心脏,淡淡浮出她的脸庞,即便费介此时出现,也救不回她这条性命。

范闲看着她腹部的匕首柄,发现有些眼熟,心头一寒,却顾不得关心此事。他一手扶住长公主的肩膀,一手按到她柔软的小腹上面,天一道真气毫不吝惜地灌了进去。

半晌后,长公主终于皱了皱眉头,用嗔怪的眼神看了他一眼,埋怨道:"只是想好好品味一下痛楚和死亡的滋味,你何苦来打扰我?"

她这一生一直高高在上,身为皇族的小公主,备受父母兄长宠爱,谁敢让她痛苦?除了太后的四记耳光,和皇帝在雷雨夜里的暴怒,她还真是不知道痛是什么滋味。

这话有些疯癫,范闲哪有闲情与她斗嘴,左手如闪电般探入怀中,取出一颗药丸,塞进她的嘴里,接着不停输入真气,强行将她体内的毒素往外逼。

他对这把匕首上的毒很熟悉,因为这本来就是自己配的,所以药丸马上发挥了作用。可是由于李云睿遮掩的时间太长,毒素已经入心,却是逼不出来了。

他不自禁地想到前世所看的那些电影小说,那些令人寒冷到骨头里的桥段,左手紧紧抓住她的肩膀,压低声音问道:"婉儿在哪儿?大宝呢?"

在那些故事中,男主角获得最后的胜利后,却痛苦地发现,敌人直到死都不肯说出那些被他抓住的亲人究竟藏在哪里,究竟活着还是死了,以此来折磨男主角一世。

他非常害怕。

李云睿嘲讽地看了他一眼,眉尖再次轻动了一下,看来匕首上的毒药已经全数散入体内,那种锋利的痛楚感开始侵袭她的神经。

她低头看着腹上插着的那把黑色匕首,轻声道:"不要总是利用自己的小聪明小手段,那些是没出息的人才会用的。"

范闲知道这句话是什么意思,这把黑色匕首之所以眼熟,因为本来就是他亲手做的,和费介先生在幼年时传给他的那把匕首一模一样,上面抹的药物也一模一样。

如今这种匕首天下一共有三把,范闲自己的靴间藏着一把,三皇子李承平的靴间藏着一把,还有一把藏在林大宝的靴子里。

范闲所关心的人中,只有年幼的李承平和憨傻的大宝最没有自保的能力,所以他把这两把匕首小心翼翼地传给他们,等待着最后的时刻给敌人最致命的一击。

在宫中，李承平用这把黑色的匕首保住了自己的性命，大宝的黑色匕首却在长公主的手中，此时又在长公主的腹中。

"你以为我会用大宝来威胁你？当大宝在我的身边，你忽然发出口令，他就拔出匕首来捅我一刀……当然，谁也不会认真地搜查一个胖胖的白痴，谁也不会去防备他。这几年你一直和大宝在一起，就是为了那一刻？你对他说林琬是我杀的，所以他恨那个叫李云睿的人，而天底下没有人敢当着这个白痴的面喊我的大名，除了你……"她看着范闲像看着一个白痴，"只知道耍这种小聪明，一点都不大气。"

范闲浑身寒冷，没有想到自己最后的一着棋在对方的眼中竟是如此可笑，并被这么轻易地识破。他强行压抑下心头的恐惧，和声乞求道："告诉我，他们在哪里？"

李云睿没有看他，身体渐渐寒冷，肩头下意识地缩了起来，道："我要死了，留下婉儿一人在世上受男人的欺负，我放心吗？"

"她是我的妻子，我会保护她。"范闲低声道。

李云睿盯着脚下，颤着声音道："我本想杀了你的小妾，却没有杀成。你日后还会有许多的女人，我何苦让婉儿继续受苦。"

范闲心头一动，怔怔地望着近在眼前的美丽容颜。毒素已经全部集中在她的太阳穴两侧，随着她的血管化作几络青色，恰若两朵鬓角的青花，有一种魅异的美丽。

李云睿缓缓举起右手将范闲拉了过来，无力地靠在他的肩膀上，凑在他耳边轻声说道："秦家为什么会叛？去问陈萍萍吧。"接着她又说道，"这是你母亲当年的庭院，我本想一把火烧了，但想想还是留给你，这地方很美丽，最主要的是，我想你需要这个地方来想明白一些事情。连大宝这个傻子都要利用，世上这般无耻虚伪的人只有两个，一位是陛下，一个是你，所以……我看好你。"

看着近在咫尺的那朵眉角青花，听着耳中渐渐传来的声音，范闲的目光越来越凝重，越来越震惊，越来越痛苦。

李云睿在他耳边轻笑道："虽然我死了，但能给皇帝陛下留下一个最强大的敌人，想来没有我的庆国，也不会太无聊才是。"

范闲根本没有将最后这段话听进耳中，这时忽听身后一阵异响传来，他心头大震，转身望去，只见琴后的花树移了位置，露出下方的一个小坑。

坑中正是婉儿和大宝，两个人被紧紧捆住，嘴也被封住，根本说不出话来。婉儿双眼微红，看着范闲焦虑至极，发现范闲没有受伤，两行清泪流了下来。大宝原本浑然的目光，看见范闲后流露出憨憨的笑容。

范闲冲到树旁，将婉儿和大宝提了起来，手指一弹，割断了二人身上的绳索。

婉儿从范闲身边冲过，扑到了长公主的身边，跪在她的身旁，哭了起来。

范闲心中暗叹一声，准备过去，却发现衣角被人拉住，回头一看，大宝正傻呵呵地拉着自己，似是再也不想放开。范闲心中不由更加内疚，又生出些许淡淡悲哀。

李云睿身上的毒素早已入心，额角的毒素所织的两条痕迹，显得愈发湛青，与她娇嫩白皙的肤色一衬，更像是易碎瓷器上的美丽青花。只是这青花全部是毒，就像她这个人一样，即便死了，也要让天下因为她的几句话而死更多的人。

婉儿哇的一声大哭了起来。虽然她们与世间的母女太不一样，感情并不亲厚，然而毕竟血脉连心，李云睿在最后一刻并没有选择用婉儿的性命去威胁范闲。婉儿看着奄奄一息的母亲，更是悲从心来，止不住的哀切痛楚。

李云睿艰难地一笑，最后一次抬起手抿了一下鬓角，似乎是想在离开这个世界时，依旧保持最美丽的形象。此时指尖从那朵凄艳的青花上掠过，她那唇角露出嘲讽的笑容。

不知是在笑谁，也许是想到皇宫里的雷雨夜，想到那个怯懦却情重的侄儿，又或许想到很多年前童年时的故事。然后她又轻蔑地一笑，说出了在这个世间最后的三个字：

"男人啊……"

直到目前为止，范闲所遇到的最强大、最阴狠的敌人，终于结束了她难以评断的一生。

这是一个很奇妙、很强大的女人，如果他不是有那个黑箱子，只怕早就死在了燕小乙的手上，而整个京都早就落入她的控制之中。

可她终究是个女人，和那位深不可测、不知如何从大东山上活着下来的皇帝陛下相比有一个最致命的缺点，或者说，她比陛下多了一处命门——那个"情"字。

或许这情有些荒唐，有些别扭，可依然是情。"问世间情为何物，直教生死相许"。元好问在写这两句词的时候，可想到过世人实践、丰富这两句词的方法无所不及？

"就中更有痴儿女"，长公主毫无疑问也是一位痴人，可是她真的败了吗？在范闲看来，并不如此，她这一生想做的事情基本上做到，最后她在范闲耳旁轻声说的话，虽然什么都没有点明，却已经在他心头种了一枝带毒的花。

就如她生命最后一刻眉角浮现的带毒青花。

婉儿扑在长公主的身上哭泣不止。林大宝在范闲的身后，拉着他的衣角，紧张又困惑地看着这一幕，心想公主妈妈睡觉了，妹妹为什么要哭呢？

长公主的面容依然美丽，长长的睫毛，青青的鬓花，就如同一位沉睡的美人，在等待着谁来用一个吻唤醒她。范闲看着这一幕，心头一片茫然，下意识地从唇中吐出一些有点陌生的词句："Je suis comme je suis……"

这是一首十四世纪法国人的诗，他前世看一部电影时记得一些残词，在此时此刻，那些字句又重新出现在他的脑海中，分外清晰。

我就是这个样子。
我就是这副德行,
我生来就是如此。
当我想笑的时候,我就哈哈大笑,
我爱爱我的人,这不该是我的缺点吧!
我每次爱着的人,每次我都会爱着他们。
我就是这个样子,
我就是这副德行,
我生来就是如此。
你想要怎样,
你要我怎样?
我天生就讨人欢心,而这是无法改变的。
……
我取悦让我高兴的人,你能奈何这些吗?
我爱上了某人,某人也爱上了我。
就像孩子们相爱……

叶家和禁军已经将叛军逐出京都,控制住了九座城门,然而京都局势却比先前更混乱。先前两军对垒之际,百姓都畏缩地躲在自己的家中,不敢发出任何响动,眼下局势初分,惊魂落魄的人们终于鼓起勇气,向着城门处拥去。

京都百姓在城外乡野里往往都有自己的穷亲戚,在这样危险的时刻,自然要想方设法逃去避难,不然谁知道那些兵爷,会不会在分出胜负后对京都来一次洗劫。

他们的担心并非毫无道理,那些军士们在彼此追逐的同时,也顺便打打劫什么的。大街小巷里一片混乱,时常有女子尖叫之声响起,偶有火苗冲上天空。

庆军军纪向来森严，但今日无论叶家、秦家，还是守备师的将士们，心里或多或少都有些说不清的幻灭感，人类心底最阴暗的部分难以控制地升腾。

宫典没有带兵出城追击，第一时间开始整肃秩序。范闲则在一小队定州军和监察院密探的接应下，从另一道城门回到了京都，回到了阔别已久的家中。

他没有急着回宫，没有急着去见叶重，而是直接回了范府，略略问了一下父亲和靖王爷的情况，然后便将藤子京拉到一旁，低声吩咐了几句。

自从范府被围，藤子京便拿起了木棒，组织家中的护卫家丁，迎接着一次又一次的诏书和骚扰。好在范建本人不在府中，范府并没有经历太大阵势的攻击。

藤子京听着少爷的命令，脸色沉重起来。只见他重重一点头，没有询问原因，也没敢带太多显眼的范府下人，就往二十八里坡的方向急驰而去。

看着远去的马车，范闲稍微放了些心——安排藤子京去二十八里坡庆余堂，就是要趁着此时京都的混乱，将庆余堂的那些老掌柜们送出京都，散于民间。

这不是他突然生出的念头，而是从一开始就是计划中的一环。

这些老掌柜对范闲来说很重要，而对庆国来说更重要。皇帝陛下念着旧情，留了他们一命，但绝对不会让他们离开京都，落入到别的势力手中。如果是太平时节想要把这些老掌柜带出京去，基本是不可能完成的任务。可是长公主和太子的谋反、京都的混乱，给一直暗中筹划此事的范闲留下了一个机会。只是他这些天没有什么人手，加之后来隐约猜到陛下可能活着，便将这个计划暂时停止。先前在太平别院里，长公主最后附在他耳边说的那几句话，促使他下了最后的决心。

皇帝陛下和长公主的争斗从一开始就在另一个层面上进行，范闲虽然一直沉默，似乎只是个被摆动的棋子，其实也有自己的心思。

不及安慰悲伤中的婉儿，范闲转身出了府门，要回皇宫处置一些更紧要的问题。既然知道了皇帝陛下安好无恙的消息，他必须要做出一些强有力的调整。

不料刚一出府门，便有一队骑兵踏尘而来。来的是定州军，一个浑身血污的校官拉住马缰，连滚带爬地跑到范闲身前，惶急道："公爷，大帅有急事通报。"

大帅自然指的是叶重。范闲一惊，心想莫不是京中又出了什么变数？然后才知道太子承乾竟是被叶重堵在了东华门下，两边正在谈判，不知为何李承乾要自己去见他。

叛军人数多，残兵战斗力也不可小觑，范闲根本没有想到太子竟然会被困在京都——被堵了东华门？太子为什么不冲出去？

没有花多长时间，强行驱散逃难的京都百姓，他们一行人来到了东华门前。

东华门前死一般的安静，被城门司及定州军围在一整条长街上的秦家叛军，紧紧握着手中的兵器，紧张而绝望地看着四周的军队。

叛军中央，几位秦家家将的脸色十分难看，双方在东华门下已经对峙了整整一个时辰，在太子的强力约束下，叛军没有进攻突围。率领定州军的叶重，也表现出十足的耐心。太子要求范闲必须到场，双方就这样僵持着，等待着范闲的到来。

叶重耐心好，叛军将领却是心急如焚，汗水不停地在脸上流过。他们也不知道太子殿下究竟在想什么，难道是要和范闲谈判吗？可事涉谋反，哪里还有活路？

太子李承乾神情平静，没有慌张，看见远远驶来的范闲，心似乎更加安定了。

定州军骑兵如波浪一般分开，范闲单骑驰过，来到叶重身边说了几句话。

叶重眼睛亮了起来，旋即便是一阵心悸，知道自己先前给太子留时间算是对了，既然陛下大难不死，那谋反的太子该如何处理，自然只能由陛下圣断。哪怕是位谋反的废太子，依然是皇帝的儿子，尤其他还是二皇子的岳父，更不能让太子死在自己手里。

范闲望向对面的李承乾，想要说些什么，一时间却不知从何说起。反而是李承乾显得更加放松，仿佛刚刚做了一个重要的决定，面带微笑地问道："你来了？"

叛军缴械投降，秦家几位家将也一脸绝望地被擒住。京都战事暂时告一段落，叶重亲率大军，护送着一辆黑色马车往皇宫驶去。黑色马车是监察院第一时间内调过来的，范闲与李承乾坐在幽暗的车厢内，气氛有些低沉。范闲打破沉默道："我答应你的第三个条件可能有问题。如果我办不到，你不要怪我骗你。"

李承乾不愿意无数叛军士兵因为自己的缘故送命，决意投降，而他要求范闲亲自答应他三个条件，才肯束手就擒。他清楚在此时的京都，手握父皇遗诏，又有绝大多数人支持的范闲，比起拥有大军却行事不便的叶重来说说话更有分量。只要范闲肯答应自己，朝廷里就没有人会再为难这些普通的士卒。此时听到范闲这句话，他以为范闲反悔，盯着他的眼睛，愤怒地问道："为什么？"

"普通士卒的性命我可以争取一下，但我可不敢保证他们都能活下来，虽说他们只是些炮灰，可……这是谋反，庆律虽不严苛，也没有给他们留下活路。"

太子听不懂"炮灰"一词，但能猜到是什么意思。范闲望着太子有些苍白的脸，叹了一口气道："至于那些参加叛乱的官员和将领，我是一点办法也没有。"

"我知道他们活不了，但希望你不要株连……都是大户之家，一旦杀将起来，只怕要死上数万人。"李承乾脸色阴沉，再次强调，"你刚才答应我了的！"

"抄家灭门还是株连九族，这不是我能控制的事情。就像先前说的那样，答应你的事情，我会尽量去做，但究竟能保住多少人，我……无法保证。"

此时，范闲眼前浮现出一个个血腥的场面，无数的人头被斩落，无数的幼童被摔死，无数的达官夫人、小姐被送入官坊、营坊之中永世不得翻身……纵使他是个冷血的人，一旦思及京都马上发生的惨剧，依然生出了阵阵凉意。

男人们为了自己的权力、官爵而谋反，最后承担悲惨后果的却不仅是他们，还有他们的妻子、幼不知事的儿女，甚至是老家的远房亲戚，抑或是很多年前的朋友……

李承乾浑身颤抖，一手攥住了范闲的衣领，苍白的脸上流露着难得的勇气，低声吼道："如果不是你答应我，我怎么会降？我怎么甘心做你的阶下囚！"

范闲没有挣脱，压低声音低吼着："不降？难道你真想在乱军之中被人杀死？"

李承乾一怔，从这句话里听出了别的意思，下意识里松开双手，颤声道："我这个太子已经废了，马上就要死了，而你是监国，大学士们都支持你……就算平儿登基继位，你也是帝师，你开口说一句话，谁敢不听你的？"

范闲有些疲惫地回道："陛下……还活着。"

李承乾骤闻此讯，双臂无力地垂在了膝盖上，虽然叶重反水之初他已经猜过这种可能性，可一旦真的听到这个消息，还是十分震惊。

"她死了。"范闲说出这句话后，转脸不再看他。

李承乾的脸愈发苍白，双眼无神地看着车厢壁，久久说不出话来。他渐渐低下头，佝着身子，将脑袋埋了下去，双肩不停地颤抖，发出一阵压抑的哭声。

或许是被这阵压抑的哭声所激,范闲的胸中一阵烦闷,下意识里运起天一道的真气法门疏清经脉。不料行至膻中处,竟是无来由地一阵剧痛,唇间喷出一口鲜血。

鲜血喷在了车厢壁上,打得啪啪作响。

由大东山至京都,身受重伤,万里奔波,未及痊愈,强行用药物压制,此后又经历了无数次危险的厮杀,他终于支撑不住,伤势爆发了出来。

此时太子的心情全部被父皇活着、姑姑死去的消息所包围,埋着头陷入无尽的悲伤,根本没有注意到范闲此时的情况。

范闲抹了抹嘴唇边上的血,看了一眼身旁这个家伙,忍不住叹了口气。

就这样,两兄弟一人吐血,一人哭泣,坐着黑色马车进了皇宫。

大皇子将马车直接领到了东宫,范闲与太子下车走了进去。这座东宫一直是庆国皇位接班人的住所,如今却要变成太子的牢笼,或者说是日后的坟墓。

大皇子看了范闲一眼便转身离开。东宫内一个人都没有,只有外面的禁军士兵在巡逻着。范闲没有太多时间去和太子解释,捂着胸口道:"你只有一天的时间。"

李承乾怔怔地望着范闲,不明白他在说什么。

"陛下应该后天回京。"范闲盯着他继续说道,"这座东宫曾被你放火烧过一次,我想再烧一次,也不会太让人意外。"

李承乾盯着范闲的眼睛,似乎是想确认他到底在说什么。

范闲低声道:"自焚而死,对你不是难事……"

李承乾眼神复杂地说道:"然后你趁火势把我救出皇宫,送到一个没有人知道的地方?"

范闲回道:"大概如此。"

李承乾道:"我不知道你为什么会忽然变成如此温良的一个人,但我要谢谢你。"

"不用谢我。"范闲面无表情地说道,"只不过长辈们习惯了安排一切,我不喜欢。你知道我是个无情之人,难得发次善心,如果想活下去,今天晚上放把火。"

"要冒这种风险,不像是你的作风。"

"我这一生阴晦久了,险些忘了当年说过自己要抡圆了活。经历了这么多的事情,我才明白如果要活得精彩,首先便要活出胆魄来。"

说完,范闲转身离开了这座冷清的宫殿。

李承乾怔怔地看着他的背影,忽然长叹了一声,就在地上躺了下去。他的脸上浮出超脱的笑容,四肢伸展着,长这么大似乎从来没有如此放松自由过。

第十二章 愤怒的葡萄

这一夜东宫始终没有起火。

范闲一直在含光殿冷眼注视，心中感到悲凉。

留太子性命不是范闲临时起意，也不是妇人之仁，而是一种物伤其类的悲哀感作怪——大家都不过是皇帝陛下棋盘上的棋子，是被命运和长辈们操控的傀儡。

太子是个好人，很久以前范闲就曾经对陈萍萍说过。从别宫外第一次相遇开始，这位殿下给范闲的印象就极为温和，最近这两年双方虽然争斗不止，可是那又算什么呢？

当初他敢派十三郎去护太子南诏之行，今天便敢放太子一命。

如今皇宫尽在他手，以监察院的伪装现场手段，以陛下对于太子性情的了解，用自焚而死的手段神不知鬼不觉地瞒过陛下的耳目，并不是难事。

可是太子如同长公主一般，心已经死了。对于心死之人，范闲自然不会再愚蠢地做些什么。能有此动念，足以证明草甸一枪之后，他的心性改变了太多。

入夜，宫灯俱灭，京都未曾平静，皇城内却是鸦雀无声。黑漆漆的天笼罩着皇城，四处驻守的禁军与监察院官员站在原地不动，就像是雕像一般。

"谁？"含光殿内突然响起极其警惕的一声。

一个宫女点亮了宫灯，看清楚了面前的人，赶紧跪下。

此时没有几个人知道皇帝已经在回京的路上。范闲身为监国、三皇子的老师，等若是真正的皇帝，整个皇宫畅行无阻，没有一个人敢对他的到来表示疑惑。

所有宫女嬷嬷退走，他走到凤床前，看着那位躺在床上的老妇人，不等对方怨毒的眼神投过来，他右手轻轻一抹，自发中取出一支未淬毒的细针，扎进了老妇人的脖颈间，令其暂时昏迷。然后他蹲下身子，钻进了凤床下，手指微微用力将暗格打开。

二年前他曾经夜入含光殿，用迷药迷倒殿内众人，从暗格里取出箱子的钥匙，复制了一把。当时暗格里还有一块白布和一封信，但因为时间紧迫，没能仔细察看。今天这暗格中有一把钥匙，一块白布，那封信……却不见了。

范闲拿着白布细细摩挲，理不出什么头绪。半晌后他重新将白布放入暗格，小心摆成原来的模样，起身坐到床边，取下太后颈下的那支细针。

太后醒来，双眼怨毒地盯着范闲，似乎要吃了他。已经一天一夜，她无法发出任何声音，也无法动弹一根手指。感受着本来就不多的生命气息不停地流出体外，那种恐惧与愤怒却无法发泄出来，她真是快要疯了。

"陛下后天便要返京，我来看望皇祖母。"范闲望着太后平静地说道，"这是不是很吃惊？才知道自己前些天犯了多大的错误？"

太后眼神震惊，如果她早知道陛下还活着，京都局面一定不是现在这个样子，紧接着震惊，又转换成喜色。范闲拍了拍她的手，温和地道："不要高兴得太早。我会让陛下见您一面，然后您再死去。陛下是天底下最强大的人，可在医术方面却不如我。"

太后猜到他要做什么，用不可置信与仇恨的目光盯着他。

"不信您可以试一下，您这时候已经能说话了。如果您想有一个比较尊严的死法，而不是现在这样，就请回答我几个问题。那封信是谁写的？写的什么内容？还有，老秦家和二十年前那件事情究竟有什么关系？"

长公主临死前让他去问陈萍萍，范闲选择简单、直接、粗暴地讯问太后。

"不要觉得我冷血无耻，想想二十年前你们这些人曾经做过什么。出来混，总是要还的，就算你贵为太后，也逃不过天理循环。"

太后没有说出范闲想知道的答案，甚至连声音都没有发出，就闭上了眼睛。范闲早已料到，在这样的深夜，能与这位看上去慈眉善目，实则心思狠厉的老妇人进行这样一番对话，对他来说是一种精神上的安慰——尤其是在陛下即将返京的时刻。

太后还真算不上是心如蛇蝎，几十年里她没有利用皇帝的孝顺和手中的权力做出太多伤天害理的事情……除了叶轻眉那件事情。但对范闲来说，太后与那件事情有关，就不可饶恕，更何况她对他也没有什么祖孙之情，从来都没有。

对自己欣赏的人、难以威胁到自己的人，范闲可以表现出自己的大度和风度，但对有机会、有能力威胁自己的太后，他当然不会有任何孝心和柔情。

陛下回京后就会知晓京都发生的一切，不管他能不能体谅范闲夜闯皇宫的不得已，范闲都不会给自己留下太多漏洞。他用双手在太后手臂上推拿，真气送入她的体内，助她体内那颗药丸缓释的药性逐渐加快，让丝丝生气逐渐散发——做完这一切，太后重新变成了不能言不能动的人，眼神也黯淡起来，就像是老人临死前的痴呆状态。

如果要保险一些，范闲应该赶在皇帝回京之前，就让皇太后非常自然地死去，但他不敢冒险去赌皇帝的心。如果太后能活到皇帝回京，她的死亡便不用由范闲负责，而如果太后死在范闲监国的时间段里，恐怕他要迎接皇帝冲天的怒火。

刻意放大声音劝慰数句，范闲走出含光殿，他一边向外走，一边对宫女嬷嬷们微微点头。在众人敬畏的目光中，他走到殿前石阶上，看了远处的东宫一眼，没有看到火光，也就没有再做什么。

在灯火通明的皇宫门口，范闲看到了匆匆赶来的靖王爷，这位王爷今天终于不再做花农打扮，正经穿起了王爷服饰。靖王府与范府向来交好，京都动乱时多有援手，范闲对这位王爷感激不尽，赶紧迎了上去，深深一拜。

宫中消息已经放出去了，官员百姓们都知道，太后因为太子、长公主叛乱急火攻心，加之皇城被围，受了些惊吓，又患了风寒，卧于床上，只怕没有几天好活。

靖王爷毕竟是太后的亲生儿子，听到这个消息当然要急着入宫。他看着范闲忍不住叹了一口气。大家心知肚明，太后的急火攻心与太子没有太多关系，范闲也不担心靖王爷会看出自己做的手脚。如果连靖王都瞒不过去，何况马上要返京的皇帝？

"皇兄……还活着？"靖王叹完气后问道。

范闲点了点头："在太平别院处，见着陛下给长公主殿下的手书。"

靖王从来不掺和政事，却也知晓这次谋叛牵涉何其广远，而陛下活着的消息，让他猜到了一部分真相。他嘲讽道："皇兄好大的心胸，好厉害的手段。"略微一顿后，他神情黯然地又道，"你如今是监国，云睿的后事由你处置吧。"

心忧母后病情，他没有多说，说了一下范尚书的情况，便在太监的带领下往含光殿的方向急走。范闲得知父亲已经安然归府，心下稍定，旋即想到还有一大摊子麻烦事情需要处理，眉头不禁皱了起来。

有太多的官员死去，陛下还没有回来，京都一片混乱。叶重在解决掉太子的问题之后，亲自领兵出京，于原野上会合定州赶来的后续部队，开始追击叛军残兵。大皇子亲领禁军值守皇城，也不可轻离。胡、舒二位大学士正在御书房内处理一些紧急公文。范闲虽是监国，手上没有人，什么事情也做不了。好在京都府孙敬修在投诚之后，坚决执行了自己的职司，在监察院的协助下，正在努力维持着京都治安以及秩序。

逃难的百姓白天已经出了城，留在京都的百姓则开始苦苦候着平定。深夜的京都恢复了安静，四处作乱点起的火，也渐渐熄灭，只有几处还在闪着火光。

范闲看着青石板上的破石痕迹和还未来得及洗去的鲜血，沉默不语。荆戈等黑骑以及监察院官员死伤惨重，侥幸生还的人已经被送到了监察院医治。太医们也在临时征调的民宅里救治禁军和定州军的伤者，然而仍然有很多人死去。

广场东北角有军士在沉默地搬运尸体，于黑暗中堆成小山，看上去阴森无比。

范闲从怀中取出一颗药丸送入唇中，没有喝水，硬嚼两口咽了下去——不是麻黄丸，而是正常的疗伤药物。然后他咳了两声，用袖口抹去唇边的血丝。

这是他第一次经历真正的战争。看着一幕幕惨烈的场景发生在自己的眼前，他终于明白，小时候挖坟赏尸并不能将自己的神经锻炼到冷酷无情的地步。他在内心深处再一次对自己说：这个世界，没有好战争，没有坏和平，庆历五年与海棠之间的协议一定要做下去，哪怕会面临一个从没有遇到过的强大敌人。

庆余堂也许已经被烧成废墟了，他在心里想着。为了事后不引起疑心，四周民宅也要遭殃，这是兵乱时的常见场景，想必不会引起太多注意。

正在此时，一骑自西北方向急驰而来，惊动了刚刚安静不久的夜。人们警惕起来，疲惫不堪的禁军勉力抬起手中的兵器，直到他们注意到来人穿着监察院的官服。

范闲看着驰到身前的下属，一言不发，眼神里带着浓重的询问意味。来者是启年小组的成员，由王启年一手挑的人，毫无疑问的忠诚，所以他安排此人暗中盯着藤子京，以防庆余堂老掌柜们出京时遇到什么危险。

那个监察院官员压低声音禀道："出了些意外。"

四周没有什么闲杂人等，范闲直接道："说！"

官员看了四周一眼，小心道："点火很顺利，混入逃难的人群出城也没出问题，但留在原地的兄弟发现还是惊动了对方的眼线，只是不知道这些眼线是谁的。"

范闲当然知道那些人肯定是皇帝陛下的眼线，这些老掌柜脑子里的东西太宝贵，宫中肯定有一组专门人员负责监察，就算京都发生了叛乱，这些人也一定会盯着庆余堂。

"我拢共没几个人，就给了你二十个，你应该明白我的意思……"范闲寒声道。

那个官员低着头不敢做一句辩解，道："对方手底子硬，被他们跑了三个……"

营救庆余堂老掌柜出京，本身就是一次冒险，为了保密无法动用太多人，计划难免会有漏洞，执行起来果然不顺利，范闲不禁有些恼火。

官员抬起头来，情绪复杂地继续说道："我们后来追上去，发现了十几具死尸……还有给大人您留的一句话。"

这句话很难听明白，而且在逻辑上完全不通，跑了三个宫中眼线，怎么却发现了十几具死尸？范闲心里咯噔一声，急问道："什么话？"

"那人说……家里有人等。"

家里有人等，范闲当然就要回家，今日第二次踏入府门，他直接奔向了后园父亲的书房。书房内的灯光透出玻璃，照耀在假山清水之上。范闲暗松一口气，不经传报，直接推门而入，看见柳氏正在收拾什么，目光一扫，才知道父亲刚喝了碗酸浆子。如此时局，父亲还有闲情喝酸浆子，范闲不禁佩服至极，但又觉得有些好气。他先不理父亲，转身向柳氏行了一礼，问候道："母亲可还安好？"

如今的柳氏已是范府主妇，微笑着说了句话便离开了书房。

"庆余堂外面的眼线是为父派人杀的。"坐在太师椅上的范建抬起头来，看了儿子一眼，眼神中流露出宽慰与一丝责备。这位自京都事发，便在京都里四处躲藏的老一代人物，此刻终于不再隐藏自己的心思，"我不知你因何而变得如此激进，如此错漏百出的一个计划居然也敢执行……莫非你真以为陛下看不出来？"

范闲的心态确实出现了极大的变化，比以前多了很多勇气，而在实施勇气的时候，往往会有漏洞。他苦笑一声道："辛苦父亲大人。"

范建暗中替皇室训练虎卫，如果说私底下没有隐藏实力，绝对说不过去。那些内廷的眼线是父亲派人杀的，范闲并未感到意外。

"杀人很简单，事后的说辞才复杂。"范建道，"即便京都大乱，乱军大杀……但你想过没有，庆余堂几位老掌柜难道这么凑巧都被大火烧死？你在火场里放了十几具尸体，只不过是掩耳盗铃。还有那些内廷眼线，即便你让人把他们全数杀死，又怎么保证你的属下没有陛下的眼线？"

"是分头行动，除了启年小组，其余人并不知晓内情。"范闲解释道。

"好，就算监察院被陈萍萍整成铁板一块，那我来问你，事后由谁向陛下解释，那些盯着庆余堂的内廷眼线居然一个不剩地死光了？而且这些老掌柜在京都还有家人。他们真的想离开，敢离开？"范建看着儿子，和声道，"我只让藤子京送了四位老掌柜离开，庆余堂必须要有活着的人，才符合常理，明白了没有？"

"明白。"范闲额上沁出一层冷汗。

"至于与内廷眼线厮杀，对庆余堂老掌柜动心思的人，不是你，也不是我，而是长公主。"范建的眼神冷漠了起来，"那十几具尸体是信阳方面的死士。既然要说服陛下，就要让陛下相信出手的人有这个需要。长公主知晓内库的重要性，她当然会想着去争夺庆余堂，只她有这个能力，有这个想法。"

范闲心服口服。

范建忽然叹了一口气："安之啊，为父不知道你究竟是怎样想的，为什么会这样做，但你要记住，你是庆国人，为父也是庆国人，无论如何，不要做出伤害我大庆国本的事情来。"

范闲心头一震，知道父亲看穿了自己的打算，欲要辩解两句，又着实不忍撒谎欺骗，只好沉默。

范建又叹了一口气，摇头说道："这内库……终究是你母亲的。虽然我不愿意看到某些事情的发生，可你……想怎么做便怎么做吧。"

范闲很是吃惊，没想到父亲会做出这样的决定。父亲当然不会欺骗自己，伤害自己，但他明知道内库对庆国一统天下的重要性，为什么还要帮助自己？

"我已经老了，而且没有什么力量了。"范建不知是不是想起了死在大东山的那些虎卫，肃正英俊的面容上增了几分倦意与苍老，接着又缓声道，"待陛下回京后，我便要请辞，这些天在京都能帮你一些就帮一些，总不能看着你出事。"

范闲的心中再次一震。那年春天皇帝纵容朝廷言官攻击、清查户部账目，就是要逼父亲辞官归老，父亲沉默以应，硬生生地拖了两年，为何今夜却忽然要说辞官？

"为什么？"

范建没有回答，笑了笑，转问道："宫里的情况可还好？"

范闲怔了怔，应道："太后病重，太子已经被关进了东宫，应该没问题。"

范建点点头，看着他赞赏道："你回京不过七八日，能够在这样艰险的情况下替陛下将京都守住，不得不说，你的表现超出了我的预料，很好。"

听到这赞扬的话，范闲没有什么喜悦，苦笑道："我与老大在京都拼死拼活，谁能料到陛下却将所有的事情都算好了。如果没有定州军最后的反水，今天皇城无论如何也守不住……"

没有等他把话说完，范建阻道："陛下深谋远虑，圣心远旷，自然不是我们这些做臣子的能够妄自揣忖……叶家着实出乎所有人的意料，接连几年的逼迫，原来竟是陛下的一招潜棋。由此看来，一年半前京都山谷狙杀你的判断是正确的，我倒是错了。"

去年山谷狙杀之后，范闲与父亲研究过那几座城弩，曾经想过陛下会不会迁怒叶重？由此又说到庆国军方历史，赫然发现，这二十年间叶重一直任着京都守备师统领，皇宫的禁军统领与大内侍卫首领为一人统管也只出现在宫典身上。

当时范闲便生出怀疑，陛下既然对叶家如此信任，为何又要逼着叶家与二皇子联手，倒向长公主？范建给出他的理由，范闲认为有理，便放过了这个疑点。没料到此次京都之乱，这个疑点终于揭开了陛下所谓的隐忍、多疑弱点的真相。

陛下构织了一个大谜团，不仅迷惑了长公主和天下所有人，连范建这个自幼一起长大的亲信也被骗得死死的。

说到山谷狙杀，范闲眼前不由得浮现出当日的白雪、红血以及枢密院前的人头，还有自己的嚣张，忍不住苦笑一声，心想在陛下和长公主的面前，自己当日的嚣张是何等的幼稚可笑。他心头一动，问道："父亲，秦业他……为何要背叛陛下？"

这不仅是他的疑问，也是很多人的疑问，只是皇权争斗，天下大势之争夺，让所有人天然地认为，秦家的背叛如同史书上每一起内部倾轧一样，是理所当然的。可是范闲听到了长公主临死之前的话，心中开出一枝毒花，开始格外注意这个问题。

虽然秦家在明家有一成干股，暗中指使胶州水师屠岛，可是对于一位军方元老来说，单他的颜面就足够让陛下轻轻揭过此事——只要他一直对陛下忠贞不贰。而皇帝陛下又是何等样的人物，如果不是从未怀疑过秦业的忠诚，又如何能让他在枢密院待了那么多年。这些年秦老爷子一直称病不朝，这枢密正使的位置也仍然给他留着。

范建未曾沉思，冷漠道："也是在山谷狙杀的那日里，我曾经说过……皇后父亲的头颅是被我砍下来的，但谁知道，那些该被砍掉的脑袋是不是真的砍完了。"

范闲心尖一颤，明白了父亲的意思。

"当年我随陛下远赴西胡作战，陈萍萍被调至燕京一带应付北方紧急局势，叶重也随后军驻定州为陛下压阵……"范建垂着眼帘，继续道，"其时秦业以枢密院正使的身份掌控京都军力，如果说他也参与了京都之变，没有人会觉得奇怪。"

很奇怪，如果秦老爷子也是谋杀叶轻眉的元凶之一，那四年后的京都流血夜，皇后一族被斩杀干净，京都王公贵族被血洗一空，为什么秦家却没有受到任何牵连？陛下、陈萍萍、父亲三人联手为母亲复仇，怎么会放过秦老爷子？迎着范闲疑问的目光，范建缓声道："问题是从来没有证据说明秦家参与了此事，就如同太后一般……"

陈萍萍曾经对范闲说过，叶轻眉的死亡，太后应该不是元凶，只有个纵容之罪，但他对秦家曾经扮演的角色有很大的怀疑，不然像黑骑的副统领荆戈——这样恨不得灭秦家满门的危险人物，陈萍萍把他藏在监察院里，为的是什么？

可如果秦家真的如陈萍萍所料，参与过谋杀叶轻眉，为什么他能一直活到现在？一念及此，四处的寒意从范闲毛孔里渗了出来，温暖的书房也于瞬间犹如数九寒冬。

他曾经无数次地猜想过，很想接近于那个真相，可是他不敢问。陈萍萍也没有说过，而且无比冷酷地进行各种阻止，不给他任何开口的机会。

因为那个猜想，范闲对庆国有一股天然的畏惧感，故而一直悄悄地将自己的重心往北齐转移。今天真相越来越清楚了，他沉默了很长时间，低声道："如果秦家真的参与谋杀，今日也算是遭到了报应。"

范建也沉默了起来。

范闲离开书房往后园走去，夜风秋凉如水，扑在脸上，他有些茫然地想着山谷狙杀中陈萍萍的放手——老跛子不愧为天底下最厉害的人，早已看明了一切，却小心翼翼地将真相隐瞒着，独自做着那些事情，还用疏远、割裂的方法来维系日后自己的平安。

他一直在学习陈萍萍，所以今夜也只能沉默，父亲就要辞官回乡，何必因自己的猜测让他再陷于京都危境而无法自拔？为了彼此的安全，双方都要分割，这才是真正的疼爱，就如陈萍萍疼爱自己那般。在这个时候，他十分想见陈萍萍。

可惜，这时候来范府的不是陈萍萍。范闲还没有看到自己的妻子，便被请出了府门。他看着宫典深吸一口气，压下心头的烦躁，道："宫大人。"

宫典沉声道："有件事情要麻烦澹泊公。"

听到"麻烦"二字，范闲便知道肯定有大麻烦。今天京都死了太多人，他的情绪不怎么好，而且极需要休息和思考一下，此时被人打扰，当然没有什么好脸色。不过监国是这么好当的吗？他强行压下心头的烦躁，问道："何事？"

宫典看着他，似乎有些犹豫和犯难，似乎白天于上万叛军阵中一刀砍向秦老爷子时，也没有这么困难。范闲不说话，只是静静地看着他。宫典压低声音道："请公爷去王府一趟，我劝不住小姐……"此话一出，范闲马上明白了。"大帅出京追击，令末将接小姐回府，不料小姐誓死不从……"宫典知道现在的京都只有范闲才有资格处理皇室的事情，也只有他能处理此事，所以不再顾忌定州方面的颜面，直接把话说了出来。

在整个宫内外动乱中，活着的人最苦的只怕就是婉儿和她的闺中密友叶灵儿。妻子心伤生母之亡，叶灵儿的委屈愤怒只怕也不会少。当年叶灵儿嫁给二皇子，也真算得上情投意合，只是没有人想到，这门婚事竟然是皇帝与叶重所拟计划的一环。换句话说，叶灵儿连棋子都算不上，她只是付出了自己的感情与婚姻，成为叶家取信长公主一方的筹码，事到临头却愕然发现，原来自己的父亲一心想要对付自己的夫婿。当然，那位夫婿也很想利用她来控制定州军。

一念及此，范闲不由得想起长公主临死前吐出的那三个字——男人啊。世间男子均被名利、权势，以及所谓的理想、大义所控制，真不是东西——也包括他自己。可他自问做不出这种事来，对卖女儿的叶重更是生出几分厌憎。宫典猜到他此时心里在想什么，表情十分不自然。

范闲问道："二皇子也被关在府中？"

宫典应了一声。范闲沉默片刻后道："无碍。大东山上陛下曾经说过，能不杀，则不杀，尤其是……承泽。"

宫典有些吃惊。他知道陛下生还的消息，却是第一次知道陛下对范闲亲口有此交代。如果陛下愿意留二皇子一条性命，叶灵儿不用当寡妇，那当然是好事。

范闲想到大东山上陛下的交代，才明白原来其时陛下就已经自信地算到，他定然能安全回京，长公主领着太子和二皇子必败，才会刻意提醒自己留老二的一条性命。而留老二一命，其实只是留给叶灵儿一个男人，留给叶家这个大功臣一些颜面，不然若老二暴毙，让叶灵儿如何处之？天下议论纷纷，让叶家如何处之？

范闲第一次踏入二皇子的府邸，心中的感觉不免有些怪异，不知道那位性情、容貌、气质与自己有些相似的兄弟，此时此刻究竟在想些什么。

后院冷清，房中仍有灯火，叶灵儿沉默地坐在桌旁，一言不发，眼角犹有泪痕，往常那双如玉石般明亮的眼睛，多了一些说不清道不明的疲惫和委屈，更多的还是隐而不发的怒气。此时的王妃就像是一只随时可能扑上来咬人的老虎，被丈夫利用先不提，被父亲欺瞒，才知早被家族抛弃，这让她如何能够承受？

范闲心中生起怜惜之意，走到她身旁，和声道："宫典让你回府，也是好意，等过些日子事情淡了，你和承泽不依旧是在一处？"

叶灵儿才发现进屋来的原来是范闲，本想嘲讽两句，却是心头一恸，低头无声流泪。

范闲何时见过她这等婉约悲伤的模样,一时间不知该如何劝说。半晌后,叶灵儿抬起头来,双眼无神地看着他问道:"你不在宫中做你的监国,跑到王府来做什么?"

"劝劝你。"范闲很直接地回道。

叶灵儿摇了摇头。

"不要犯倔了,这件事情你父亲也是没有法子……说来说去,如果老二当初能听你一声劝,不掺和到这些事情中来,何至于有今天这个局面。"

突然,范闲无来由地恼怒起来。这几年他全力打击二皇子,就是想动用监察院和陛下的宠信,将老二的势力打压下去,断了他夺嫡的心思。没料到老二的夺权之欲如此之重,加之长公主妙手逗弄,此策竟是没有起到丝毫作用。

叶灵儿自嘲一笑道:"师父,这件事情我自然不会怪你,落个如何下场,都是他自己的事情。这几年连你都打不退他狂妄的野心,我一个女人家又怎么能劝服他?你也不用劝我离府了,他事涉谋反,谁会给他一条活路?我与他终究是夫妻一场,既然父亲与族里的人从来没有把我当人看,我便随他一道去了也好,在黄泉下再做一对夫妻,想那孤清地里,他总不至于还要做当皇帝的美梦。"

范闲从叶灵儿平静的神情中看出一种死志,声音一颤道:"和你明说,陛下在大东山上亲口对我传旨,承泽……不会死。"

听得此言,叶灵儿眼中闪现出意外之喜,旋即又马上黯淡了下去,叹道:"所有人都说他外表温柔,内里却冷漠无情,这话没有说错……宫中的母亲对他也是持之以礼,可他这一生何时感受过什么是真正的温暖?所以他不仅对人无情,对自己也极为冷厉……你们都不知道他内心里是个何等样骄傲自负的人,这次完完全全的失败给了他多大的打击。就算父皇留他一条活路,可他又有什么颜面继续活下去?"叶灵儿伤心无措地看着范闲,哀伤地道,"回府后他不肯说一个字,我知道,他已经

211

有了死念……如果这时节连我都走了，世上所有的人都抛弃了他，他还能有什么选择？"

范闲深吸了一口气，直接问道："他在哪里？"

二皇子李承泽蹲在椅子上，手里拎着一串紫色的葡萄正往嘴里送。这一幕范闲曾经看过无数次，但今夜的二皇子头发散乱地披着，俊秀的面容上带着一种谁也看不明白的表情。他唇角微翘，似乎在嘲笑什么，整个人看上去显得异常颓废。

"你死了，淑贵妃谁来养老？王妃怎么办？"范闲坐到他的对面，尽量平静地说道。

范闲与二皇子气质极为相近，这是京都里早已传开的议论。明明眉眼不似，但相对而坐，却像是看着镜中的自己，而此刻他仿佛看到的是未来的自己。

二皇子微微一笑道："我还能活下来吗？"

范闲重复了陛下的旨意。

二皇子自嘲地一笑道："如黄狗一般活着，余生被幽禁在府中，待父皇百年将到、新皇即位之前，叶家如狗一般宰死，我再被赐死？既然如此，我何苦再拖累灵儿，拖累那位无耻的岳父？而且这样活下去，真的没有什么意思。"

范闲沉默片刻后道："看来你的雄心终于被磨灭了。"

二皇子手里的葡萄停在了唇边。

初秋的紫葡萄甜美多汁，此时他脸上的笑容也一样。

"现在想来，抱月楼前茶铺里你竟是没有撒谎。这两年你一直在想着将我的雄心打掉，回思过往，我必须谢你。说来奇妙，我一心以为姑母会助我，一心以为岳父会助我……原来倒是你，我这一生最大的敌人，对我还有过那么一分真心。你真是我们老李家的异类，而我……"说着，二皇子大声笑了起来，"我又是什么东西？我自以为算计过人，身后助力无数，皇位指日可待，哪里料到什么事情都是父皇安排好的。我比棋子都不如，连承乾这个懦夫都不如，我什么事都做不成，我什么办法也没有，就像是个手足无力的小孩子，只知道傻傻地看着这一切发生……"

他的声音越来越高，不知道是在愤怒什么，明显不是对范闲。或许是愤怒于自幼被父皇放到了磨刀石的位置上，被迫着一步一步走到了今天的境地；或许是愤怒于叶重的无情反水；或许是愤怒于自己为何要降生在皇宫中……

范闲从婉儿处知晓二皇子的小名叫石头，但就是一块单纯的顽石，被陛下用皇权这把剑磨了这么多年，也会带上些戾气与负面的东西。

"我是什么？"二皇子的泪水和鼻涕在脸上纵横，"我就是个笑话！"

范闲想说，在皇帝陛下面前，好像天下所有人都是一个笑话。然而这句话他没有说出来，因为他震惊地看到一边笑一边哭的二皇子说出"笑话"二字后，吐出了一口黑血。

那口黑血吐到了紫色的葡萄上，滴滴答答地往地面垂落，打湿了灯火照耀的地面。二皇子低着头，下颔上一片血水。他双眼低垂，举起手止住范闲向自己靠近。

"你进府的那一刻，我就服了药。我知道你是费介的学生，但毒素已经进了心，救不活了……你虽然厉害，但是总不能拦着我死。"

只要一个人有了死志，无论用什么办法也不可能保住他的性命，范闲明白这一点，看着对方，心中一片空荡，陷入了茫然与忧虑的不安中。

"不用担心什么，我先前已经写好了遗书，宫里不会怪罪你，没有人会认为你鸩杀了我。"二皇子用沾着血的手在怀里摸索出一封信，轻轻地放在桌子上。

没有想到他临死的时候，居然连自己担心什么都想到了，范闲心头一动，知道他真的如灵儿所言，对自己真是狠厉到了某种程度。

二皇子用羡慕的眼神看了范闲一眼，用袖子胡乱擦了擦嘴唇，又用两根细长的手指仔细掰掉被毒血沾污了的葡萄粒，拿着剩下的葡萄重又往嘴里送去。吃完葡萄，他将手在身上擦干净，叹了一口气，看着一直沉默的范闲，幽幽地道："我不想继续活着当笑话。"

范闲明白他之所言，缓慢地点了点头。

"其实你也是个笑话。"二皇子的脸上渐渐浮现起一层死灰的颜色，目光有些涣散，不知道又想起了什么，"这京都想杀你的人不少，不错，最开始动手的是我，但你以为承乾就对你有多少顺从？秦家在山谷里没有杀死你，他气得在东宫里跳了一夜的脚……可为什么？为什么……你对承乾的态度却和对我完全不同？"

其实范闲自己也想不明白，为什么他一直对太子有诸多宽容柔和，对老二却是死缠烂打，不惜一切代价也要把他弄下来？

"从一开始你就不喜欢我，当然，我也不喜欢你……也许是我们两个人太像了，任是谁，都不会允许世上有另一个自己存在，都会想办法抢先将对方除去。"二皇子的眼帘有气无力地耷拉着，"如果你是荣国府里的贾公子，我就只能是金陵城里的甄宝玉，在书中永远捞不到几次出场的机会……我一直以为承乾是兄弟们当中最怯懦的那个人，但直到要死，我才发现，原来自己也很怯懦，我宁肯死去，卑微地离开灵儿和母亲，也没有胆量去面对。我死后，你替我照顾灵儿……至于母亲，她最好的结局大概是被打入冷宫，以后麻烦你帮我照顾一下。"

二皇子俊秀的脸上浮现出一种死灰，用眼睛瞪着范闲，强行说完这一番话，胸膛处一阵剧烈的起伏，噗的一声呕出一大摊黑血，摔落椅下，发出一声闷响，便没了呼吸。

范闲一脸麻木地看着二皇子的尸身，忽然感觉这初秋的夜，怎么这么冷？

都不给自己开口拒绝的机会吗？长公主死的时候，把婉儿交给自己；太子明知自己必死，将那些叛军将士和大臣们的家人托付给自己；老二又交代自己要替他照顾灵儿和淑贵妃……为什么？难道你们不知道我是你们不共戴天的仇人？难道你们的死不是我造成的？为什么你们临死前要扔这么多包袱给我？你们想压死我？你们就笃定我会帮你们？你们这些死人！死便死吧，却要我这个活人难受地活着！

他走到二皇子尸身旁看了一眼，拿起那封薄薄的遗书揣入怀中，出房行至王府后园卧室中。青灯寒光之下，叶灵儿犹自木然呆坐，浑不知园后究竟发生了什么。他在心里叹了一口气，走到她身后一掌劈了下去，将她打晕。

宫典迎了上来。范闲将怀中那封遗书交给了他，同时将肩上扛着的叶灵儿交给了他，低声说了几句什么。宫典听闻二皇子的死讯，大为惊骇。

"老二写了封遗书，陛下不会怪罪你我。"范闲叹了口气，紧接着正色道，"王妃醒来前，先捆住她的手脚，再告诉她这个消息，如果她不肯吃饭，你就给我灌米汤！"

最后两句话他几乎是咬着牙吼出来的，宫典一怔，心想确实也只有这个法子可行，倒没注意到他的失态，无奈道："可是小姐性如烈火，总不能捆她一生一世。"

"火并不可怕，来得快也去得快，总不像自己和老二这种冰坨子般的刺人。"范闲在心里想着，压低声音说道，"过些日子，待事情消停些，我再来劝她。"

待处理完王府这边的事，京都的夜已经渐渐退去，遥远的东方隐隐有一抹鱼肚白透了出来。范闲没有休息，还有太多的事情需要做，紧接着他绕回范府一趟，便直接去了皇宫。

他与大皇子并排站着，看着面前这三具黑黑的棺材，二人都沉默不语。

仅仅一日之前，他二人还站在皇城上忧心着宫里的安危、庆国的天下，谁能想到，皇城危急之时，范闲踩在脚下的黑棺材，已经开始容纳失败者的皮囊——此时长公主和二皇子正安静地躺在棺材中，还有一具棺材是空的，不知接着躺进去的是谁。

"这不像话。"大皇子表情沉重，长公主倒也罢了，二皇子与他的兄弟感情却是作不得假，虽说这两年间兄弟二人渐行渐远，此时看着棺中人依然难过不已。

范闲疲惫地道："礼部的官员都吓跑了，太常寺也没几个人，暂时安置一下。天家颜面要照拂，总不能停在府里。"

大皇子叹了一口气，没有再说什么，转身向着皇城内走去，背影有些萧索。范闲知道在连番重压以及渐渐传来的各种死亡消息前，大皇子撑不住了。他也感觉到从身体最深处传来的阵阵疲惫，眼皮都快抬不起来。他用手拍打了一下脸颊，轻声道："回府。"

从闯宫前的准备开始，他已经有两日两夜没有睡觉，伤势复发，麻黄丸药力全尽，不敢再吃，精神体力确实已经到了极限。

回到府后，他没有去看住在柳氏处的婉儿，沉默地在床上坐了一小会儿，一脚将那只黑箱子踢进了床底下，衣服未脱，便呈一个大八字躺倒。明明已经疲倦到了极点，他却偏偏睡不着，睁着亮亮的眼睛，看着黑黑的屋顶，不知在想什么。

第十三章 孤家寡人

没睡多久范闲便醒了，起床后胡乱吃了些东西，用热毛巾烫了一下脸，强行恢复了精神。出府之际，他下意识地往府中看了一眼。从太平别院回来之后，他还没有看到婉儿，不知道现在妻子的心情如何。入宫之际，他无意中往宫门上看了一眼，朱红的宫门上到处是火烧烟熏的痕迹，一些兵器造成的裂痕咧着嘴巴，露出内里的木屑，而那些被撞落的铜钉，早已被打扫干净，只在门上留着无数难看的疮疤。

在这一瞬间，范闲确认了一些事情——这座宫，这座城，这个国家，终究是他生活了很久的地方，他已经对这里生出了深厚的感情。纵使这座宫是那般阴冷，纵使这座城曾经辜负过多少人，纵使这个国家在某些人的掌控下曾经有过那么多罪恶，可他依然把自己当成庆国人，有很多事情在没有查清楚之前，他不介意在努力美好生活的同时，尽力维系这片国度上人们的安宁，就像他这些年一直在做的那样。

那么多的人死了，他更要好好地活，除非有人不想让他活。

请胡、舒二位学士回府暂歇，范闲坐在空空的御书房内，忍不住摇了摇头。往常皇帝老子在时，这座御书房虽然一样安静，但总是充满着一种别样的味道，是威严？还是什么？反正和此时的御书房完全不一样。所谓君子不欺暗室，但范闲不是君子，此时他一个人坐在御书房中，看着那些堆积如山的奏章，看着那方软榻，想到皇帝一直就是在那里操控着整个庆国的朝政，不由心头一动——如果自己坐上去，会是什么感觉？紧接着他摇了摇头，薄唇微翘，露出一丝自嘲。当了一天一夜的监国，就险些把他累成夏天里的大黄狗，再看刚才胡、舒二位大学士被太监扶着的狼狈模样，范闲确认，皇帝这个工作，真是太辛苦！

"请三殿下过来。"

范闲对御书房外的小太监说了一声，旋即想到洪竹还有一些参与叛乱的人仍被关押在冷宫中，不知陛下回来后会如何处理，只希望洪竹没有大碍。

没过多久，三皇子李承平在老嬷嬷和几个太监的陪伴下来到了御书房。范闲挥手让闲杂人等退了，牵着三皇子的手来到存放奏章的书台前。

李承平看着范闲的目光也和在江南时有些不大一样，更加敬畏。范闲注意到了这一幕，并不如何在意，要培养一个九岁就敢开妓院、杀人的皇子成为一位仁厚的君王，单纯的道德说教根本不行，必须要让他明白，世间很多事情用光明正大的手段也能达到目的。三皇子需要一个榜样，那就是他，因为他是诗仙，他是强者，他是权臣，他是老三的救命恩人，在庆国大部分百姓的心目中，他是一个好人。他希望将来庆国的皇帝也是一个好人，就像……太子那样？

"先生……听说父皇……"李承平有些紧张地看着范闲。

范闲笑了起来："神庙在上，陛下自有天命护身，那些宵小之辈，自然伤他不得。"

"噢。"李承平的脸上浮出喜色，如果父皇死了，他会在先生和大哥的护持下成为庆国的下一任皇帝，可他毕竟还是少年，心思没有那般狠厉。

范闲状似不在意，却细细留心着李承平眼神里的情绪变化，道："日后陛下也许会经常让殿下来御书房旁听，殿下先熟悉一下地方。"

李承平有些茫然。他来过御书房，也知道太子哥哥、二哥、大哥，甚至是先生，在朝会散后都经常在御书房内旁听父皇和大臣们议事，可是以后还有多少人呢？

"有很多话，大概没有人敢对殿下说。但我必须和你说一下。"

皇帝马上就要回来了，范闲要对老三做出自己的交代。因为他清楚，这孩子心思其实细腻无比，所以先前他一直用殿下称呼对方，此刻却是直称你。

"大殿下日后肯定要去边关。"范闲面色一沉，用自己的语言述说着陛下日后要做的安排，"他天性刚烈而良善，绝不会主动做出有伤兄弟情谊的事情，你不准多疑。"

三皇子有些紧张，不知道先生为什么忽然要说这个。

"我将来也是要走的，天下如此之大，我总要去海角天涯看上一眼才算不虚此生。"范闲微笑道，"所以你也不要疑我，即便你长大后……也不要疑我。"

三皇子张着嘴，不知为何感觉到一丝害怕。范闲敛了笑容，平静地道："这不是身为臣子该说的话，但我想说给你听。此生二十年，我已经厌倦了彼此间以猜测试探心意，不管你日后长大了还信不信这句话，但一定要记住这句话。"

如他所言，这种话已然犯了天子家的大忌，但他偏生这般平静地说了，说得如此自然。李承平怔怔地看着他本来英秀俊朗，今日却有些憔悴的面容，点了点头。

三天后京都局势平定，三骑再次入京，宣告了陛下祭天归来的消息，惊魂未定的京都百姓们欢喜雀跃。范闲带着三皇子，与大皇子一道，连同幸存的老臣们，行过留有兵刀之迹的街道，走出正阳门，于十里外停驻。

数千人密密麻麻地跪倒，官道上站不下，很多人就直接跪在道路两旁的麦田里。此时秋收未到，金黄的麦穗撑过了战马的践踏，带着沉甸甸的收获于微风中两方摇摆，无数人的心情有如麦穗一般摆动激荡，守望着远方行来的明黄御驾。

御驾缓缓而至，平稳地停在官道上。今日官道未曾铺黄土，也未洒清水，皇帝陛下的双脚依然没有任何迟疑，坚定地稳稳走下，踩在了京都周边的土地上。

皇帝将手从姚太监的肘部挪开，平静的目光缓缓扫过四野，数千臣子将士跪于地面正在膜拜他，但他的表情还是那般淡漠，脸上没有太多的情绪。

震天响的山呼万岁声中，皇帝的目光自远方的京都城郭拉到近处，明黄龙袍一展，他平伸双臂，平静而霸气地对着前方的原野，山呼万岁的声音渐渐停歇。

他的视线掠过胡、舒二位大学士和一身戎装的大皇子，掠过紧张而微喜不安的小儿子，最后落在范闲那张英秀逼人的面庞上，注意到这小子的脸上带着一种极浓重的疲惫。他不由唇角上翘，但眉头又马上皱了皱，他发现范闲受了不轻的内伤。

皇帝的目光一直落在范闲的身上，范闲浑身不自在，不知做何反应，待看着陛下的双脚向着自己走来时，更是觉得不安。

临到范闲身前时，皇帝忽然转了方向，郑重地扶起了舒芜以及胡大学士，双手握着舒老头的肩膀微微用力，用和缓而有力的语气道："老学士受苦了。"

接着皇帝扶起了在京都一役中身先士卒、立下大功的大皇子——对这位自己从来都不怎么喜欢的大儿子，皇帝的心情有些复杂，表面却是平平静静。皇帝又拉起了李承平，用右手轻轻地在小儿子的头顶抚摩了一阵，然后转身往御驾走去。

所有人都目瞪口呆，心想这便完了？不是说天子回京的仪式走完没有，而是说护国首功之臣、澹泊公范闲还直挺挺地跪在地上，陛下怎么一点表示也没有？舒芜和胡大学士互视一眼，范闲也有些搞不清，不知道自己是不是该站起身来。

"起来吧，莫非朕不扶你，你就站不起来？"登御驾时，皇帝淡然地往人群里抛了这句话,虽没有明指,但所有人都知道这话是对范闲说的。至于话里隐着的意思却只有范闲能明白——皇帝已经认可了他的能力与忠诚,也就是不需要扶了。

范闲起身,低头看着膝上的泥土,按理说,陛下尚未登车,做臣子的不能擅动,然而不知是从何处来的冲动,让他的右手在膝上掸了一掸。这个小动作并未引起太多人注意,却让皇帝的身体略微顿了顿,然后,所有人都听到了陛下所说的话——

"安之上车。"

大臣们面面相觑。先前陛下未亲自扶范闲站起,让众人有所猜测,谁知紧接着陛下竟给了小范大人如此殊荣,便是当年的太子也未曾享受过。一时间范闲感到嘴里发苦,但总不能逆了圣旨,于是走上御驾,掀开黄帘,站在了陛下面前。御驾虽高,却依然无法让一个人站直,所以他在皇帝的身前被迫低着头,就像天下所有人一样。

"坐。"皇帝似乎看出了他的心思。

范闲依言坐在了皇帝的对面,心情有些复杂。往年里这位君王虽然也有极光鲜厉害的一面,但远不如今日可怕——他的眼神依旧平静,却像是一片无底深渊,蕴藏着不可探底的力量。君王的王道霸气,不是从外貌体态表现,而是从手段与结果在史书上呈现。能从大东山上活着回来,能安排出如此的大局……如此厉害的人物,果然不愧是三十年间大陆第一人!他明白了这个事实,就只有接受这个事实。

皇帝低头看着胡、舒二位大学士呈上来的各路紧急奏章,没有理会范闲对自己的观望,哪怕臣子对皇帝的这种观望极不礼貌且犯忌。

御驾缓缓动了起来,窗外的天光斜着打入,照在皇帝手中的奏章上,他忽然开口道:"三年,朕还需要三年时间。"

说这句话的时候,皇帝并没有抬头,像是在自言自语。范闲清楚他的意思,经历此次叛乱,京都受损严重,朝政混乱不堪,军心已然不稳,另外东山路一带官员牵涉极众,陛下从江南择良吏前去接替,对民生的影响依然极大。收拢军心至少需要一年,消除这次大乱的心理影响至少需要一年,而真正要从财力、物资、民心各个方面做好大型战争的准备,庆国至少需要三年时间。三年后,陛下便会展开新的、想必也是最后一次北伐,被两位大宗师阻止了二十余年的历史步伐要加快了。

"事了拂衣去,深藏身与名……这是你当初曾经写过的句子,不过你不要奢望朕会放你走。如今大事未了,你一个年轻人为何要急着拂衣而退?"

御驾越来越快,天光从玻璃格子里透进,在这对父子的脸上洒下无数玻璃亮花儿。范闲的心里咯噔一声,不知如何言语。他没想到先前下意识里的掸土动作竟让陛下猜到了自己的心思,而且异常坚决无情地打消了自己的幻想或者说试探。他苦笑一声道:"打仗这种营生,臣实在不擅长,还是安安分分地替朝廷挣些银子为好。"

皇帝忽然抬起头来,道:"若你还惧人言,削权的事情,朕自会做。"

范闲心里叫苦,如果真是被迫留在庆国京都谋划,他当然不愿意被削权,监察院是他手中最厉害的武器,被陛下撕开了口子,自己拿什么与对方谈条件?

皇帝询问起京都的具体情况,虽然这三日内,京都一直向御驾不停地发去奏章,可是事涉皇族阴私,许多事情只能由范闲亲口禀报——从他离开大东山,到他化装成卖油商人进入京都,后来与大皇子定计突袭皇宫,再到最后的叶家出手……他讲得有条有理,非常清楚,只是刻意淡化了某些皇帝不愿意听到的细节。

范闲禀报的时候,皇帝又低下头去看奏章,不论是长公主之死,还是老二的自杀,都没有让他的面容有所改变,只是在禀报太后病情时,他才抬起了头。

"太后还有多少日子?"

"太医院看过了,老人家体衰气弱,受了惊吓,只怕……"范闲欲言又止。

"太医院？"皇帝的眉头皱了起来，冷冷地看着他，"那些废物有什么用，你就在宫中，难道不知道详细？"

范闲神情微黯道："确非人力所能回。"

在无数人的注视下，御驾进了京都，顺着阔直的天河大道入了皇宫。沿路上那些刚刚遭受兵灾的百姓们，强行压抑下心头的悲伤或是恐惧，喜迎皇帝陛下的归来，像是迎回了自己生活中的主心骨。

到了皇宫正门，范闲低着身子从御驾上退了下来，脸色有些难看。大皇子走到他的身边，沉声问道："怎么下来了？"

"难道还敢一路坐进宫去？"范闲看了他一眼，低声解释道，"陛下在车里问了些事，你也知道那些事不方便让人听见。"

大皇子拍了拍他的肩膀，没有说什么，此时兄弟二人其实都是在故作镇定。守住京都，避免一国之君变成国土上的孤魂野鬼，毫无疑问他们立了大功。可是皇族里死了这么多人，他们用了那么多手段，谁知道皇帝心里又是怎么想的。

皇帝陛下什么也没有想，他已经从范闲发来的紧急文书中知道了李云睿和李承泽的死讯，在车厢中又知道了这二人死亡时的具体情况。他一脸平静，就像死的是陌生人一般，依旧看着奏章。当范闲下车，他才搁下了奏章，靠在椅背上，闭起双眼，沉默着一言不发，面容上渐渐浮现出一些苍老与憔悴。

他轻轻叹了一口气，缓步走出被姚太监拉起的车帘，俯视着这座熟悉而又陌生的皇宫。迅即他的脸色又平静庄肃起来，每一根眉毛、每一道眼神都传递着他的坚强与强大。

一身素白衣裳的太后躺在温暖而柔和的凤床上，脸上的皱纹是那样的深，就像是这座皇宫一般，迎接了太多的风雨，被侵蚀成了这般模样。

皇帝对着惶恐地跪在地面的太医说了几句什么，然后坐到床边，将细长的手指搭在太后的手腕上。范闲站在帷后，心里隐隐有些紧张，因为皇帝切脉的手法十分娴熟，对医道明显有所了解。不过他对费介先生的药更有信心，那颗药丸根本就不是毒药，没人能知道太后生机渐退的真正原因，只能将之归为人老体衰，天命将至。

皇帝的手指离开了太后的脉关，低头沉思片刻，眼里闪过一丝无奈，知道无法拖住母后的离去。忽然他的眉头皱了皱，出指如风，一指点在了太后的眉心。

一指出，整座含光殿里的味道都变了，那些阴寒的秋风被一股沛然莫御的阳光驱散，一道强大而堂堂正正的气息传递到每个人的心里。

范闲感受到帷后的那道气息，心头一震，这道气息和他体内的霸道真气像亲人一般和谐，却在境界上高了数个层次——这便是他一直渴望追求而永远无法入门的世界！

他霍然抬头，隔着薄薄的帷幕望着里面，心里有个声音在对他呼喊，这就是下半卷！这就是自己练了二十年，却一点进展也没有的下半卷！

范闲自降临到这个世界之后，婴儿时便开始学习母亲留给自己的无名功诀。他午睡，再午睡，十六年的午睡便是十六年的静修，因为贪生惧死，故而毅力惊人。入京后修行仍然未曾稍有懈怠，对这上下两卷的无名功诀无比熟悉，却始终不知道一个问题的答案：功诀上册叫作《霸道》，那么下册呢？

十二岁那年，经五竹一棍击顶，破了霸道功诀关口，再经由后续几年的生死厮杀，悬空庙后京都巷中的经脉尽碎，江南行中与海棠互参，用天一道自然心法疗伤，进而大成，他对霸道真气的掌控已经到了近乎完美的境界。可他对无名功诀的下半册依然没有什么办法，因为下半册的真气法，还有运行轨迹是那样的怪异，不要说正常人，就连他这个经脉极广的怪物，也根本没有办法入手。如果说霸道真气需要宏广的经脉作为支撑，下半册则更为恐怖，除非人体内没有经脉，或者换个说法——一个人体内经脉尽通，散于五脏四肢之间，才可能修行下半卷。

一个没有经脉的人，毫无疑问是个死人。所以这一年间，范闲渐渐淡了修行下半卷的念头，然而，今天他却在含光殿的帷帐外，清清楚楚地感受到了那种境界！

如果霸道真气是一把开山斧，那帷幄中的气息则像是天神手持的电刃，气息纯正精湛，中庸平和，堂堂正正，倏忽其来，漫于天地之间，令人顿生膜拜之感。

范闲知道自己不会认错，因为这道气息与体内的霸道真气绝对来自一源，只是境界高了几个层次——当一个上下求索十余年、苦苦冥思不得其解的境界骤然出现在自己的眼前，他的身体变得僵硬，陷入了某种不可细察的激动之中。

激动之余，他又感到了害怕……

皇帝掀开帷幕走了出来，轻声道："太后累了，你们去宫外候着。"

众人躬身接旨，唯有范闲有些茫然地站在原地，半低着头，看着陛下的龙袍发呆。

皇帝的唇角微翘，知道他察觉到了什么。那一指的风情，若不是这个自幼练习霸道功诀的小子，旁人哪能有如此深的体会，如此强的震撼。

范闲的模样有大半是扮出来的，任何人在陛下的面前都不可能把心中的惊骇掩藏得一干二净，所以他干脆放开心防，自然而然地流露出此时的想法与情绪。

陛下是大宗师！

陛下练了下半卷！

范闲知道陛下知道自己能知道，所以就要展现出自己知道后的震惊与惶恐。

皇帝缓声道："你去东宫等着朕，有什么话稍后再说。"

范闲行了一礼后退出含光殿。殿内重复幽静，皇帝坐在太后身旁，轻轻地握着她的手，想着先前范闲震惊的表情，面色柔和起来，暗想这些年来苦了这孩子，总要对他有所补偿才是。可是这功诀，自己想补偿，范闲也没办法接受。

皇帝就这样坐在床边，不知道在想什么，许久后，开口柔声道："母亲，儿子还有很多话想要讲给您听，还有很多荣光想要与您分享……"

他轻轻握着太后的手，身体并不如何挺拔，反而有些低沉，世上无论多么无情的人，看着亲生母亲将要离开人世，心中只怕都会有几分不安与悲哀。

淡淡的帷纱在初秋的含光殿内飘荡着，皇帝的脸色越来越白，握着太后的手越来越紧，大量的纯和王道真气不停地往太后体内灌注。也许是大宗师的境界真能减缓死亡到来的步伐，也许是任何一个人在临死的时候都会有回光返照的刹那，太后的眼帘微微一颤，眼球转动了一下，似乎要睁开眼睛醒来，却始终……未能睁开。

皇帝知道这是母亲最后能听到声音的时刻，身子感到一阵寒冷，规规矩矩地跪在了床边，双手捧着母亲苍老的手，将嘴唇凑到太后的耳边，说道："母亲，孩儿没有令您失望，苦荷和四顾剑都死了，这天下，终将是大庆的天下……"

皇帝像个孩子一样在太后的耳边述说着最近发生的事情，甚至将自己是大宗师的秘密也说了出来，就像小孩子乐滋滋地告诉母亲，自己今天的考试得了一个满分。

因为他知道母亲只有极短的时间，他想让她走得更快乐一些。

临终告别的最后，皇帝的脸色变得凝重起来，像是在思考某些很重要的问题。斟酌许久后，他终于下定了决心，在太后耳边轻声道："母后，二十年前，朕听了你，二十年后，朕决定听自己的……安之，是个不错的孩子。"

生命之烛渐渐熄灭的太后，不知道是不是因为听到皇帝的这句话，身体忽然僵硬，猛地睁开了双眼，喉咙呼呼作响，却说不出一个字。生命最后的力量爆发，依然不能让她冲破大限，最后只是化作了眼眸里的无尽怨毒与悔意。

范闲走进东宫，知道接下来将要发生的会是历史上并不少见的父子相残戏码，心中不禁寒冷——不仅仅因为李承乾的命运，更因为先前在含光殿内展露出来的真相。

原来皇帝老子便是在自己之前练成无名功诀的人，原来他才是宫里最神秘的大宗师，难怪能够从大东山上活着回来。看来洪四痒这个招牌已经完成了他的历史使命，陛下以帝王之尊，大宗师的实力，于大东山巅从猎物的角色变成猎人，再加上叶流云，难怪四顾剑和苦荷会落到如此下场。

他再一次确认了皇帝的冷血无情，想那年自己经脉尽碎，险些丧命，皇帝怎能不知道发生了什么事情，况且他本身也是练习无名功诀之人……如果世上有人能够破除霸道功诀的副作用，便只有皇帝，可他一直没有什么表示。如果不是海棠的帮助，只怕此时的自己正瘫卧病床，终生不起——思及此事，他的心头再寒两分。

"父皇安然回宫，似乎你的心情并不怎么好。"太子李承乾坐在净几之后，面带温和的笑容看着他。说话间，太子啜了一口微冷的残茶，意甚适然，似乎正在享受人世间最后的时光。

范闲勉强笑了笑，总觉得这句话似乎在哪里听见过，好像所有的敌人都能猜到，自己的心情有些糟糕。看着李承乾，他认真说道："陛下稍后就到。"

李承乾此时此刻不再有任何别的想法，数日幽禁足够他想清楚许多问题，尤其是母后、姑母接连的死亡让他对这世间再无眷恋，自然也无惧意。

"每个人都会死的。母后死了，姑母死了。"他缓缓放下手中的茶杯，望着范闲道，"父皇将来也是要死的，只是一个先后顺序的问题。"

范闲想了想，轻声道："老二也死了。"

李承乾闻言沉默了一阵，对范闲平静地说道："我和他争了这么多年，没想到最后连死也要争一争先后。我们先死先走，然后……等你。"

范闲自嘲地一笑道："那你得替我抢个好位置。"

李承乾挥挥手道："人活着的时候尽可以热闹，死却是件孤独的事情，自己的位置当然要自己去抢。"

范闲一怔，想到了一句话："Live together，die alone。"前世看到这句话时，他总觉得很难用中文表达其间隐着的意思，最近看着无数人接连死亡，又听到李承乾的话语，才明白原来这句话只是无数的现实叠加而已。

此时，皇宫里的钟声嗡嗡响了起来，范闲的心头忽然一紧，下意识里望向含光殿的方向，默数着钟响的次数，直到确认是太后的死讯，心里才稍微放松了一些。

李承乾那句话并不完全正确，死亡确实是人世间最孤独的事情，但在死亡之前，却往往是人世间最热闹的时候。老去的人在床上迎候着死神，他的亲人晚辈却围在床边，叽叽喳喳不停，好生令人厌烦。

今日含光殿便是如此，东宫亦是如此。范闲在宫外等候，过了许久，听见了密密麻麻的脚步声，皇帝陛下在很多人的拱卫下来到东宫，然后只身入内。

李承乾没有起身，他拒绝了范闲冒险的提议，没有去天涯海角藏命，也没有像老二那样赶在父皇回来之前服毒自尽，是因为他有很多话想要说，要一吐二十年来心中的怨气。

"史书上究竟会如何描述这一段？"他看着自己的父亲，这位史上最强大的君王，没有一丝畏惧。人不畏死，便不再畏惧任何事情，他极为直接地道，"我等着您回来，便是想要知道，您是不是真的什么都不在乎。"

皇帝静静地看着自己的儿子道："史书向来是由胜利者书写，而且……莫非你以为朕还有对不起你的地方？"

李承乾坐在净几后皱眉想了很久，然后笑了笑，摇了摇头："当然没有，母后势弱，可您依然立我为太子，让我在这个位置上坐了这么多年，您当然对得起我。"

这不是真话，因为话里面含有浓浓的嘲讽之意全部表露出来。

皇帝冷漠地道："莫要学妇道人家的怯懦酸言酸语。"

"怯懦？那是您逼的。您太光彩夺目了，没有人敢去抢夺您的光彩。"李承乾闭着眼睛，倔强地道，"我一直在想，既然您不喜欢我，何必立我这个太子？"

皇帝缓缓地道："你很让朕失望。朕这些年来，一直在不停磨砺你，为的是什么？"

李承乾忽然睁开了双眼，冷声道："我不是刀，就算是，磨多了也会断掉的。"

范闲走出东宫，又回身将厚重的宫门关好。他看了一眼围在东宫四周密密麻麻的人群，脸色平静，心里却在泛着不知名的情绪。他对人群最前方的姚太监招了招手。

姚太监随陛下度过了大东山上的艰难日子，在洪老公公为国牺牲之后，自然成为庆国内廷的第一号人物。但范闲仍旧如往常一般很随意地向他招了招手，姚太监也没有任何异样，赶紧小跑着上前。范闲轻声说了几句什么，姚太监起初有些犹疑，却又不敢质疑范闲的命令，立即带着东宫外所有人往外围撤去，与东宫保持了一长段距离。

范闲让这些人退得远些，是为了安全起见，他不知道皇帝一旦盛怒，会不会说出一些永远不想让人知道的事情。当然这更是为他自己考虑，陛下一心要废太子的真实原因就是他一手揭穿。他抿了抿发干的嘴唇，看着东宫沉默不语，心想世事真的难以预料，把太子逼到绝路的是自己与陈萍萍，为的是驱狼震虎，最后却在人间震出一条真龙来。几年间，所有人都被动或主动地站到了陛下的对立面，陈萍萍和他终于成功地将陛下变成孤家寡人。然则孤则孤矣，寡则寡矣，又有谁能战胜他呢？

东宫里的情势与范闲的猜想并不一样，皇帝与太子并没有就最开始的几句话，陷入歇斯底里的家庭乡土剧争吵之中。

皇帝坐在石阶上，两条腿随意分开，看着东宫的门，想着很多年前在宫门之外等候皇后生产的好消息。那天皇宫内喜气重重，太后高兴异常，但他的心情在喜悦之外还多了几分凝重。直到宫外那位女子送来一封信，他才开心起来，知道对方果然不是世间一般女子，根本未曾将龙椅放在心上，更不曾想过要替自己以后的孩子谋求帝位。但也正是这种态度，让他有些隐隐的不快。时隔数年，这种不愉早已淡忘，只是偶尔在后宫小楼上，他看着画中的黄衫女子时，忍不住会埋怨几句："安之是你的孩子，难道就不是朕的孩子？"

——十二年了，那个一出生就注定成为庆国皇位接班人的孩子已经长大，此时正坐在他的身旁，满头长发柔顺地披散在身后，眉眼间有的只是平静与认命。而宫外那个女子的孩儿，此时却在东宫外不知道哪个角落中，注视着这里的动静。

皇帝下意识里从阶前净几上，拿过太子饮过的茶杯喝了一口，却是不知冷热。

"我大庆终究建国不久。"不知为何，皇帝选择了从此处开口，"北齐虽只二代，但继承当年大魏之祚，内部却要稳定许多。十几年前北齐皇帝暴毙，皇后年轻，皇子年幼，若放在我大庆，只怕那次逼宫便会成了……即便苦荷出面也不成。"

李承乾的目光落在父皇拿着茶杯的手上。

"之所以如此，是因为我大庆本就是自沙场上打下来的江山，军方力量强大，习惯了用刀剑讲道理，那些礼制帝威，并不如何能服人。所以要当我大庆的君主，不是一味宽仁便成，必须要有铁血手段和坚韧心性。而你自幼生长在宫中，八岁之时便有了仁名……"说到此处，皇帝的唇角露出一丝嘲讽，"不过是帮几只受伤的兔子包扎脚，那些奴才为了讨母后欢心，说你将来必定是位仁君。可一味宽仁便是怯懦，而我大庆必将一统天下，五十年间天下纷争不断，各处旧人必不服气，半百年岁却要奠下万年之基……朕只来得及打下这江山,守这江山却要你。一位仁君,一位怯懦之君,如何守得住这万里江山?"

李承乾自嘲一笑,这才明白,原来父皇早在十余年前就已经在思考几十年后的事情,他有一统天下的信心,也要思考百年之后,这江山应该如何延续?

"所以朕抬了承泽出来与你打擂台。如今想来,那时你们二人年纪还小,朕似乎有些过急了。本也想看看承泽这孩子可有出息,然则……不过一年时间,朕便看出他的心思过伪,身为帝王当有凛然之气,他却没有。"皇帝闭着眼睛,像是在叙述一个遥远的故事,"因此朕坚定了将江山传给你的念头,可是那些年里,你的表现实在令朕失望,流连花坊,夜夜笙歌,把自己的身子骨搞得不成人样。"

李承乾再次自嘲一笑,终于缓缓开口:"父皇,我那时候才十四五岁,初识人事,一心以为您要废我,夜夜惶恐,也只好于脂粉堆里寻些感觉。"

有些出奇的是,皇帝听着这话并不生气,睁开双眼平静地望着自己的儿子:"承泽有些小聪明,看清楚了朕心里究竟是如何想的。可是他已经出来了,只好继续走下去,从这个方面来说,你二哥算是深体朕心。刀或许会被磨断,但不磨,却永远不可能锋利。只是没想到老二没有磨利你,反而将你磨钝了,恰好安之入了京都……"

李承乾想到了第一次在别院外面看见范闲时的情形,那时他何曾将这个侍郎之子看在眼里,谁知对方却成为自己的兄弟,成为父皇手里最硬的磨刀石。

"这两年你进步很大。"皇帝叹了口气,继续说道,"不知是年纪成熟了,还是云睿教会你许多事,朝野上下都认可了你太子的身份,朕也很满意。"

听到"云睿"二字,李承乾的唇角不禁抽搐了一下,旋即放开心胸,以极大的勇气微微一笑道:"您让我跟随姑母学习政事,自然有些效果。"

皇帝依然没有动怒,淡淡道:"所谓政事,有舒、胡二位大学士教你便好。你也清楚,朕让你随云睿学的,乃是权谋之术,环顾天下再也找不到比云睿更好的老师。"

皇帝微微一顿道："……就这样下去该有多好。待朕老了，你也应该懂得很多，最后的帝王心术也应该纯熟，那时，朕才放心将这片江山传给你。"

李承乾的心情有些怪异，自幼父皇对自己一向是严厉有余，温情欠缺，才养成了自己的怯懦性子，和父皇这样相伴而坐，娓娓互述似乎还是第一次。

"安之将京都的情况都讲给朕听了。"皇帝温和地道，"你的表现不错，在叛乱中的表现很得体，只是有几个问题。"

李承乾最后一次以太子的身份，跪坐于皇帝身侧，躬身求教。

"天下至权之争，不需要什么温情，不需要什么忌惮，贺宗纬领御史当庭抗命，你就应该当庭杖杀。"皇帝的目光冷峻无比，"安之说服朝中文臣于登基大典上与你打擂台，你应该下手杀了他。只要有人，挡在路前，只管杀死，这一点，你不如安之。"皇帝又接着道，"门下中书二位大学士，还有那些文臣，你不杀只关，这能起到什么作用？这是京都事变中，你犯的最大错误……如果是云睿亲自处理此事，而不是你和母后商议着办，或许京都早已安定，朝堂上血洗一空，范闲根本拖不到发动的时间。"

李承乾苦苦一笑，长长地叹了一口气，轻声道："父皇，您知道我为何不忍杀那些大臣吗？或许您忘了，您有意废储之初……是这些老大臣勇敢地站了出来，反对您的旨意……孩儿或许不是一个很强大的人，但是一个知恩图报的人，虽然舒、胡二位大学士乃是为了国祚而支持孩儿，可我真不忍心对他们下手。"

皇帝沉默了一会儿，回道："朕决意废你之时，还有人在替你挽回。"

李承乾旋即脑中浮现出一个画面，出使南诏的路上一直隐隐跟着使团的那只青幡，心中一惊开口问道："范闲？"

他知道王十三郎是范闲的人，但一直不清楚范闲为什么这样做，直到皇帝此时点明，不禁涌起特别复杂的情绪，又联想到事败之初范闲准备让自己逃离皇宫，不由怔了。

皇帝微眯双眼道："安之是个真人，与你一般，偶尔也有真性情。"

"我不如他。"沉默半晌后，太子叹了口气，然后恭敬地对皇帝叩了一个头，"父皇，孩儿心中对您一直有怨气，今日能聆父皇训示，心头也好过许多……只是孩儿临去前有一句话……家里人已经死得够多了，还请父皇日后对活着的这些人宽仁些。"

宽仁，意思自然是说皇帝以往的手段太过刻厉，皇帝的脸色变得冷峻起来，但听着"临去前"这三个字时，他用一种极其复杂的眼神看着李承乾，缓缓道："朕应允你。"

一阵初秋的夜风从皇城的北边灌入，沿着宫内的行廊花园静水呼啸而过，给这座皇宫平添了几分愁意。皇帝忽然开口说了一句李承乾怎么也没想到的话：

"活下来吧，朕……可以当作某些事情没有发生过。"

李承乾的脸上浮现出一丝惨笑，他知道父皇是什么样的人，自己叛过一次，再也无法获得他的信任，更何况自己与姑母之间的事，已然戳中父皇的逆鳞，虽然为何这是逆鳞，始终无人知晓。一生的幽禁，李承乾不会接受，李家男子，杀死自己的勇气总是有的，他轻声道："此时再来说这样的话，有什么意义呢？"

紧接着，他又说道："先前问过，史书上究竟会怎样记载这一段？如今我们是谋叛的乱臣逆子，人人得而诛之，与外敌勾结，秽乱宫廷……您是光彩夺目的一代君王，您什么事都没有做错，什么错都是别人的。但您似乎忘了一点，不管史书上如何涂抹，总要写下庆历七年初秋的这个月里，京都死了多少人，李家死了一位太后、一位皇后、一位长公主、一位太子和一位皇子。"

李承乾第一次用一种平等，甚至凌驾于其上的目光望向父皇："您将是史书上的千古一帝，而您的身边则是如此的干净，干净得一个人都没有，难道不觉得孤独吗？"

皇帝冷漠地看着他，没有说什么，似乎是在表示，九天之上的神祇又怎会在意云顶上的寂寞与人间的热闹。然后他起身走出了东宫门口，在宫门处时心头微微一动，从袖中取出一封信来，这封信是二皇子的遗书，先前由宫典交给他。

他想看看二儿子在临死之际，究竟想告诉自己什么。

信纸上是两行无比潦草的字，笔墨带枯丝，显见是仓促而成，然而却转折有力，如刀剑直刺纸背，满是愤怒不甘之意——皇帝抛向朝廷里的第一块磨刀石二皇子李承泽，在最后的遗书里对自己那位高高在上的父皇呐喊着与太子相近的意思，只是用字更加刺骨，更加尖刻，尤其是最后的那四个字——

"鳏！寡！孤！独！"

老而无妻是为鳏，君临天下无一人亲近是为寡，丧母独存是为孤，老而无子是为独！

大东山及京都一役，庆帝连破天下两位大宗师，诱出并清除了皇室内与军中的不安定分子，挑出朝廷中的阴贼，一举奠定了日后统一天下的伟大功业……这构织了数十年的大局面一朝成为现实，毫无疑问是庆帝此生最光彩的时光。

然而，皇后死了，太后死了，陪了皇帝二十年、为他付出了青春年华的长公主死了，太子死了，二皇子死了，当年的那个女人早就死了，所有的人都死了。

只剩下了皇帝孤零零一个人，孤家寡人一个。

庆帝手指微颤，信纸簌簌然化成一堆白色的粉末，从他的指间滑落，被东宫门口的秋风一吹，四处卷散，有如一场凄清的雪。

他的眸子里闪过一丝隐痛，眉头皱得极紧，鬓上的白发愈发醒目，眼角流露着湿意，然而他的身躯还是那样挺拔，坚强得纹丝不动。

第十四章 父与子的下半卷

东宫的门再次紧紧关闭,没有人知道里面发生了什么,但所有人都知道,废太子李承乾最后的时刻必然将在这座冷清的宫殿中度过。不知何时,皇宫的钟声便会再次响起,或者是根本不屑响起,只安静冷漠地见证他的死亡。

皇帝只留下范闲一人相陪,沉默地向着深夜的后宫深处走去。一路经过辰廊、冷宫,经过那些萋萋荒草,再次来到许久没有人来过的小楼前方。

父子二人没有登楼,没有去看那楼中的画像。皇帝默然地看了那座小楼一会儿,然后便毅然决然地转身离开,沿着秋草之径,往无人处走去。

范闲默默地跟在他的身后,心情沉重——不需要伪饰,是实实在在的沉重。隐隐约约,他能猜测到皇帝此时的心情,接连这么多亲人死去,虽然这些亲人是他必须除掉的敌人……可是血肉之情,没有人能够摆脱。陛下宛若天神,可依然是凡间一人,太上方能忘情,可若真是太上,何必在这世俗内挣扎奋斗?再怎么说,这位面容有些疲惫的中年人终究是一位父亲,一位兄长,一位丈夫,一位儿子。

回到御书房,吃了些夜宵,皇帝有些疲惫,挥了挥手,道:"退了吧,日后若身子还是不舒服,入宫来问朕。"

范闲心头一惊，知道这句话代表的是什么意思，深深一躬正准备离开，却在御书房门外长廊上听到一阵极其熟悉的声音——那是轮椅在地面上滚动的声音。他脸上露出温和的笑容，对着轮椅上的那位老人深深一拜，和声道："您来了。"

陈萍萍终于回到了京都，回到了皇宫，回到了皇帝陛下的身边，就在皇帝陛下最孤独，最需要人的时候。御书房内一片安静，皇帝看着自己最忠诚的臣子、最知心的友人、最可靠的战友，闭着双眼道："朕……把这些儿子逼得太狠了。"

这个夜晚，坐在轮椅上的陈萍萍与坐在龙椅上的皇帝陛下说了些什么，直到很多年以后都还是个谜，因为没人有资格旁听，就连不离陛下左右的姚公公也一样。

京都众人的心中多有揣测，但当夜范闲离开皇宫往府中赶的时候，却没有想过这些，只以为陛下有些孤独，而陈萍萍则是要扮演一位忠诚臣下与暂时友人的角色。

所有人都是演员。如果说庆帝是天下最好的演员，瞒了天下二十年，范闲自然就是第二好的演员，将自己的心思藏在心中，瞒过了庆帝。

这是一场前所未有的演技派的斗争，斗的是心。范闲掀开窗帘，怔怔地看着寂静的京都夜街，心想如今自己算是获取了陛下的绝对信任，这场斗争是自己再胜一场，然而……何必要斗呢？今后又如何斗呢？

先前对那辆轮椅行礼时，他便看见了陈萍萍眼里的那种温和与恭喜之意，马上就明白过来，思思确实是被院长接走——院长已经回京，思思自然也已经回到了府中，一念及此，他哪里还有心情去思考御书房中的那场谈话，只想赶紧回家。

马车没有停在范府正门，从侧巷直接穿了进去，在后花园角门处停下。不待马车停稳，范闲跳了下来，对来迎自己的藤大家媳妇儿点了点头，便往宅子里走去。

走过花厅到了东厢房，并不意外地发现灯还微微亮着，父亲与柳氏正等着自己，微暗的灯光照耀在范尚书的脸上，照出了他的皱纹与皱纹里的喜意——他此时正看着柳氏怀中的婴儿，虽勉强保持着庄肃的模样，却掩不住眸子里的快慰之意。

范闲先对父亲及柳氏行过礼，没有往柳氏怀中的婴儿看一眼，便直接将目光投向了床边，看到婉儿正坐在床边，牵着思思的手在轻声说些什么。

婉儿的双眼红肿，人也瘦了不少，显得憔悴不堪，与躺在床上的思思说话时却强作笑颜。范闲走了过去，也不在意两位长辈在房中，直接坐到了婉儿的身边，微笑地看着倚枕而靠的思思道："都当妈的人了，怎么这么夜了还不睡？"

思思临产这个月里虽然受了些惊吓，但有监察院护着，被陈萍萍带着在京都四野里旅游，未曾让她受过风寒，看上去精神不错，加之自幼随范闲长大，也被熏陶出了几分洒脱，心性宽广，并未因胎儿出生而憔悴，脸上平添了些许丰腴。

"少爷，白天也尽在睡，哪里睡得着。"思思还习惯称范闲为少爷，眉眼间尽是喜悦与初为人母的得意，只是话语里强自抑制着。她虽然性情疏朗，却不是个没心没肺的人，知道京都里发生了太多事情，少奶奶心里哀痛，因此不能表现太过。

范闲入屋后看也不看柳氏怀中的婴儿一眼，便来到床边，思思心想难不成生了个女儿，让少爷不欢喜？眼神便黯淡了三分。纵使范闲有颗七窍玲珑心，对女子们的小心思却依然揣摩得不太清楚，看着这丫头神情，以为她是生产时无人陪伴而伤心，笑了笑便准备开口宽慰几句。他不明白，但林婉儿不会不明白，柳氏也不会不明白。看着柳氏抱着孩子往床这边走来，婉儿对范闲使了个眼色，轻声道："快看看。"

范闲发现柳氏带着微微责备的神情看着自己，恍然大悟，他苦笑一下，从柳氏怀中接过婴儿，小心翼翼地捧在手中，定睛看去，发现襁褓中的婴儿长得着实不好看，不说及不上自己的容貌，便是比思思也差了许多，下一刻他才觉得自己有些糊涂——初生不久的婴儿自然谈不上好看，只要健康便好。

三位妇人见他毛手毛脚地接过婴儿，吓了一跳，紧张地看着他，生怕他不会抱孩子，柳氏更准备伸手去抢回来。没料到范闲左肘微屈，以臂支颈，右手轻拍，倒抱得有模有样。众人松了口气，又有些诧异，忧郁中的婉儿也忍不住偷偷地笑了笑。这个世上，愿意抱孩子的男人，尤其是像他们这等大户人家，可算是少之又少，而他却如此熟悉，像个老嬷嬷一般，更是令人瞠目。

"最近时局不稳，也是苦了你了……不过你是知道我的，进屋不看孩子，倒不是不喜欢女儿，只是在我眼中，小孩子总是不及大人重要，你能平安才最为关键。"

得了柳氏与婉儿的暗中责备，范闲明白思思所想，认真解释了两句。

思思想着小时候，少爷也是一个劲儿地嘀咕，生孩子最苦母亲，生男生女都一样之类的胡话，心生甜蜜，却不敢表现得太过。少奶奶向来对自己极为宽仁，而且这两年一心想要个孩子，却一直……她小心地看了一眼兀自低头温和笑着的婉儿，不知怎的倒替少奶奶心酸了起来。

范闲没有注意到这些，抱着女儿细细看着，越看越细，越看越欢喜。先前进屋的时候，只顾着思思的身体与婉儿的情绪，却没把这个女儿当回事，直到此时抱着，隔着布感受着这具小小身体的柔软粉嫩，看着女儿时不时地抿抿嘴，心越来越柔软，心想，难道这就是自己的女儿？将来定会很漂亮，将来定会很泼辣，将来……这双紧紧闭着的小眼睛，也会越长越大，越长越美。

男人与女人的最大区别便在此处，女子怀胎十月辛苦诞下孩子，早已培养了十个月的感情，加之付之于其间的心血疼痛，天生对孩子有种说不出的温情。男人的感情则需要看着、抱着、体会着，才会越来越爱。尤其是像范闲这天下第一等忙人，思思怀孕的时候基本上都不在身边，直到此时才有了感觉。

不知为何，他感觉鼻子有些发酸，由于这种情绪太过复杂，他自己也不知该用何等言语来形容。他只知道一点，自己这多灾多难，却又极具运气的两次生命，终于在这个世界里得到了延续。

抱了一阵之后，婉儿在柳氏的指导与范闲的示范下，把孩子接了过去，心疼地抱在怀里。依这个世上的规矩而言，这也算是她的孩子。范闲看着妻子眼中的怜惜与好奇，此刻心里也好受多了。

夜已深了，大家都有些疲倦，可是范府第三代的第一个生命让众人都有些兴奋，便是范尚书也毫不避嫌地待在这房中，乐呵呵地看着，不肯去休息。最后还是柳氏说笑了两句，让外厢的老嬷嬷与奶妈进来，催促诸人早些歇息。离开之时，范闲问道："父亲，我在江南的时节，请您取名，不知道给这丫头取的是什么名儿？"

范尚书看了一眼柳氏，眼神有些复杂，旋即平和地道："女儿家，取名字不着急，先取个小名唤着便是。"

"范小花。"范闲笑道，"小名倒是早想好了。"

林婉儿和思思都有些不满意，心想自己这等人家，怎么取了这么俗的名字，但思思当着众人的面不便开口，婉儿注意到家翁的神情，也没有说什么。

这时范闲想起来一件事情，脸色变得有些不太好看。待范尚书和柳氏出去后，他忍不住摇了摇头，叹了口气道："难不成这小丫头的名字也要等宫里赐下来？"

思思吓了一跳，心想这是什么说法？旋即又想到少爷的另一个身份，心中很是紧张。

林婉儿望着范闲轻声道："听老爷说过，当年你的字也是宫里取的。我看不仅名字，最迟后日，陛下便会让你抱孩子进宫，宫里只怕还要派一批老嬷嬷和乳娘来让你挑。"

范闲眉尖一挑道："宫里那群老杂货……来便来罢，单养着便是。"

如今他说话自然有这个底气，只是这话一出，在东厢房里抱着女婴的嬷嬷便害怕了起来,奶妈更是低着头,大气都不敢出一声。

范闲看了她们一眼,平缓道:"平日里把小姐照看好,总是要辛苦你们的,但奶妈就不用了,明日少奶奶会去和夫人说。"

林婉儿纳闷地看了他一眼,心想相公这是在做什么?为什么要把奶妈赶出去?只见范闲坐回床边,笑着问思思:"有奶没有?"思思害羞地点了点头。范闲笑道:"那就结了,孩子总得自己养着,要奶妈奶孩子那算什么事。"

他心想你们这些人哪里知道母乳喂养的重要性,那世上牛初乳得卖多少钱?医生说过,母亲亲自喂乳对婴儿的心理影响……好吧,这些就不用多说了。

奶妈低着头不敢说什么,心中暗诽奶妈怎么了?你老范家能发迹,还不是因为澹州的老祖宗奶了皇家几个孩子。老嬷嬷却是听出了些别的味道,瞠目结舌地看着少爷,心想难道少爷准备让姨奶奶亲自抚养小姐?这可坏了大规矩,明日要和老爷太太去说说。

范闲不知道这老婆子心里在想什么,也不怎么在意,辛苦在这世上打熬了二十年,若连自己的女儿怎么养都要旁人说三道四,他算是白活了这一遭。

待回到主卧,早有揉着睡眼的粗使丫头打来了热水,准备服侍二位主子就寝。范闲挥挥手将她们赶了出去,将婉儿扶在床边坐好,认真地看着她的眼睛道:"我知道大府里的规矩,姨娘生的孩子,都得跟着大房过活。"

林婉儿眼圈一红,这几天里她不知受了多大的打击,心中有多少的悲伤,却是无处倾吐,今日思思抱着孩子回家,她也高兴,但心情难免有些复杂,尤其是范闲此时透着不让自己参与的意思,心里止不住地难过起来。

范闲知道这些天发生的事让妻子已经难堪重负,用尽量柔和的语气说道:"想歪了不是……这孩子是咱们的,但思思毕竟是她亲生母亲,总不能就这么抱了过来。"

林婉儿叹了一口气，望着相公的脸，轻声道："你也不用在我面前如此小心小意，我知道你是担心我。"她有些勉强地笑了笑，"不过说来有时候确实有些吃味，有时候你和思思说的话，我都听不大懂，什么男女都一样。"

范闲无奈地一笑，思思毕竟是随自己一道长大的人，就如同用书信教育长大的妹妹那般，自然有属于那一世的共享，他握着妻子的双手，轻声说道："以后啊……我有什么事都和你说，只有咱们知道，什么马车花轿、汽车和大炮，我都告诉你。"

林婉儿一头雾水，心想马车花轿倒是知道的，汽车大炮又是什么东西？当然也知道他这是在用心哄自己，轻声道："我只是想要个孩子，看哥哥们如今的下场，我也不知日后会如何，有个孩子，便多个寄盼。"

范闲知道妻子的想法，而且那药的研制应该也差不多了，心中有八分信心，就带着调笑之意说道："孩子当然是要生的，咱们给小花儿再生个弟弟，这家里可就热闹了。"

婉儿只当他是在哄自己，笑了笑，没有说什么。范闲起身将那盆温水端了过来，放在床前，直接将婉儿的鞋袜脱了下来，突然间的动作，吓了她一跳。

"给你洗洗脚，这些天宫里宫外奔着，定是吃了不少苦。"范闲低着头，将妻子的一双赤足放入盆中，撩起热水，轻轻地揉着。

林婉儿低头看着他的头发，感受着脚上传来的丝丝暖意，鼻头一酸，无声地哭了起来。范闲虽低着头，却知道她在哭。他知道妻子的悲苦，可是一时间找不到合适的话语来安慰她，只有默默地给她洗着脚，心中不自禁地一阵酸楚。

水声渐息，劳累了无数天，精神疲惫无比的范闲，双手握着林婉儿的赤足，靠在她的膝盖上，沉沉地进入了梦乡，睡得安稳无比，就像一个孩子。林婉儿怜惜地轻轻抚摩着他的脸，眼角泪痕渐干，轻声道："有你就不苦了。"

初为人父，又在妻子的膝旁寻着许久不见的温柔，范闲这一觉睡得极为安稳，日上三竿才醒来，醒来的那刻唇角还带着惬意的微笑。睁开双眼，发现婉儿已经不在身边，估摸着是去看女儿了。他摸了摸脑袋，笑了笑，心想如今自己也是做爹的人，以后无论思考问题，还是做事总要更妥帖稳当才好。这般想着，倒将连日里京都的死亡纷争抛到了脑后，阴郁已久的心情，难得地开朗了几分。

天光大亮，催促着他回到险恶的人世间。范闲随意洗漱一番，穿上官服便进了花厅，也不正经吃饭，端着碗燕窝粥进了东厢房。看着沉睡中的女儿，一面吃一面和婉儿、思思说了几句话，再去给父亲、柳氏请安后，便出府去往皇宫。

京都街道还是一片肃杀，只是陛下无恙归京，百姓们安定了许多，街上行人也渐渐多了起来。范闲隔着马窗看着这幕，心情更好了些。

行过宫门，走过长廊，来到御书房，不出意料，看见了勤勉的皇帝陛下正披着一件单衣在看奏章。范闲行礼后站了起来，用余光偷看着皇帝老子的表情。一看之后，吃了一惊，他发现皇帝陛下的唇角带着一种难以琢磨的笑容，透出一分快慰，全不似昨日天家父子相残后的寂寞模样。范闲有些糊涂，暗想自己是刚生了个宝贝女儿，心中高兴，皇帝老子的高兴又是从何而来？一念及此，对于昨夜奉召入宫的陈院长，范闲更感佩服，也只有那位老跛子才能把陛下哄得如此开心吧。

皇帝将奏章放下，看着范闲温和地说道："今儿又没朝会，怎么这么早便进宫了？"

京都初定，六部官员关的关逃的逃，伤的伤死的死，自然还没有办法按旧例召开大朝会。但范闲心想，如今局势这般紧张，宫里不知有多少事情要处理，即便皇帝老子想削了自己的监国职司，但身为近臣，总要入宫分忧才是，难道自己还敢在府上关门过小日子？他小心地应道："臣仔细想着，只怕陛下会有交代，便急着入宫来了。"

皇帝笑道："刚生了个丫头,也不多在府里待会儿,难不成还真是个忙碌命?"

范闲知道,必然是陈萍萍昨夜与陛下说的,解释道:"下了值,再回府多抱抱便是。"

"你又不是门下中书的大臣,朕何时给你排过值?"皇帝瞪了他一眼,"有了孩子还这般漫不经心,哪里有做父亲的样子。"

范闲一愣,这才明白陛下是准备让自己回家抱孩子去,这本是他心中所盼,但听到皇帝那句严厉的批评,心中却是有些郁郁,暗想论起当爹这种事情,自己虽是头一遭,但定比皇帝强得多,也不看看承乾和老二什么下场……想到那兄弟二人,旋即又想到承乾此时在东宫里等着死亡,自己却刚刚生了个女儿,不由神情一变。

皇帝看出了些什么,脸色也有些微的变化:"今儿宫里不用你候着,你先回去,第一次当爹,总得用些心……"略顿了顿,皇帝忽然侧着头,像是在思考什么,片刻后缓声道,"明日让晨丫头抱孩子进宫来给朕瞧瞧。"

范闲瞧出皇帝陛下的心情又变得差了起来,赶紧谢恩退出了御书房。一出御书房,便被姚太监拦着了,大概也是得了范府有喜的消息,连声恭喜。范闲笑着递了个红包过去,忽然压低声音,问了问那些被抓的太监、宫女,还有内廷的高手侍卫们,该如何处理。

真正的秋后算账应当是局势大定后的事情,但宫中处置向来要比宫外快很多,即便还没有动手,皇帝陛下也该拟了章程。范闲心里担心,但脸上没有表现出焦虑,尽可能问得云淡风轻,只装作是监国权臣应有的关心。姚太监自然不会多心,拣重要的几处处置说了。范闲一时间竟回不过神来。令他震惊的是,皇帝陛下对于这些太监、宫女、侍卫的发落竟是如此宽仁,全不似自己猜想的那样。莫说洪竹这个表面上什么事都没做的太监头子,便是含光殿里的嬷嬷、东宫里新晋的太监、广信宫里的宫女,也没杀几个,大部分人都保住了性命,只是准备要赶一批人出宫。

范闲摇着头往宫外走着，心想今天太阳莫非是从西边出来的？陛下怎会如此温柔？

第二日范闲便和林婉儿抱着小丫头入了宫。皇帝第一次在二人面前表现出一位长辈应有的仁慈模样，抱着女婴细细看了许久，心情极佳。当皇帝用手指细细抚摩女婴眼眉时，范闲却有些莫名其妙的心惊胆战，心里直犯嘀咕，陛下莫不是又想起当年的某些事情吧？

正想着，皇帝又让他抱着孩子去各宫里给那些娘娘们看看，把婉儿留了下来。范闲微微一怔，没有说什么，遵旨而去。如今宫中没有女主人，打发孩子的赏赐自然一时说不出个所以然，便留到了日后处理。宁才人抱孩子的时候说，宫中要派嬷嬷和乳娘，被范闲坚决拒绝，倒让宁才人和一旁的宜贵嫔有些纳闷。

这本是件喜事，但宫中最近死人太多，怎么也喜不起来，宁才人再大声音的笑容，都无法冲淡宫里隐藏着的诡异。宜贵嫔也只是温和地笑着，倒是三皇子李承平身上伤还未好，却强行争着要抱，还一口一个妹妹地唤着。范闲心想这小子果然早熟得可怕，只是这辈分似乎错得有些离谱。不知怎的，他又想到了远在北齐的妹妹与思辙，大东山之变牵涉三国，苦荷必然毙命，也不知道他们二人在那边会不会有什么问题。

没待多久，他便抱着孩子退了出去，进御书房接了妻子，向陛下告辞归家。皇帝略一沉吟便允了，又说赐名的事情随后再说。范闲心知皇帝陛下这几日忙于处理朝政，没有想到竟还记得这些小事，不免有些意外。

接下来的一个月里，在皇帝的强力手段下，朝廷六部三院三司渐回正轨，散于四野的叛军残兵被尽数剿灭。叶重领军凯旋，局面安定了下来，京都回到了平静之中。

范闲在御驾返京的当夜便归还了行玺，虽说无论辞与不辞，现在也不会有人把他当监国看。但谁知道这些小错将来会不会酿成大祸，迟上一天便多一天的风险。

他仍旧做回监察院的提司、内库的转运使。朝政自有两位大学士领着一众文臣打理，军方自有枢密院打理，与他都扯不上什么关系。如此一来，除了言冰云偶尔上府来报一下差使，江南苏文茂与夏栖飞按时递来院报，也没有什么事需要他关心。当中有些插曲，比如小言公子是如何活下来的，范闲一个字都没问，他如今连监察院都不大想去，更不想问那些让人心烦的问题。相反倒是夏栖飞来信说，江南那位明老爷子在获知长公主事败的消息后，自缢身亡，很让他感慨了一番。

当年在江南与这位老爷子缠斗许久，没料到就这般死了，范闲不禁有些惘然，心想老爷子上吊的时候，说不定用的是自己送给他的那条白巾。

或许是被连串的事情累着了，又或许是旧伤一直缠绵，范闲实实在在病了一场，病愈之后只是在家里抱孩子、哄妻子、孝顺老子，躲进小楼成一统，哪管楼外东南西北风，尽享天伦，好生快意。京都渐渐平静，活下来的官员们心思初定后，又恢复到往常的钻营之中。所有人都知道这一个月，在平叛中居功至伟的小范大人极少入宫，只是在家抱孩子，不免有些纳闷，有些自作聪明之徒，还以为陛下有了些别的心思。但后来宫中渐渐传来消息，说是皇帝陛下极喜爱小范大人家的小丫头，小范大人静养一月也是陛下给的恩典，于是所有人都知道应该怎样做了。

太后新丧，满京俱白，依礼停了一应娱乐消遣，酒楼都要关上一个月。范府有喜，自然也不能大办，门口一个红灯笼都不敢挂，怎么也看不出来喜气，但每天黄昏之时，总有些官员偷偷摸摸进入范府，留下礼物，不吭一声便走。

范氏父子二人闷声收礼，对那些官员所托之事却根本懒得理会。他们清楚，为何在这等紧张的时候，那些官员还要冒险送礼走门路——平叛后，往常跟着太子、二皇子、长公主的官员被拿下了一大批，有些在京都事变中立场不够坚定的官员也被皇帝一纸赶出了府衙，整个六部加上东山路、江南路竟一下空出了几百个位置来。

猫儿爱腥，狗儿爱屎，官员当然最爱官位，这几百个位置熏红了他们的眼，哪里还顾忌什么。宫里变动太大，许多老年间的门路都断了，也没人敢给冷脸大皇子送礼，小范大人诞女给了他们大好的送礼机会，自然不能错过。直至京都终于大定，各部、寺、院及东南二路里空出来的位置，门下中书省拟了个单子，挑着那些候补官员填了许多进去。被写了名字的官员大喜过望，以为是给范府送的礼起了作用；没被选上的则暗自恼怒，以为家中备的银子太少，小范大人果然看不上。

范闲一面低头逗弄着小丫头，一面对父亲道："我可是一句话都没说的。"

"我马上便要辞官了，谁耐烦进宫说去？"范尚书喝了口酸浆子，看了他一眼，"陛下虽然有旨让你休养，但你也养了一个月，监察院的衙门竟是一天也没有去过……你究竟在躲什么？"

范闲心中一震，生怕父亲看出自己的心思来，笑道："能躲的时候赶紧躲躲。和婉儿成婚后，除了悬空庙受伤那次，还没有过这等休闲日子。"

这一个月他躲在府中，不肯去监察院，其实是怕碰到陈萍萍，他怕自己忍不住要问对方一些问题，证实某些事情。虽然老跛子出于对自己的爱护，依然会选择沉默和割裂，可是老少二人以后究竟该如何相处呢？有很多皇帝老子没有看明白的事情，范闲却是渐渐看清楚了，然而看得越清楚，他的心里就越寒冷，越担心。

就这般清闲地过了数日，秋意越来越浓，天也越来越凉，京都也越来越安稳，宫里也越来越平静，大部分的太监、宫女都活了下来，继续服侍人。复职了的戴公公偷偷传出话来，说小范大人问的那些人有的活着，有的死了，还极为感动地说，世上也只有小范大人才会对这些可怜人如此照应，又想到当年的自己如何云云……问了一些人名其实只是个幌子，范闲要最终确认对洪竹的处置，然而戴公公说的另一个消息，让他的表情凝结了起来。

明日宫里要发明诏。

明诏说的什么内容，范闲心知肚明，陛下祭天的目的就是废太子，这封明诏终于发了下来，证明了东宫里的那位已经……或许那位已经走了很多天，只是没有人知道。范闲低着头饮茶，一言不发，脸上没有什么悲哀神情，平静得令人心悸。

林婉儿在一旁看着他的神情，小心地问道："怎么了？"

"明日我要入宫。"范闲对她轻声道，"有些事情要禀报陛下。"

林婉儿担忧地望着他。

范闲安慰道："没什么大事，只是答应了一个人的某些事情。"

与谋叛有关的京都官员共计三百四十余人，加上他们的下属亲信、府上亲眷，此次陛下拢共抓了四千人，监察院的大牢早就关不下了，刑部和大理寺也塞满了人，最后甚至连太学的西学堂也挪空了出来，用来关押人犯。依庆律，谋逆者诛九族，纵使有法外开恩的情况，只怕也要掉两三千颗脑袋。

范闲心想如果是当年的自己，或许这两三千颗脑袋掉便掉了，与自己有什么关系？可是活到今日，他总算明白了一些道理，曾经答应过的事情，总得去做才是。而且从这个月的情况看，皇帝陛下的行事是越来越温和了，他心里有几分把握，至少那些妇孺儿童应该能多活几个。不说积不积福，就说太子投降至少让庆国的军士们多活了几千人，这份用心他一定要还。

"今天怎么有空进宫来看朕？"皇帝抬起头来笑着看了范闲一眼，眼神温和里带着一丝取笑的意味，看来时间过去一个月，他的心情已经平复了许多。

范闲苦笑着无言以对，虽说这一个月的假期是陛下给的，但整整一个月不入宫、不面圣，确实也有些说不过去。不入宫，是因为他心中的那种寒冷和害怕。是的，自从知晓了皇帝陛下是大宗师之后，一向胆大包天的他终于明白了恐惧是什么滋味。

他吞了一下口水，润了润发干的嗓子，低声将今日入宫所求之事诚恳地说了出来，没有提到太子李承乾的名字，仅是劝说皇帝陛下在处置谋叛后事时，能够法外开恩——胜利者总是宽容的，死了一大堆家人的陛下只会越来越宽仁。他在心里想着，而且自信强横如陛下，应该不会担心春风吹又生的问题。

出乎他的意料，皇帝陛下的脸色渐渐阴沉起来，似乎没有想到范闲难得入宫一次所求竟是此事。范闲暗道要糟，可即便要糟，他依然坚持，不仅仅是李承乾死前所托，这也关乎他自己的勇气。如果这次他再次选择退让，那么以后只怕真的不敢再进宫了。

正是因为这种坚持，今天的御书房显得十分热闹与恐怖。守在御书房外的姚太监及那些值守小太监们，被房内传出的怒骂声吓得脸色苍白，不知道小范大人究竟做了些什么，竟让皇帝陛下如此生气。然后他们听到了茶杯摔到地面的破碎声，再然后便是小范大人的叩头声，接着是两个人的争执声。

理所当然地，皇帝陛下严词训斥了范闲，任何一位帝王，哪怕是号称最宽仁的那几位，对于敢于谋夺皇权的敌人都不会有丝毫的同情。

姚太监面色不变，心里却是巨浪翻滚，暗道小范大人果然是胆大包天，居然敢顶撞圣上，暗想是不是应该赶紧通知门下中书的两位大学士。

没过多久，御书房的门被人推开，范闲快步走了出来，脸上带着气愤不平之色，看也没看外面的太监一眼，一拂双袖便离开了皇宫。

第十五章 青山遮不住

回到府中数日，宫里一直没有消息出来，也没有旨意训斥，范闲心知皇帝老子大概猜出自己的用意，也给自己玩了一招阴的。可他也没什么别的法子，只好用监察院提司的名义写了几封密奏往宫里递去，试图再次激怒皇帝。谁知这些密奏如肉包子打狗、泥菩萨入江，竟是一点回声也没有。

再过数日，如何处置谋逆终于定下来了。范闲在府里捧着诏书，大感震惊与意外，怎么也没有想到，陛下竟然真的听了自己的，将屠刀高高举起，却是轻轻落下。

被缉拿的叛乱官员共计一千余人被判了斩首之刑，而那些被牵连之中的妇人与孩童基本上从轻发落。最后投降的叛军，皇帝陛下也只是挑某一层级以上的将官杀了，而那些普通的士卒则是被打散之后发往各处边境，以死囚的身份为国厮杀，给个戴罪立功的机会。

最后核计下来，大约有两千余人因为叛乱而死。这已经大大超出了范闲最好的判断，尤其是那些依庆律应死应流的犯官家人绝大部分都被降了一级发落，这让他的心情一阵大好。大好之余，更生疑惑，陛下为何要这样做？如果真是因为自己进谏起的作用，那天在御书房内，为何又要发这样大的脾气？

御书房内皇帝陛下与小范大人的冲突，早已震惊了整个京都，宫里毕竟人多嘴杂，所以早在陛下明诏之前，大部分的官员都知晓了其中的内幕。

官员们各有阵营，知道若是太子上位，自己恐怕也难逃一死。但毕竟大家同朝为官多年，总会物伤其类，尤其想着那些被牵连之中的无辜家人及族人，所以当看到陛下宽仁至极的诏书后，难免感叹万分。尤其是那两位大学士更是对陛下这道旨意赞不绝口，打内心深处颂圣不已。而皇帝陛下为何如此宽仁？是因为小范大人不顾荣辱权势，当面直谏，虽不至于是拿身家性命去进言，也是冒了相当大的风险。

京都朝野思及此事，不免对范闲更是高看了几番，觉得这位大人果然不愧是庄大家的接班人，行事颇有古风。而那些侥幸逃得一死的人对范闲更是感恩戴德。

他当年本来就是天下士子心中的偶像，只不过碍于监察院的身份，以及宫中对林相爷的警惕，才与清流逐渐拉远了距离，如今名望变得更高了。毕竟与皇帝陛下作对的事情，不是谁都敢做的，尤其是事关叛乱，便是舒芜大学士都要保持沉默。

范闲没有想到向皇帝进谏给自己带来这么多好处，他原本只是想还李承乾一分心意，顺便激怒皇帝，放自己离开。没料到皇帝陛下看出了他的心思，而且还玩了这么一手，把范闲再次拱了起来，他即便真心想辞官，在这种情况下也不可能了。

范闲心想和陛下斗，自己还是嫩了很多，却想不明白陛下为何双手送了自己如此之大的光彩？想来想去，他有些烦了，一拍桌子道："连陛下我都敢见，难道还怕见他？"

京都叛乱后，范闲第一次回到监察院，所有部属躬身相迎，神情十分认真，经由这几年间的无数曲折考验，监察院上下已经完全接受这位未来的院长大人。

陈萍萍不在，他唤来八大处的头目，问了一下最近的情况，然后将言冰云留了下来。言冰云道："王大人还没有消息，洪常青那一路人陆陆续续回来了几个，他本人却失踪了。高达那七名虎卫，大概率在大东山上全部被四顾剑杀死了。"

范闲皱眉想着，王启年这老头子如此奸猾，怎么可能就悄无声息地死在大东山上？就算大宗师恐怖，可总得留个尸首。人们都知道王启年是自己的第一亲信，应该不会看错才是。至于洪常青与高达那边，他却是没有一点把握。一念及此，他的心情顿时阴郁起来，不再逗留，出门上马车，直接出京都赶往陈园。

陈园外的青青草甸间，往常杀机四伏的机关已经不在，应该是秦家派京都守备师过来清剿时扫荡干净。车停到陈园外，范闲行下马车，看着眼前的一幕，不由怔住了。

这哪里还是当年华丽至极、天下独一无二的陈园，尽是断壁残垣，干池碎山，垂杨倒柳，烟熏火燎，十分凄惨。

陈园虽一片狼藉，不过却没有太多的凄凉感，后方已修起几座砖木结构的临时住宅，原址上有上千人的民夫工匠正在忙碌，看上去倒像是一个热火朝天的大工地。

范闲深一脚浅一脚地行过这片工地，好不容易来到陈园原址后方，找到了正在十几个绝美侍姬服侍下听戏的陈萍萍。

这条老狗今天的穿戴像是个大地主，坐在矮榻上，眯眼享受，双脚被毛毯盖住，虽然外面是一片嘈杂，这临时的住宅也不怎么舒服，可是看他的神情，倒是极为快意。

外面的敲石砌砖之声极响，将里面唱戏的声音全部压了下去，范闲皱着眉头道："这哪里听得清楚？你在京里又不是没有宅子，为什么非要在这里待着？陈园要全部修好，至少还得三个月的时间，难道你就准备在这儿耗三个月？"

陈萍萍笑了起来，皱纹如菊花般绽放，每一片花瓣里都充满着诡异的味道。

范闲被这笑容弄得有些发毛，坐到他的身边，拿起茶杯喝了一口。那些陈萍萍身边的如花娇侍们，当然清楚小公爷今儿来定是有正事要说，也不像往日里那般含情脉脉地看着范闲，敛声屏气地撤了出去。外面约莫是有监察院的官员交代，便是连修园子的声音也停了下来，陈园四周陷入安静之中。

陈萍萍看了他一眼，范闲一愣，凑了过去，把手中的茶杯送到他嘴边喝了口水。陈萍萍润了润嗓子，才开口道："京都居，大不易，还是住在这破园子里好。"

京都居大不易，这是回答范闲先前那句刻意自然的话，却隐藏着一些别的意思。范闲当即觉得不自然起来。

也不等他开口，陈萍萍自顾自地继续道："我这园子里美人儿无数，你是知道的。我收容她们，她们不用去服侍别的臭男人，应该算是有福，但是天天跟着我这么一个孤老头子，想必心里也有些不快活，可在我面前，她们的情绪还不敢流露出来。"

范闲心想当然是这个道理，全天下除了皇帝陛下就是你最狠，这些十几岁的萝莉、二十几岁的熟女，无论怎么摆布，也不敢有什么怨言。

"前朝有宫女幽怨太久，后来把皇帝活生生缢死了。"陈萍萍摸了摸自己的脖子，"我可不希望最后是这么个死法，所以就要想办法让园子里的这些姑娘过得舒服些。"

范闲心头一动，隐约猜到老家伙想说什么。

"我对她们很宽松，即便每次你来的时候，她们像盯着黄瓜一样盯着你，我也不会责罚她们。"陈萍萍打了个哈欠，"而且最让她们死心塌地的缘由是，谁哪天不想在这里待了，我就会把她逐出园去。宽松，是维系一个园子最好的方法，也是维系一个家族平安最好的方法，所以陛下最近才会如此温柔。"

范闲明白了，大概陈萍萍也是用这个法子去劝说皇帝陛下。

"我可以将她们随便放出园去，因为天底下身世不幸的美人儿太多。

但陛下却不会放你出去,因为他的儿子总共只有这么几个,而且……刚刚才死了俩。"老跛子伸出两根手指头,略带讥嘲地看着范闲,"你以为替太子出头,替那些乱臣出头,就能激怒陛下,把你赶得远远的?不要想得太美,如此拙劣的手段,能瞒得过谁去?陛下在御书房内骂你,不是怪你为那些罪臣求情,而是怪你居然在这个时节,就想逃跑。"

范闲叹了一口气,心想自己现在看见皇帝陛下就害怕,在这京都怎么好继续待?他压低声音苦恼地问道:"既然陛下看穿了我的小心思,可后来为什么要玩那一出?降了那么多恩旨,这些岂不是全算在我的头上了?"

"恩旨与名声便是枷锁,陛下这是舍不得你走。"陈萍萍笑了起来,极有趣地打量着范闲苦瓜一样的脸,"你难道没有想过……陛下损着自己,也要成全你的名声,究竟为了什么?"

范闲想到了一个自己从来没有想过的可能性,整个人的身体立即僵硬起来。

看他终于想明白了,陈萍萍叹了口气,目光透过临时住宅的玻璃窗向外面的工地望去,缓缓道:"死了这么些人,他才终于想明白,也不枉我费了这么多年精神。"

范闲嘴唇微微抖着道:"那老三怎么办?"

"老三……他年纪毕竟还小。"陈萍萍眼帘低垂道,"陛下是不会立太子的,如果出了什么事情,他离去得太早,选你继位,当然是眼下最好的选择。"

"我姓范……我是祭过范家祖宗的!"范闲恼怒得声音忽然提高。

陈萍萍皱着眉头道:"声音这么大做什么?不是所有事情靠着声音大就能占理,谁拳头大谁才占理……陛下的拳头最大,所以你将来姓李还是姓范,还是他说了算。"

范闲一阵茫然,不知如何言语。

"以陛下眼下的状态,这件事情也许要过很多年才发生,也许到时候老三长大了，陛下喜欢他更胜过你，这事也就随风而逝。反正除了陛下、我与你之外，没有任何人知道。"陈萍萍不知道想到了什么，转头静静地看着范闲问道，"你一个月没入宫，似乎对陛下有些意见……为什么要躲？"

范闲沉默了很长时间，回道："……我怕。"

"怕什么？"陈萍萍盯着他的眼睛道，"四年了，你已经向陛下证实了自己的忠诚，这是用几次险些死亡的代价换来的，你应该理直气壮接受这种信任。"

范闲从澹州入京后，确实有几次险些丧命，不论是悬空庙还是山谷，还是这次大东山。何种信任最坚实？自然是为陛下不惜牺牲。正如陛下如此信任陈萍萍，便是因为当年陈萍萍曾经不惜生命救过陛下几次性命。

陈萍萍若有所指道："不说旁的事情，单说陛下对你的态度，可以说算是不差了。仔细想想这几年，陛下对你有诸多恩宠，你应该感恩才是。"

旁的事情？范闲没有往深里想，但想想内库，想想监察院，想想手中的诸多权力与信任，与太子和二皇子一比较，他心知肚明，皇帝老子对自己绝对不仅仅是弥补十六年不见的遗憾那般简单。自古帝王家无情，何况自己只是一个私生子，皇帝有足够多的方法来了结多年前的事情，却选择了对范闲最好的一条路。

只是陛下再如何信任他，再如何宠着他，但终究是一代君王，且不说二十年前发生的事，只说他对皇族成员的冷血态度以及无比强大的手段，都让他感到无比恐惧。一旦陛下知道自己有很多事情瞒着他，甚至试图背叛他，一定会非常强硬地撕脱开父子情分、君臣之义，用雷霆手段相对。

自从知晓了陛下是位大宗师，范闲便开始无比担心一件事——当年他曾经偷偷潜入皇宫，在含光殿里偷了钥匙，如果陛下当时就察觉此事，却一直隐忍至今，那究竟是在想什么？和北齐走私无所谓，收王十三郎也无所谓，因为自信的皇帝根本不在乎这些，也不会怀疑范闲叛国，但他绝不允许任何人去动那个箱子，因为那个箱子可以威胁到他！皇帝究竟知不知道箱子在自己手上……含光殿床下暗格里少了一封信，会不会是皇帝拿走的？有着这些忧虑，哪怕如今的恩宠无以复加，范闲依然担心害怕，因为他不是敢说皇帝不穿衣裳的小孩子，因为五竹叔没回来。

或许皇帝不想与自己最欣赏的儿子因为这件事情彻底决裂，又或许皇帝只知道范闲入宫，却没有想到箱子在范闲的手中，故而一直沉默。而且范闲确实对自己够狠，即便面临绝境的时候也极少动用那件大杀器，唯一一次使用还是在杳无人迹的原始山林之中，加上含光殿暗格中的钥匙还在，这会让皇帝的猜测出现了偏差？

范闲想到那些如雪般的传单，想到自己当日入宫偷听长公主与庄墨韩的对话，心头一松，暗想皇帝老子一定认为自己只是针对长公主，而不是针对那把钥匙。

可是信呢？

陈萍萍的话语打断了他的沉思："如果说不入宫，是因为你怕，那你不回监察院，不来见我，又是因为什么？千万不要说，你也怕我。"

范闲心想，何尝不是怕？就是怕看到你之后，会忍不住问些问题。虽然怕，可他依然开口问了，因为既然有勇气来，自然是做好了准备，不想一辈子被人蒙在鼓里。

"燕小乙的亲兵大营是怎么去的大东山？为什么监察院没有情报？京都的局面为什么会艰险到如此地步？东山路的官员异动，为什么没有一丝风声？为什么你不回京都，任由长公主与太后折腾，最后把她自己折腾死了？"

"这是陛下与我定的计，当然要瞒着天下人。不先示弱，这些人怎么会跳出来。"

范闲紧盯着陈萍萍的眼睛："不要骗我……我知道你事后肯定可以对陛下做出很好的交代，但只有你与我心里清楚，这些人都是被我们逼到陛下对立面去的……而且你心里也明白，陛下此次看似大获成功，其实也是走在钢丝上，稍有不慎，便是落入万丈深渊。既然你早知情，一定有能力把这个局做得更好一些，而不至于让京都陷入万劫不复之境。陛下信任你，不代表我也相信你。这是陛下的局，但你一直在顺着他的局推，虽然只是推了一点点，却是让庆国面临的危险大了十倍，甚至一百倍。尤其是京都这边，陛下就算再心狠，想必也不愿意看到最后这个局面。"

"天下有狗，谁人逐之？"陈萍萍沉默了一会儿，微笑地开口道，"打狗自然是要全部打死，我怕陛下一时心软……这个解释，通吗？"

"不通。"范闲往他的方向挪了两步，握着他瘦削的手，低声道，"即便道理上说得通，但是陛下的心里会不舒服，尤其是事后慢慢想来，总会出问题。"

"能有什么问题？这是陛下定的大计，我只是一个执行者。"陈萍萍把手从范闲的手中抽了出来，"你也莫要想多了，世上并没有太多复杂的事情。"

"没有？"范闲心中充满着担心与恼怒的情绪，低声质问道，"那你告诉我，悬空庙上你为什么让影子去刺驾？为什么秦老爷子尸体的后腰上多了一道伤口？"

陈萍萍缓缓抬头，皱眉看着范闲道："你去看了尸体？"

"我知道是影子出手……不过既然我看见了，现在自然没有那伤口了。"

"没想到你会如此细心。影子在悬空庙出手，确实是我指使的，你这时候可以去陛下面前告发我……"陈萍萍微笑着继续道，"不过你应该清楚，影子本来就有两个身份，除了你我之外，谁都不知道这个秘密，陛下也不知道。"

范闲愤怒地说道："即便这样，你还不肯说？秦老爷子为什么要背叛陛下？"这是长公主临死前让范闲问陈萍萍的话，此时，他终于勇敢地说了出来。

"背叛从来不需要理由。"陈萍萍一如既往的直接而冷漠。

"你让影子杀了秦业，是不是怕我从他嘴里问出什么来？"

陈萍萍冷笑一声，根本懒得再回答他的话，挥手示意送客。范闲冷冷地盯着他，半晌后目光无可奈何地软了下来，用一种乞求的语气道："我知道你是怕拖累我，所以才要与我割裂，但是这么大的事情……你也得想想自己。"

陈萍萍心头一片温柔，脸上却没有什么表现，道："你想多了。"

范闲沉默无言，虽然陈萍萍一直不肯承认，但他知道自己的猜测定然是对的，秦家当年一定是参与了太平别院的事，而之所以背叛，则是因为自己的崛起。

秦老爷子何等样人物，虽已垂垂老矣，却心知肚明，如果陛下真的要起用范闲，则要把当年的事情扫得干干净净——秦家必亡，所以秦家必叛。

就是这个道理，只是这道理的背后，揭示出一个血淋淋、阴森森的事实。

范闲站起身来，望着陈萍萍无比认真地道："毕竟是我的爹、我的妈，你已经操劳了这么多年，还是多想想自己。"

"我没几年好活了，你也说过。"陈萍萍笑了起来。

范闲有些辛酸地望着他，道："没有人能对付得了他。"

陈萍萍默然。

范闲准备离开，又忽然开口说道："箱子在我手上。"

陈萍萍霍然抬首，却看到这个年轻人已经坚决地走出了门口，不由摇了摇头，心想即便箱子在你手上又如何，小姐当年不一样也有箱子。

一位身着常服的中年人走进厢房，坐到了陈萍萍的身边，这正是范闲先前坐过的地方。他和声道："没有人能够打败陛下。这一点，我和安之的想法是一样的。"

此人正是范闲的父亲、户部尚书范建。不知道他什么时候也来到了陈园，更不清楚为什么他会和陈萍萍如此坦然自如地说着话——官场传说，陈萍萍与范建二人水火不容十余年，直到范闲入京，双方的关系才渐渐缓和。

陈萍萍闭着眼睛问道："箱子在他手上，你可知道？"

范建微笑着回道："这孩子就把箱子放在床下面，还以为能瞒过天下所有人，也真是可爱。"

陈萍萍睁开眼睛看了他一眼，又问道："你自家府上，难道没有能力帮他保守秘密？"

"这点能力还是有的。"范建平和地回道，"陛下在我家里放了两颗钉子，一个人安之早发现了，还有一个人早死了，反正这种钉子又不要钱，陛下也不会在意。"

"不在意？不在意的话，此次大东山祭天，他也不会把所有的虎卫都带了过去，然后送给四顾剑那个疯子砍着玩。"陈萍萍微嘲道，"你这人，一生谨慎小心，所有力气都用在那些虎卫上。如今这些虎卫死光了，不管你在里面藏了多少人，一个不剩……陛下这一手真够狠的。"

"是啊，我没有什么力量了，所以我只好请辞归家。"范建看着陈萍萍冷笑道，"你又比我能好到哪里去？正阳门一役，你监察院的精锐死了上千人，等后两年再被陛下掺几把沙子，你除了跟我学着告老，还有什么办法？"

陈萍萍笑道："只要范闲还活着，陛下便不会对监察院下死手，我担心什么……倒是林若甫那只老狐狸，忍了这么久，终于找到机会，把手上藏着的人都交给了他的宝贝女婿，结果……只怕这时候他正在梧州吐血。"

范建感慨道："旁人都以为林系官员随安之力抗太子，事后定受重赏，却没想到陛下一直等着看这一幕，眼见着林相爷最后的人都跳了出来，即便如今不好做什么，日后哪里还有他们翻身的可能。外敌内患尽除，还把我们三个老家伙的膀子都砍了一半。陛下真可谓是英明神武，胸中有绝世之才。"

"必须承认，就像很多年前我们开始追随他时那样。"说这话时，陈萍萍面无表情，"他以前是，现在是，将来也是世上最强大的那个人。"

长时间的沉默后，范建忽然道："我躲在靖王府里，是因为对京都的局势并不担心，早看出叶家有问题了，只是没有想到……原来陛下竟然是位大宗师。"

"陛下深不可测的实力，我倒是猜到了一些。"陈萍萍冷漠地道，"只是我没有想到叶流云那老怪物，却忽然站到了陛下的一边。"

"我们两个人都只猜到了陛下的一个侧面，如果……"范尚书忽然住嘴不言。

陈萍萍知道老战友准备说什么，摇头道："没有如果，因为那件事情之后你从来不肯信我，我也不肯信你……却一直没想那个最应该信任的人是不是出了什么问题？"

"安之曾经说过一句话。"范建的声音有些干涩，"如果我与你之间彼此多些信任，可能事情会好办许多……也就是从那个时候开始，我就知道这个儿子了不起，我们瞒得这么严，他却依然能猜到事情的真相。"

"他是小叶子和陛下的儿子，当然了不起。"陈萍萍认真地说道，仿佛在他的心中，依然对皇帝陛下存有最高的敬意与佩服。

"你什么时候猜到陛下是大宗师的？"范建问道。

"有些年了。"陈萍萍想到当年大魏还矗立在大陆的正中方，国势极为强大，庆国最开始北伐时，战事极为艰难。一次战役中，当时还是太子的皇帝陛下身受重伤，全身僵硬不能动，险些丧命，全亏了他舍生忘死，历经千辛万苦才把人救了回来。

这是他最出名的事迹之一，与千里突袭、以断腿的代价擒获肖恩齐名。

范尚书皱了皱眉头，道："这有什么问题？我们这些老家伙一直以为，就是那次重伤之后，陛下失去了武功……当年他可是位猛将。"

"那伤有些古怪。"陈萍萍缓声道，"全身僵硬，绝对不是外伤引起，我和宁才人照顾了他一路，隐约发现应该是经脉上的问题，好像是经脉全断……本以为他死定了，还哭了好几场，谁知道最后竟又活了过来。"

陈萍萍继续道："悬空庙遇刺，范闲的经脉也受了大损，但不像陛下当年那般恐怖，而且后来在江南应该学了苦老光头的本事，这才渐渐好了。陛下可没有范闲的好运气，没有学天一道，那伤是怎么好的？费介从澹州回报范闲修行的霸道功诀，又说这霸道真气可能会造成的严重后果，便让我想到了当年浑身僵硬、形若废人的陛下。悬空庙上就是想逼一逼，看看他的底牌到底是什么……可惜却让范闲挡着了。"

说到此，他瞪了范尚书一眼，当时正是范建让儿子去救驾立功，反而误了他的大计。

"都问明白了，那便不说了，有件事情你也要学会想通。"范建站起身来，洒脱地说道，"我要回澹州养老，你若有空了，也可以来看看我。"

陈萍萍知道老战友是怎么想的，不论陛下是否不可战胜，他终究是范闲的亲生父亲。而没人知道范闲是一位穿越者，依照常理，即便他知道了真相，也会陷入两难之中，如果他们这些长辈不想范闲活得太过痛苦，就必须想通这件事情。

陈萍萍没有直接回答范建的话，轻轻敲响桌旁放着的铜铃，叮当一声清脆的响声之后，那位服侍了他很多年的老仆人走了进来，把他抱到了轮椅上。

"我送送你。"他低头咳了起来，咳得很厉害，袖上全是唾沫星子，半晌才平伏。接着他自嘲地说道，"如今这身体越来越差，中了点儿小毒，竟是许久都无法治好。"

范建没有说什么，只管往宅外走去。老仆人推着轮椅在后面跟着，没有走多远，在工地前方，二人很默契地停住，对视一眼，相揖一礼。

范建清楚为何陈萍萍要来送自己，因为在很多年前，他们一行人曾经去过东海之滨，曾经共聚太平别院，曾经开创出大好的局面，然而随着岁月的流逝，有的人死了，有的人变了，有的人要退——自己辞官归澹州，京都里便只剩下陈萍萍陪伴着陛下，想必他也会感到孤独才是。

正如范闲所言，在这十几年里，他与陈萍萍互相猜疑，来往渐渐变少，但并不能抹杀当年的战友情谊。风流总被雨打风吹去，该退出舞台的时候，便要退得彻底，林若甫退得不够彻底，而他不会犯这个错误。

范建问了最后一句话："既然你当年疑我，为何要五竹带着他去澹州？"

陈萍萍应道："因为知道你曾为之付出代价，所以我想再信你一次。"

范建唇边泛起一抹自嘲而伤感的笑容，挥了挥手，没有再说什么。

看着范建离去的身影，陈萍萍歪在轮椅上，手指轻轻地叩着轮椅的扶手，叹了口气，轻声道："走了好，走了好……"老仆人沉默地推着轮椅回去，又听到陈萍萍非常疲惫地说道，"你说，要一个人死，怎么就这么难呢？"

他一生不知做过多少惊天动地的大事，不知面临过多少危险艰难，但从来没有像今天这般失望过。因为他这次的敌人，毫无疑问是这一生当中所遇见最强大的一位，而且竟然找不到什么弱点。

老仆人知道院长最担心什么，嘶哑着声音道："应该不会连累小公爷。"

"悬空庙、雪谷，我已经让安之两次险些丧命，难道这还割裂不开我与他的关系？安之的运气向来不错，陛下定然不会疑他，这件事情就这么罢了。"

陈萍萍似乎有些畏冷，把毯子往身上拉了拉。

范建准备走了，陈萍萍放弃了，范闲想通了，世间最大的问题似乎就此解决了，然而这三个人心里都清楚，如果将来没有什么大的波动，这盆沸油便能安稳地被锅盖压住，可一旦有什么事情发生，油花便会蹦将出来，酿成大火，将一切燃烧得干干净净。

就在庆国渐趋稳定之时，北齐上京与东夷城却陷入了一片愁云惨雾之中。

上京城外向北有座青幽山峰。这座山看似寻常，却是天一道道门所在，苦荷大师的徒子徒孙们便在此间学习研修，出山后剑指天下，济世扶困。

今日青山的气氛异常沉重，天一道弟子们面带不安地看着山顶的黑色建筑，紧握着拳头，面露惶然之色，一言不发。

不时有人由石径经过，向山顶进发，却都沉着脸，看也不看这些天一道弟子一眼。上山的人很多，层级很高，包括许多王公贵族、大臣名将，比如庄墨韩先生一手调教出来的太傅大人，比如长宁侯，比如各部寺中的长官，还有约莫半数是当年从这座山出去的学生，今日也都回来了。除了上杉虎领旨在南疆抵抗南庆，北齐朝野上下，那些才华纵横、权势无双的人物，都为此齐聚青山。天一道的弟子们猜到山顶发生了什么事，因为只有那件大事才会惊动这么多人，越发悲伤起来。

中午时分，便装的北齐皇帝陛下来到山里，身旁是狼桃，身后是何道人，沉着脸匆忙地往山上行去。天一道弟子跪拜于石径两侧，悲声渐起，知道大齐的守护者、世间最接近神的那位大宗师将要离开这个世界了。

大东山上，庆国皇帝苦修数十年的霸道真气，以王道之势灌入了苦荷大师体内，宛若沧海，瞬间爆裂了他早已苍老的身体。

被上杉虎背回北齐之后，苦荷大师一直盘坐于青山道门，虽面容平静，身上的肌肤却渐渐裂开，露出内里的血脉筋络，开始解体，看上去十分恐怖。好在今日大大的软袍覆在这位大宗师的身上，没让服侍在旁的弟子们感到更多的悲伤。

从清晨起，上京城的来人便络绎不绝，各位王公与大臣们持弟子之礼参拜，他们心知肚明，这应该是最后一次与国师见面了。

死前仍不得清静，一直在调息师尊气息的二徒弟木蓬，脸上的神情有些戾狠，但也说不出什么怪罪的话来，因为这次临终前的召见是苦荷大师的命令。

每个人都只见了很短的时间，只是在见太傅的时候，苦荷多说了几句话。

苦荷守护了这个国度数十年，今日便要离去，纵使心中已明生死，仍有放不下的事情——今日是他与这个国度的最终告别，也是最终的交代。他要用最后的时光，对这些操控着北齐朝廷的臣子们讲几句话，为皇帝陛下日后的执政打下更稳定的基础。

他看着面前一位军方将领，默然想着，陛下的能力没有问题，只是年纪还小了些，虽说沈重被诛、上杉虎归顺，但如果自己真的死了，他能不能掌握住军方？

那位军方将领是枢密院正使，得了国师数句交代后便没有听到任何声音，不由心生惶恐。北齐不论是皇族还是大将，对苦荷大师都有无限敬畏，因为苦荷与南庆的叶流云不同，一开始便将自己的影响力与能力传播到了北齐朝廷的每一道缝隙中。

木蓬凑在师尊的耳边，轻声道："陛下和太后都到了，要不要唤他们进来？"

整个天下，也只有苦荷才有资格对皇帝、太后用"唤"这个字。

苦荷平静地摇了摇头，脖颈处的皮肤裂痕与衣衫微微一触，撕裂般的疼痛。这种剧痛无疑是人类根本无法忍受的，他却像是没有感觉到什么，只是眉头微微皱了一下。

木蓬跪在师尊的左侧面，看着师尊衣服后背上的血痕，心头大恸，忍不住哭了起来。

枢密院正使也是悲从中来，加之对于将来的惶恐，跪着向前爬了两步，在苦荷大师面前使劲磕了三个响头，咬牙道："上杉将军在南，我在上京，除非我们死了，定不让国朝稍有损害……就算我们死了，也一定护住陛下平安！"

苦荷温和地说道："你出山也有十二年了，我大齐的将来，需要你用心用命。"

枢密院正使又磕了一个响头，站起离开，出门时双眼已是微红，在门外看着面色铁青的皇帝陛下，摇了摇头。

北齐皇帝在屋外已经候了许久，心里咯噔一声，像是看到了无尽深渊，抬步便向屋内闯了过去。狼桃拉住他的衣袖，北齐皇帝回头，冷冷地瞪了狼桃一眼。

"你们几个进来吧。"苦荷大师的声音清清淡淡地传到屋外。

北齐皇帝携着太后的手走入了屋中。此时山顶天一道道门之内，除了枯坐于地、已如枯木一般的苦荷，便只有他最亲近的几个弟子，再加上皇帝与太后二人。

虽有宽大柔软的袍子掩着这位大宗师的身体，但所有看到苦荷的人似乎都透过那层薄薄的袍子，看到了国师身上如干旱田地一般的枯裂，还有……衣领处的淡淡血痕。如此严重的伤势，果然是人力无法挽回了，北齐皇帝心头一寒，没有做任何无意义的举动，而是直接跪到了苦荷的面前，向着他磕了最后一个头："叔祖。"

天下人皆拜皇帝，皇帝一生不拜人，他这一生却拜了苦荷两次，叩了两次头。

第一次还是在他很小的时候，那时节先帝初丧，太后抱着小皇帝坐在上京城那座美丽的皇宫正殿之上，对苦荷大师叩了个头，而苦荷保了他们母子二人十余年平安。

这第二次磕头，则是告别。

太后低首哭泣，泣不成声。

"好了，谁会不死呢？"苦荷微垂眼帘，轻声道，"我已经活了这么多年，算是捡了老天不少便宜。人人都是会死的，南庆那位也不例外。"

大东山上的真相苦荷并未亲说，只是由上杉虎猜测到了少许，报知了上京城皇宫。此时听苦荷大师如此说法，北齐皇帝心头大寒，知道果然如此。

看着皇帝的脸色，苦荷淡淡地问道："你可是怕了？"

北齐皇帝紧闭着双唇，不知该如何回答。他这一生以南庆皇帝为奋斗的目标，甚至隐隐将对方视作了偶像，想着总有一日自己定会将其打倒。现在发现，十余年来南庆皇帝的隐忍竟全是假象，对方居然是一位大宗师,这怎么办?

"怕也正常。"苦荷微笑道,"当他的手指点中我的眉心时,当时我也感到了一丝惧意。此人帝王心术,宗师实力,浑身上下没有一个弱点与空门。而最可怕的却是他的坚忍,为了横扫四野的目标,竟能筹划数十年,一心一意,从未有过任何偏差。"

"这等人物,浑不似人。"苦荷大师微笑着给了庆帝一个评语,"世人称我是世间最接近神的那位,殊不知,南方那位之无情、无恨、无爱、无离,才是真正的神者。"

"难道……对于南庆,咱们真的没有什么办法了?"问出这句话来的是狼桃。

"在武道、世俗权力以及智慧三个方面都站到了顶峰,这样的人自然无法击败。"苦荷淡然道,"想要从外打倒他,基本上是不可能的事情。"

北齐皇帝跪在苦荷的身前,忽然俯身拜道:"叔祖,朕……要去祭……神庙。"

神庙!

整个房间都安静下来,没有一个人接话,狼桃与三师弟白参互看一眼,都看出了对方眼中的震惊。木蓬扶着师尊的身体,惊讶地看了陛下一眼。瞬间,天一道这三位弟子的眼中流露出隐隐的兴奋。是的,在如今的天下,没有人能够击败南庆皇帝,然而……还有神庙!神庙虚无缥缈,但屋子里的这六个人都清楚,肖恩死后唯一知道神庙确实存在,而且知道神庙所在之地的,还有一个人——正是苦荷!

北齐皇帝一直没有断绝从神庙获取玄妙力量支持的念头,当年他一心救回肖恩,甚至不惜与天一道一脉正面冲撞,就是因为他想知道肖恩脑海中的那个秘密。

"神庙?"苦荷大师静静地看着跪在自己面前的皇帝。

北齐皇帝本以为此时叔祖的眼神会十分凌厉而愤怒,因为他一直不惜一切代价向整个天下隐藏着神庙的真实存在,然而此时苦荷的眼中只是淡淡的嘲弄，还有一种极其复杂的笑意。苦荷知道，包括自己的徒儿在内，面对着强大的庆帝，所有人都从内心深处产生了无法战胜对方的念头，才会将希望寄托在虚无缥缈的神庙。

"我知道神庙在哪里。"苦荷略带笑意道，"但我不会告诉你们。"

在场的人面露震惊，心想如果您要将这个秘密带入黄土之中，那大齐江山如何能保？

"神庙……只是一双眼睛，向来不干世事，何必去惊扰。再说，你们以为神庙真的无所不能？"苦荷盯着面前的皇帝陛下，语重心长地道，"陛下不要把希望寄托在一个不存在的事物上。我此次赴大东山前，与四顾剑曾经一晤，对于山顶情势做足了准备。你可知道，我们所猜想庆帝最后的底牌是什么？"

北齐皇帝茫然地摇摇头。

"我与四顾剑以为，庆帝的最后靠山是神庙来人。"苦荷温和地笑了一下，房间里的其他人却是震惊无比，心想难道庆帝与神庙暗中有联系？

世界上没有任何人比苦荷更了解神庙，虽然他的了解也只有外面那浅浅的一层，但他了解那个人就足够了。神庙不干世事，如果真要派人来帮助庆帝，那么山顶上那位黑衣瞎子便一定会站在神庙的另一面，这便是苦荷从来不为此担心的缘由。

"世上没有什么神仙皇帝，也没有救世主。"苦荷想到了很多很多年前，那个小仙女曾经对他和肖恩说过的话，悠悠地道，"当你们到了大宗师这个境界就会发现，神庙其实也不过如此，一个不现于世间的存在和死物有什么区别？"

虽然他将死了，对神庙的评价却是这般从容冷静，或许说准确。

"那我们应该如何做？"北齐皇帝不会因为苦荷大师的两句话便打消了寻找神庙的念头，但他知道自己不能再问了，因为苦荷叔祖没有多少时间。

苦荷道："当无法从外部击倒一个人时，便只能寄望他的内部出现某些问题。南庆若要大军北上,至少需要三年时间,而陛下要想尽一切办法,把时间拖得更久一些。时间拖得越久,对我们越有利,因为谁也不知道南庆那边会发生什么事情。"

"您是说……范闲?"北齐皇帝惊讶地看着苦荷,摇了摇头,"范闲不足以改变庆帝的心愿……而且他毕竟是庆国人,不可能站在我大齐这边。"

苦荷大师望着北齐皇帝平和地道:"须知范闲本就与这世间的任何人都不相同。"

"他是庆帝的私生子,而且庆帝对他信任有加。相比朕给他的,庆帝能给的更多……再说即便他投了我,也不可能对天下大势带来根本性的改变。"

"你忘了他是叶家小姐的儿子,而且你始终低估了他的能力,不要总把他当成一位诗仙、一位南庆皇子、一位权臣,尽管这些看上去都是很重要的名头。他最重要的身份,其实就是叶家小姐的儿子,而他已经继承并且掌握了很多重要的东西。"

北齐皇帝心里翻起巨浪,听明白了叔祖话中所说的意思,却从心里不敢相信。通过范闲的手,共享江南内库所带来的好处,是他期望中的最好局面,可是听叔祖的意思……竟是指望范闲将整个内库搬到北齐来?

"大宗师这号人,用来乱国可以,却不能用来征国与建国。庆帝总不至于单枪匹马去挑天下,军力、国力,缺一不可,战争打到最后依靠的肯定是国力。除非庆帝跑到上京城来当万人敌……"苦荷的笑容显得有趣起来,"但他是一个如此严肃、如此期盼在青史上写下光彩名字的人,怎么可能像四顾剑那样疯癫。"

听到这些话,北齐皇帝的嘴唇有些发干,可他无法相信范闲好端端的皇子不当,却来投靠自己。

苦荷轻声道:"即便寄望于范闲,最近这两年你也不能表现出来什么。"

"明白，我马上着手安排范思辙那边。"皇帝认真地回道。

苦荷心中一阵欣慰，陛下果然聪慧过人，自己只是略微一提，他便知道应该怎样做才不会引起南庆皇帝的怀疑，接着说道："待我死后，木蓬你马上下山，去南庆。"

众人惊讶地看着苦荷，不知道此时他为什么要专门给木蓬指派任务，天一道四大弟子中，木蓬向来最低调，实力也最弱，除了医术之外别无所倚。

"你常年生活在山上，外界没有几个人知道你长得什么模样。"苦荷望着身旁的二弟子道，"我要你去南庆，什么事情都不用做，只是想办法为陈萍萍治病。"

为陈萍萍治病？在场的人更加震惊。陈萍萍是何许人也，庆帝最亲密忠诚的臣子，不论是三十年前，还是刚刚发生的京都东山之变，陈萍萍都在其间发挥了最大的作用，听闻庆帝的这条老黑狗身体越来越差，眼看活不了几年，北齐、东夷的人都心中喜悦……而苦荷大师竟让自己医术超群的徒弟去为他治病！

苦荷盯着木蓬的眼睛无比严厉地道："无论如何，我要你保证，陈萍萍能够活下去，不能因为生病之类的自身原因而死亡！"

木蓬好生不解，但在师尊的压力下不敢有任何犹豫，赶紧应下。屋内其余人望着苦荷，似乎想要听一个解释，苦荷大师却没有解释。

这是苦荷临死前祭下的最后一步棋，在稳定齐国内部朝政之后，他便把目光投向了南方，有两步棋已经先丢了出去，陈萍萍这边却是他收手的那一着。

苦荷大师不是庆国皇帝，他没有织造一个数十年的惊天大局，只是基于很久很久以前对于那位小仙女的认识，漫长岁月中对人性的熟悉与窥探，以及大东山之变中某些意外的发生，极为敏锐地捕捉到了其中的光亮。

他猜想庆国的内部在一片平静的背后还隐着一个能撕裂人心的旧患。

如果陈萍萍因病而亡，自然是老死，那他对人性的猜测，便起不到任何作用，所以他必须保证陈萍萍能好好地活下去，直到将来有一天，某个人不想让他再活下去。

所有的后事都安排完了，苦荷大师对这个人世间再也没有更多的期盼，闭上眼睛，似乎将要睡着。太后强掩心中的悲伤与恐惧，颤着声音问道："道门日后如何处置？"

天一道道门深植国朝，苦修士更是行于天下，隐隐约约间与南庆的庆庙系统还有些联系，如此强大的力量，在苦荷死后该如何安排，这也是重中之重。

苦荷大师依旧闭着眼睛，疲惫地回道："道门交由海棠。"

众人躬身应命，包括狼桃在内的三个大弟子都没有感到意外，皇帝和太后也清楚，在很多年前，苦荷大师便已经做出了这个决定，所有人早就把海棠姑娘当成天一道下一代领袖看待，只是……海棠今日在哪里？

所有人都有疑问，据说昨夜海棠还在山上，此时却是不知其踪，苦荷大师临死之时，这位最受疼爱的徒儿，这位天一道的接班人没有陪在身边，明显有些问题。

"海棠要去办些事情。"苦荷大师闭着眼睛缓缓地道，"这三年里，她不会回来……天一道的事情，交由狼桃，而这座青山，交由……你们的小师妹。"

这句话他是对着狼桃三人说的，虽说天一道交由狼桃，但是青山才是天一道的根基，小师妹？狼桃三徒面面相觑，难道是指……范家小姐？

北齐皇帝马上明白了此话的意思，心中开始准备如何让这件事情发挥作用——打压夏明记，却让范若若之名闪亮于青山之上，国师果然好手段，越是这般，庆帝越是疑心北齐刻意挑拨，反而不会对范闲生疑。只不过他依然不敢相信，有一天范闲会带着无比丰厚的嫁妆，来到自己的国度。

交代完了所有俗事，苦荷闭上双唇，不再多说一个字，静静地感受着生命的流逝。在微微惘然之余，又多了一丝微喜的体悟，他的眼前浮现出这些年来所有的过往，而那些画面终于停在了数十年前，停留在那一片似乎永远没有尽头的白雪上。

在最后的时光，他想起那些在天上尖声怪叫着的食腐秃鹰，那些倒毙于途的下属。

那永无止境的黑夜，黑夜中帐篷内的微光、沉默不语的肖恩，以及帐篷边缘被自己码得整整齐齐的人臂，还有那一座依山而建、无比雄伟的黑青色神庙。

那座神庙里杀出来的瞎子。

那座神庙里跑出来的小姑娘。

人肉真的不怎么好吃。自己已经多活了这么多年，知道神庙是什么模样，还有什么不满足的呢？沉浸在回忆之中的一代大宗师苦荷，带着平静的微笑就此逝去。

第十六章 我们的不满的冬天

北方冰原上，一个穿着兽皮织就衣裳的姑娘，正在和部族里的人用蛮语打着招呼。这位姑娘脸蛋通红，满是笑意，眼底深处却隐着一抹淡淡的悲伤。

接连数年的暴风雪，让北蛮无法在这片荒原上生存下去，于是一代名将上杉虎多年都无法收服的部族，开始绕过高高的天脉，向着温暖的南方转移。

已经有很多部族定居在庆国西北方的草原上，这是他们付出了许多生命的代价，才得到了那些远房亲戚的容纳。还有一些部族以及老弱妇幼在冰雪荒原上继续生存，也许是部族减少了许多，所以不多的猎物居然支撑着这些人活了下来。

就在不久前，据说是喀尔纳部族走失的一位姑娘来到了部族中，开始跟随大家打猎放羊。人人都喜欢这位姑娘，因为她很勤快，也很能干，再烈的马到她手上只能表现出乖巧，再凶猛的猛兽似乎害怕伤着她而远远逃离。

憨厚直爽的蛮人们只是不喜欢这位喀尔纳姑娘走路的姿势，因为在这样艰难的环境中，那种一步三摇的走路姿势，实在显得过于浪费体力。不过大家都认为她的名字很好听，松芝仙令——好像是某种花儿朵朵盛开的意思。

林花谢了春红，夏梦，秋风，太匆匆，庆国又是一个冬。气温仿佛在一天之内降了下来，京西苍山开始飘雪，山头渐白，京都内又下了两场小寒雨，更添寒意。街上的行人裹着厚厚的棉袍，搓着双手，面色匆匆地行走。来往于天河大道的马车，则是与地面切磋，发出令人厌烦的单调声音，马都不耐烦地喷着白气，扭着脑袋，似乎想让这冬天快些结束。

一辆黑色马车上，范闲把毛领翻了起来，往手上呵了口热气，紧了紧身上的裘氅，咕哝了两句，心想这冬天来得也太急了些。

他刚刚从靖王府出来。靖王爷病了，病得极重。如今弘成不在京中，柔嘉年纪又小，范闲只好担起了半子的角色，天天去伺候汤药，陪着说话，给王爷解闷。

他心里清楚，看似苍老实则身体极好的靖王爷为何会忽然患了风寒——这一切和冬天无关，只与皇族里的严寒有关。太后死了，长公主死了，靖王爷的亲人在这次变故中死了一半，残酷的事实终于将这位花农王爷击倒。

从靖王府出来，范闲并没有直接回府，也没有入宫，而是去了抱月楼，今天是史阐立和桑文二人回京述职的日子。

在楼中停了片刻，看了一遍抱月楼在各处查来的消息，范闲的眉头皱了起来。

这些情报没有什么出奇的地方，和监察院收集的情报相差不大。

距离大东山之变已经过去了三个多月，整个天下都进入了冬天。

两个月前北齐就传出了苦荷大师的死讯。北齐没有秘不发丧，而是大张旗鼓地办了仪式，各路各郡前去哭灵的官员百姓以数十万计。

一位大宗师的离开固然震惊了天下的黎民，却没有让范闲有太多感触，因为这本来就在皇帝陛下预料之中。范闲警惕地注视着北齐在苦荷死后，会用怎样的手段来应对。可是这两个月，北齐很安静，除了上杉虎在南方不停地调兵，便没有什么大的动作——他低头想着，如果排除夏明记在上京的据点被抄的话。

北齐皇帝终于对范思辙动手了，据说范老二现在在上京城里惶然不安，但范闲并没有怎么担心，因为从妹妹的来信中，他一眼就看出了那位小皇帝究竟想做什么，想向自己表示什么。令他不安的是海棠朵朵，这位天一道的道门继承者忽然失去了踪迹，没有任何人知道她去了哪里，甚至连天一道自己都不清楚。范闲有些担心海棠，不知道苦荷对海棠有什么交代，也不知道二人何时才能再见。

他也不知道一个叫作逢春的名医已经进入京都，开始崭露头角，得到了太医院的重视，因为他北齐人的身份，无法进宫执事，所以被派到各大臣的府上以示圣恩。

靖王爷的病由范闲亲自医治，所以他没有与那位逢春先生见过面，而他再如何聪慧，也无法猜到，在不久的将来，逢春先生会出现在陈园，为陈萍萍治病。

苦荷临死前布下的几步棋都是散子，起不到大的作用，却期望能保证南庆内部的局势按照某种轨迹一步一步地走下去。

而东夷城那位——在庆帝计算中早应该死了的四顾剑还依然挺着，剑圣的身体果然如小强一般强悍，虽然气息奄奄、命悬一线，却死死把这一线牢牢地抓住，不肯放手。

濒死的四顾剑藏在剑庐里，虽然已经成了废人，但只要他还活着，东夷城就似乎有个主心骨，只是四顾剑死后，城主府与剑庐之间的纷争自然要浮出水面。

对庆帝而言，四顾剑的生死已经不是问题，他死后东夷城的归属才是大问题。

范闲默然想着，东夷城与北齐、南庆两大国均不相同，孤悬海边，被诸侯国包围着，四顾剑一朝死去，一匹猛兽便会马上变成待割的鲜美嫩肉，不管是北齐小皇帝还是自家的皇帝老子，都不会放过这块鲜肉，就是不知道到时候陛下会派谁去抢食？

他抬起头来看了史阐立与桑文一眼，与史阐立略说了说江南内库方面的情况，虽然苏文茂有密报不停地发过来，但他更相信史阐立直觉上的感观。

范门四子只有史阐立一直留在范闲的身边，侯季常、杨万里、成佳林这三人如今都在各自的位置向上奔斗，有范闲保驾护航，提供金钱支持，再加上三人各自的能力，想来用不了多久，便会成为庆国朝堂上关键的人物。

"朝廷现在有很多空缺，陛下选拔了许多年轻人，这个时候，年龄资历已经不是很重要了。"范闲望着史阐立道，"待会儿你分别给他们三人写封信，让他们做好准备，估计开春的时候，朝廷便会传他们入京述职。"

杨万里会进工部做事；侯季常因为处理胶州一事，深受陛下欣赏，应该会直上两级——任胶州知州；成佳林一路顺风顺水，估摸着要知苏州府，倒是最风光的一人。

史阐立听了门师的安排，不由摇头无语，的确没料到当年几位穷书生，仅过了几年时间，各自便有如此造化，自己真是拍马也追不上了。

范闲知晓他心中在想什么，笑着问道："羡慕？"

"资历太浅，不能服众，关键是朝野上下都知他们三人是先生的学生……只怕会引起非议，到时候坐在油锅上，也没什么好羡慕的。"史阐立认真地说道。

范闲微嘲道："死了几百名官员，总是要人填的。再说了，贺宗纬当年与侯季常齐名，入朝还在季常之后，如今已经有资格入御书房听议……难道他的资历够深？"

贺宗纬，这是一个让范闲记忆特别深刻的名字。当年在一石居的酒楼上，他第一次遇见这位看上去有些忠厚的年轻书生，莫名生出很多不喜，而谁能想到，就是这个书生，日后在京都整出了许多事来，比如自己的岳父被迫辞官。此人本来与礼部尚书郭攸之之子郭保坤交好，是地地道道的太子派，后来却不知如何入了都察院任御史，开始替二皇子出谋划策,后来却又倒向了太子。倒了这两次,终于被人看清楚,原来他……是长公主派。然而京都叛乱时,正是这位都察院左都御史领着一干御史玩裸奔,赌了一把太子李承乾不忍杀人,生生将叛军入京的时间拖了一夜,从而给了范闲突袭皇宫、一举扭转大势的机会。直到此时,人们才真正看清楚,原来贺宗纬不是任何人的人,他只是陛下的人,一直都是。

陛下回京,贺宗纬以此大功得赏,兼着都察院的原职,却有了门下中书议事的权力。明眼人都清楚,他将来肯定要接替已经年老的舒大学士,前途如花似锦,不可估量。

京都动乱中,贺宗纬帮了范闲一个很大的忙,即便如今他已经权高位重,每每在朝会或外间碰见范闲时,依然是恭谨无比,显得分外谦卑。

可范闲还是很讨厌这个人,或许是因为很久以前就看出此人的心术,或许是因为他很讨厌这种以出卖他人向上爬的角色,或许是因为他曾经打过贺宗纬一拳,而他知道贺宗纬这种人一定会记仇——他自然不怕贺宗纬,却不能不做防备,毕竟此人现在极得陛下欣赏,而小人这种类型,总是比君子要可怕些。

如今官场私底下对贺宗纬的议论有些不堪,送了他一个三姓家奴的外号,所有人都觉着这个外号极为贴切,却没有几个人知道,这外号是从范府书房里流传出去的。

有时候范闲扪心自问,贺宗纬所行之事,并不比自己所为更无耻,而自己如此厌憎他,究竟是为什么?其实原因很简单,范闲曾经看过贺宗纬对若若流露出那种贪婪的目光,为了这种目光,他就要压他一辈子,要让他永世不得翻身。

"没想到,你妹妹现在在陈园里唱曲。"范闲看了桑文一眼,笑了起来。他很喜欢桑文这个温婉、沉默、可亲的女子,不是男女方面的想法,而是觉得与这女子在一起便会无来由地心安,就像和大宝在一起一样。至于桑文的妹妹正是那天去陈园面见陈萍萍时所见的唱戏女子。陈萍萍极喜欢桑文的声音,不过如今桑文要打理抱月楼,没有办法在京都久驻,他只好退而求其次,将桑文的妹妹从燕京接到了京都。

桑文极温柔地笑了笑,道:"院长喜欢就好。"

范闲忽然想到,因为自己的出现,已经改变了无数人的人生,无数人因为自己而汇聚到身边,就连桑文的妹妹也不例外。一想到这些人,自己怎么忍心悄然离开?

然而有人却忍心离开。范闲站在小院子里,脸色非常难看,眼中的失望之意掩之不去。院子里的井还在,石桌还在,棉帘还在,青青架子也在,只是人都不在了。

小院深藏西城民间,毫不起眼,范闲曾经在这个院子里吃了许多顿饭,逗过老王头羞涩叫爱的丫头,玩过架子上的葫芦瓜……然而这一切都不可能回来了,王启年一家已经悄无声息地搬走,甚至瞒过了范闲一直布置在这里、保护王家的监察院密探。

王启年有这个能力,范闲从不怀疑这一点,从陈萍萍口中得知了王启年活着的好消息,同时得知了他离开的消息。他知道陈萍萍为什么要把王启年送走,因为王启年是从大东山上逃下来的,不论是从庆律还是院务条例来讲,他都只有死路一条。

范闲自然不会让他死,那么这就是他与陛下之间的一根刺,而且王启年清楚范闲太多的秘密,为了范闲的安全,陈萍萍必须让王启年离开。

王启年通过陈萍萍转交给范闲一封信,信上的话极少,大意是说自己弃陛下于不顾、私自下山,已是死罪,然而范闲让他很安心,没有犯他担心的那个大错。

范闲知道王启年当时是冒险下山来寻自己,是害怕自己以为皇帝已死,走上了争夺帝权的道路。他微微用力将信纸揉成一团,心想再也没有人陪他说笑话了,苏文茂的水准比老王差很多……

他看着老王家的小院,不知怎的,想到了很多年前的那一幕。那时他还是个初入京都的少年郎,什么规矩也不懂,愣愣地去了庆庙,遇见了自己的妻子,傻乎乎地去了监察院那座方正的建筑,看见了一张死气沉沉的脸、惨白的牙齿以及两颊的老皮。

那时的王启年是一个已经被文书工作消磨了精神的官员，正在监察院里等着退休，然而他是范闲遇见的第一个人，于是人生便发生了变化。

这种相遇是一种缘分，让范闲无比信任他，王启年也无比忠诚于他。他改变了王启年的人生，王启年知道他所有的秘密，甚至包括箱子、钥匙、心思。王启年不仅是他的下属，更是他的好友、他倾吐的对象，这种角色，不是谁都能替代的。而就是这样重要的一个角色，为了范闲的安全与将来，迫不得已选择了销声匿迹。

范闲的脸色有些忧郁，心想着你们都走吧，就把自己一个人扔在这不是人待的地方。

片刻后，他想通了，自己的秘密太恐怖，或许让王启年这些年活得都极为难受，压力巨大，说不定他更喜欢以前浑浑噩噩的日子，更喜欢没有压力的生活。

迟了两个月的封赏终于下来了，在平叛中立下大功的各路人马，得到了宫中的旨意。叶重加官晋爵，厚赏，入京任枢密院正使。京都守备师统领的职务却是交给了萧金华——就是最后将太子一路叛军堵在城内的东华门统领。

当初的十三城门司统领张德清，被俘后遭凌迟，诛三族。这是整个叛乱中最重的一项处罚。范闲在这个问题上没有与皇帝硬抗，虽然他知道张德清的堂兄、堂弟和这事没关系，但他更清楚为此燃起陛下心中的怒火，因为张德清是他最信任的人。

大皇子依旧执掌禁军，一应封赏均没有落下，只是已经封了和亲王，封无再封。宫典重新调回宫中，接手侍卫方面的事务，至于将来再如何安排，皇帝心中有数，范闲也能猜到一点。

对范闲的封赏则出现了一些小问题，据宫里传出来的消息，陛下一开始准备直接封范闲为郡王，然而被胡、舒两位大学士惶恐不安地挡了回去。

异姓封王，这种安排从来没有出现过，范闲是陛下的私生子，虽然众所周知，可他毕竟姓范，忽然当了王爷，庆国岂不是要被天下人笑死。

起初范闲也是吓了一大跳，幸好这旨意被挡了回去。一等澹泊公，对于非皇族子弟来说已经到头了，至于赏下来的田地金银，他也不怎么在乎。兴许皇帝也清楚，别的赏赐不可能让范闲满意，所以最开始才会有封他为王的荒唐提议。

范闲封不成王，不料宫里最后下了道旨意，陛下给范小花赐名范淑宁，封为郡主。

世间无数荒唐事，也没有比这个更荒唐的了，一位大臣之女，居然封为郡主！

谁也想不到皇帝陛下竟然还有如此顽固胡闹的一面。当然，在范闲看来最荒唐的还是皇帝给丫头取的那个名字——淑宁！你以为你在玩清穿？但不管这道旨意如何荒唐，范闲心中还是有了一丝暖意，感受到了皇帝老子的心意。第二日他入宫晋见谢恩，顺便问一下，这淑宁的名字……可不可以换一个？没有等他开口，皇帝微笑着道："胶州许茂才，朕撤了他的职，让他归老，这时已经回泉州了。"

闻听此言，范闲心头大震，口干舌燥，惊得说不出一句话来，更不敢再说些什么旁的，赶紧磕头谢恩，沉默地回了府。

他清楚许茂才在何处露了马脚。从东山至澹州，许茂才助自己抵抗胶州水师，登岸折箭，明显是自己的人。然而当胶州水师困于东山之前，许茂才却没有向朝廷传送任何消息，由此看来他明显是忠于范闲，而不是忠于朝廷。事后皇帝只需要查一下许茂才的履历，便会想到当年威名赫赫的泉州水师。

换作任何一个时刻，许茂才都难逃一死，幸亏范闲在这些年里，一直表现得对皇帝忠贞不贰，包括此次大东山之变，经历了无数次的考验，终于获得了皇帝的信任。此次皇帝不杀许茂才，不明言，只让其归老，算是给范闲留了足够的脸面。

范闲感到心里寒冷,又有些咂摸不清其间滋味,再一次陷入困惑之中。第二日他没有入宫请罪,因为他本无罪,只是偶尔忍不住会想,陛下现在真的比以前要温柔太多,如果换成以前的太子或二皇子,其收场绝不会像今日这般轻松。

陛下越温柔,范闲越不知如何自处,陛下问过他体内霸道真气的情况,知道现在没有爆体的危险,便没再说什么,这让他更加搞不明白陛下对他的真实态度。

时光如雪,纷纷扬扬坠落,很轻易地掩盖了人世间的一切。当北齐、南庆、西胡,整个大陆都被雪花覆盖时,鞭炮渐响,香气四起,已是春节来临,庆历八年终于到了。

庆国内乱时,不论是执政数日的太后,还是回京后的皇帝陛下,都坚决地用手中强大的兵力向四边趁势出击,用这种咄咄逼人的势头,威慑天下所有人。

李弘成正随着征西军,在风雪中冷漠地注视着胡人的动静。西胡在集合了北蛮的精锐后,变得越来越强大。眼下大雪封原,大家都在对抗着严酷的大自然,没有什么心思进行厮杀,要等到第一拨春草长出来,胡人的马养出第一层膘后,那些胡人才会再次来到庆国的西凉路,进行延绵百年之久的例行活动。

因为太后之死而禁止了一个月的娱乐活动开禁了,或许是为了展现庆国歌舞升平的大好局面,皇帝陛下连下数道恩旨,所谓舞照跳,马照跑,鞭炮照响,到处一片火红。

大年初一,祭祖,范闲被皇帝接到宫中吃了一顿饭,错过了范族的大事。

又过了两天,范闲终于脱身,带着阖家上下来到京都郊外某处。与春节喜庆气氛完全不同,这里笼罩着极其压抑的悲伤阴晦气息,因为这里是一处新建的坟场。

皇帝陛下没有让参与谋叛之人的尸首被野狗叼走，而是集中埋在了一处，并且没有限制亲人们前来拜祭，这道旨意不知感动了多少人。

几座式样规格明显不同的大墓矗立在山丘上。范闲抱着女儿，身后跟着林婉儿和思思，就站在这几座大墓之前，看着下方坟场上冒出的道道青烟，沉默不语。

他们来此之前已经去了另一处陵墓，拜祭了死在京都谋叛中的监察院下属以及禁军的士兵，却没有去皇陵，因为他不愿意去拜那位太后。

范闲收回目光，回首看着这几座大墓默然不语。太子、老二、皇后、长公主都葬在这里，即使陛下变得再如何宽仁，也不可能允许这几人葬在皇家陵园中。不过此处靠山望水，风水极好，虽与下方的青烟相隔甚远，也还算是清静。

放好买来的冥纸香火，范闲站在这四座大坟前行了一礼，然后随林婉儿跪在了长公主的坟前，磕了两个头，抱着小花儿表示让坟里的人看上一眼。此前为了辟邪，在小花儿的眉心抹了一道酒，辣得小丫头哇的一声哭了出来。

看着婉儿还跪在地上烧纸，范闲没去打扰，而是走到了太子李承乾和老二的坟前，望着这两座坟，轻声念道："纵有千年铁门槛，终须一个土馒头。"

山上摆着四个又大又硬的土馒头。范闲怔怔地看着，心情十分复杂，直到今日今时，他才发现原来老李家的血液里不只流淌着疯狂与变态，也充溢着骄傲与硬气。

没有人比范闲更清楚死亡的可怕，然而这二位李氏兄弟，却是死得如此干净利落，死得如此傲气，用这种死亡，硬生生击碎了陛下坚硬的外壳。

"这一点，我不如你们。"范闲在心里道。

牵着大宝走回长公主的坟前，看着婉儿流泪的双眼，范闲沉默了片刻，蹲下去擦着她脸上的泪水。大宝也学着他的模样蹲了下来,憨憨地看着这座大坟。他虽不知道坟内那位庆国最美丽的女子将渐渐变成白骨,却也感到了寒意的侵袭。

"公主妈妈……就在里面,不出来了?"大宝有些不安地问道。

"是啊。"范闲勉强笑着回答他。

"小闲闲,我还是觉得……公主妈妈怎么会杀二宝呢?她长得这么漂亮。"林大宝皱着眉头,模样很认真,瓮声瓮气地问道。

范闲发现婉儿没有听到这句话,稍微放心了些。李云睿派人杀了二宝,这是他一直对大宝说的话,没料到竟连一个傻子都骗不到。他也无法向大宝解释,人长得漂亮与否,与他做的事情没有关系,比如你的公主妈妈,比如你的小闲闲。

这时候,大皇子忽然出现在范闲等人的身后,三皇子上前恭恭敬敬地向范闲行了一礼,然后亲热地站到了大宝的身边。

范闲皱眉看着大皇子,问道:"你怎么也来了?"

此间四座大坟里埋的人,身份太过特殊,前来拜祭十分敏感。大皇子冷着脸看了他一眼,道:"这里面埋的也是我的兄弟。"

一时间范闲语塞,道:"只是……怕陛下心里不喜。"

大皇子沉默片刻之后轻声道:"父皇……也来了。"

范闲一惊,霍然起身,转头向山丘的另一处望去,只见冬林凄寒,人影绰绰,一位穿着明黄色衣裳的中年男子,正望着这边的四座大坟。

他身前身后虽有侍卫无数,看上去却是那样的孤独。

是夜,范闲在府内开酒席。昨日父亲辞官已去澹州,柳氏自然随行,如今范府只剩下范闲一家几口,显得有些冷清。

酒席是火锅,喝的是内库产的五粮液,请的客人是大皇子和三皇子。当火锅摆在自己面前时,范闲似乎才明白,从江南起便念念不忘,心中空洞,却抓不到线索的渴望是什么。

是辣。

吃了一口火锅,辣得他满头是汗。

是痛快。

他喝了一口烈酒,痛得喉咙发干。

锅残酒尽,大皇子醉倒于席,不知在胡说些什么,老三也被范闲灌了两杯,自去客房醉卧。只剩下范闲一个人,当此寒冬之夜,手捉酒杯,双眼迷离,辣得难受,痛得难受,就要流下泪来。

五竹坐在屋顶上,双眼蒙着黑布,听着范闲醉歌,沉默不语,似在思索,自己究竟是谁?为什么听着这首小曲,心里竟生出以前从未有过的感受?

钓鱼台,十年不上野鸥猜。白云来往青山在,对酒开怀。欠伊周济世才,犯刘阮贪杯戒,还李杜吟诗债。酸斋笑我,我笑酸斋。

晚归来,西湖山上野猿哀。二十年多少风流怪,花落花开。望云霄拜将台。袖星斗安邦策,破烟月迷魂寨。酸斋笑我,我笑酸斋。

是为元代张可久《殿前欢·次酸斋韵》。